GRAMÁTICA
DE PORT-ROYAL

GRAMÁTICA DE PORT-ROYAL
ou
GRAMÁTICA GERAL E RAZOADA

Contendo os fundamentos da arte de falar, explicados de modo claro e natural; as razões daquilo que é comum a todas as línguas e das principais diferenças ali encontradas etc.

Arnauld e Lancelot

Tradução
BRUNO FREGNI BASSETTO
HENRIQUE GRACIANO MURACHCO

Martins Fontes
São Paulo 2001

Título original: GRAMMAIRE GÉNÉRALE ET RAISONÉE.
Copyright © 1992, Livraria Martins Fontes Editora Ltda.,
São Paulo, para a presente edição.

1ª edição
março de 1992
2ª edição
dezembro de 2001

A publicação desta obra foi sugerida por Roberto Leal Ferreira,
que coordenou a tradução.

Tradução
BRUNO FREGNI BASSETTO
HENRIQUE GRACIANO MURACHCO, da Faculdade de Filosofia,
Letras e Ciências Humanas da Universidade de São Paulo.

Revisão gráfica
Maria Regina Machado
Helena Guimarães Bittencourt
Produção gráfica
Geraldo Alves
Paginação/Fotolitos
Studio 3 Desenvolvimento Editorial

Dados Internacionais de Catalogação na Publicação (CIP)
(Câmara Brasileira do Livro, SP, Brasil)

Arnauld, Antoine, 1612-1694.
 Gramática de Port-Royal / Antoine Arnauld, Claude Lancelot ;
tradução Bruno Fregni Bassetto, Henrique Graciano Murachco. –
2ª ed. – São Paulo : Martins Fontes, 2001. – (Clássicos)

 Título original: Grammaire générale et raisonée.
 ISBN 85-336-1462-4

 1. Francês – Gramática – 1500-1800 I. Lancelot, Claude, 1615?-
1965. II. Título. III. Série.

01-3373   CDD-445

Índices para catálogo sistemático:
1. Gramática : Francês, 1500-1800 : Lingüística   445

Todos os direitos desta edição reservados à
Livraria Martins Fontes Editora Ltda.
Rua Conselheiro Ramalho, 330/340 01325-000 São Paulo SP Brasil
Tel. (11) 3241.3677 Fax (11) 3105.6867
e-mail: info@martinsfontes.com.br http://www.martinsfontes.com.br

Índice

Prefácio à edição brasileira IX
Nota prévia XXXIII
Gramática geral e razoada 1
Prefácio 5

PRIMEIRA PARTE
ONDE SE FALA DAS LETRAS E DOS CARACTERES DA ESCRITA

I. Das letras como sons e primeiramente das vogais... 9
II. Das consoantes 12
III. Das sílabas.. 16
IV. Das palavras como sons, onde se fala do acento . 18
V. Das letras consideradas como caracteres 20
VI. De uma nova maneira de aprender a ler facilmente em todos os tipos de língua.................... 24

SEGUNDA PARTE
ONDE SE FALA DOS PRINCÍPIOS E DOS MOTIVOS SOBRE OS QUAIS SE BASEIAM AS DIVERSAS FORMAS DA SIGNIFICAÇÃO DAS PALAVRAS

I. Que o conhecimento daquilo que se passa em nosso espírito é necessário para compreender os fundamentos da Gramática; e que é disso que depende a diversidade das palavras que compõem o discurso 29

II. Dos nomes, e primeiramente dos substantivos e adjetivos 32
III. Dos nomes próprios e apelativos ou gerais 36
IV. Dos números singular e plural 37
V. Dos gêneros 39
VI. Dos casos e das preposições na medida em que é necessário falar delas para se entender alguns casos 42
VII. Dos artigos 49
VIII. Dos pronomes 54
IX. Do pronome chamado relativo 60
X. Exame de uma regra da língua francesa que é: não se deve colocar o relativo depois de um nome sem artigo 69
XI. Das preposições 75
XII. Dos advérbios 80
XIII. Dos verbos e daquilo que lhes é próprio e essencial 81
XIV. Da diversidade das pessoas e dos números nos verbos 88
XV. Dos diversos tempos do verbo 91
XVI. Dos diversos modos ou maneiras dos verbos 94
XVII. Do infinitivo 97
XVIII. Dos verbos que podem ser chamados adjetivos, e de suas diferentes espécies, ativos, passivos e neutros 100
XIX. Dos verbos impessoais 104
XX. Dos particípios 107
XXI. Dos gerundivos e dos supinos 109
XXII. Dos verbos auxiliares das línguas usuais 112
XXIII. Das conjunções e interjeições 123
XXIV. Da sintaxe ou construção das palavras em conjunto 125
Advertência 131

OBSERVAÇÕES DE M. DUCLOS SOBRE
A GRAMÁTICA GERAL

PRIMEIRA PARTE
EM QUE SE FALA DAS LETRAS E DOS
CARACTERES DA ESCRITA

I. Das letras como sons e primeiramente das vogais. 137
II. Das consoantes 143
III. Das sílabas...,, 149
IV. Das palavras como sons, onde se fala do acento... 153
V. Das letras consideradas como caracteres 158
VI. De uma nova maneira de aprender a ler facilmente em todos os tipos de língua 171

SEGUNDA PARTE
ONDE SE FALA DOS PRINCÍPIOS E DAS RAZÕES
SOBRE AS QUAIS SE APÓIAM AS DIVERSAS
FORMAS DE SIGNIFICAÇÃO DAS PALAVRAS

I. Que o conhecimento daquilo que se passa em nosso espírito é necessário para compreender os fundamentos da Gramática; e que é disso que depende a diversidade das palavras que compõem o discurso.. 175
V. Dos gêneros 176
VI. Dos casos e das preposições, na medida em que é necessário delas falar para compreender alguns casos 178
VII. Dos artigos.. 181
VIII. Dos pronomes... 192
X. Exame de uma regra da língua francesa que é: não se deve colocar o relativo depois de um nome sem artigo... 195
XI. Das preposições 197
XII. Dos advérbios 199

XVI. Dos diversos modos ou maneiras do verbo....... 200
XVII. Do infinitivo 202
XXI. Dos gerundivos e dos supinos........................... 204
XXII. Dos verbos auxiliares das línguas usuais 207
XXIV. Da sintaxe ou construção conjunta das palavras... 213

Índice remissivo.. 219

Prefácio à edição brasileira

Port-Royal é um nome que aparece em vários contextos, como o histórico, o pedagógico, o político, o filosófico e o teológico; entre nós, no Brasil, porém, parece faltar maior divulgação do que esse nome realmente representa, e isso por motivos até certo ponto compreensíveis. Com o intuito de dar ao leitor uma idéia do que foi Port-Royal, apresentamos um resumo de sua história, das disputas teológicas em que se envolveu e de sua contribuição nos campos da pedagogia, da didática e dos estudos lingüísticos.

I. Breve histórico

O primitivo Port-Royal estava situado a cerca de seis léguas a sudeste de Paris (mais ou menos 36 quilômetros), na região de Chevreuse; o primeiro mapa que o registra data de 1216. Tudo começou com a fundação de um mosteiro para mulheres, num lugar em que havia uma capela dedicada a São Lourenço. Há pelo menos duas versões de como esse mosteiro foi fundado. A mais comum e geralmente aceita é a que atribui a fatos ligados à quarta Cruzada. Matthieu I, de Montmorenci-Marli, partiu com seu exército para a quarta Cruzada em 1202, deixando para sua esposa, Mathilde de Garlande, uma renda de 15 libras para obras de caridade. Por sugestão do bispo de Paris, D. Eudes de Sylly, Mathilde resolveu construir um mosteiro junto àquela capela, como reforço de suas orações pelo feliz retorno do marido.

Chevreuse e Port-Royal situavam-se numa região pantanosa, de vegetação típica, cujas águas paradas e pútridas causavam freqüentes doenças, situação melhorada somente no século XVII, quando as lagoas se transformaram em jardins. Port-Royal estava encravado num vale estreito e profundo, cercado de montanhas, cujo primeiro nome fora Eremberg.

O abade Lebeuf, em sua *História da Diocese de Paris*, relaciona o nome Port-Royal com *borra*, isto é, "cavus dumetis plenus, ubi stagnat aqua" ("grota cheia de sarças, onde a água se acumula"). Nos mapas, encontra-se *Porrois*, da expressão latina "portu regiu", ou melhor, "portu regale", donde proveio a forma refeita Port-Royal. Com a adoção, no século XVII, das proposições jansenistas, que partiram do estudo de Santo Agostinho de Hipona, tentou-se aproximar o nome do mosteiro do nome da cidade em que Santo Agostinho foi bispo até a sua morte, que, completo, teria sido *Hippo Regius*; *Hippo* foi interpretado como o termo púnico para "porto" – sem dúvida, intenções religiosas distorcendo etimologias.

O mosteiro foi entregue às monjas cistercienses em 1255. O rei Luís IX, o santo, destinou-lhe uma subvenção permanente, que foi paga até o século XVII, segundo diz Racine em seu *Abregé*. O papa Honório III, em 1223, concedeu-lhe vários privilégios canônicos.

Entretanto, durante os séculos XIV, XV e até fins do XVI, Port-Royal não se distinguiu em nada dos demais, apresentando os mesmos vícios e as mesmas virtudes. Por causa das guerras contra os ingleses e das guerras religiosas, a disciplina monástica ficou muito abalada. Destaque-se apenas, no século XVI, a ação de suas abadessas do mesmo nome,

Jehanne de la Fin, tia e sobrinha, que promoveram reformas econômicas, sem nada conseguirem no campo da disciplina monástica, além de pesar contra elas a acusação de cuidar muito mal das monjas doentes, atacadas pelas febres causadas pela insalubridade da região.

Essa situação começa a mudar quando a família Arnauld passa a se interessar pelo mosteiro no último decênio do século XVI. Essa família Arnauld (encontra-se também grafado Arnaut e Arnault) pertencia à nobreza e era originária de Auvergne. O patriarca foi Antoine Arnauld (1560-1619), advogado em Paris e conselheiro do rei Henrique IV. Notabilizou-se por sua defesa da Sorbonne em disputas com os jesuítas. Teve vinte filhos, dentre os quais seis filhas vestiram o hábito em Port-Royal. Culto e profundamente religioso, traduziu as *Confissões* de Santo Agostinho, biografias dos Santos Padres do deserto e de outros santos, além das obras de Santa Teresa de Ávila. Tinha algo de huguenote; exerceu enorme influência sobre o mosteiro de Port-Royal, através de suas filhas abadessas, seus filhos – como Antoine Arnauld, denominado O Grande – e até netos.

Segundo os costumes da época, o patriarca Arnauld entregou a filha Jacqueline Marie Angélique Arnauld de Saintre-Madeleine (1591-1667) ao mosteiro para ser educada, com apenas sete anos e alguns meses. Aos onze anos, em 1602, tornou-se abadessa de Port-Royal por influência do pai que, com certos arranjos, conseguiu demonstrar que ela tinha dezessete anos de idade, manobra de nenhuma nobreza. Convém, contudo, lembrar que na época os cargos de abade, bispo, arcebispo eram também e preponderantemente de caráter político.

A princípio, Mère Angélique não sentia vocação para a vida religiosa; aos dezoito anos, porém, certamente por influência dos conceitos de Predestinação, Graça, Queda etc., intensamente discutidos então, como se verá mais adiante, passa a sentir-se firme na vocação religiosa. Introduz no mosteiro severa reforma, dentro das normas do antigo rigor monástico cisterciense de clausura total, contrariando até mesmo as orientações gerais da Ordem. Não recebe assim nem o próprio pai, a não ser no parlatório, originando o chamado "jour des guichets" (25 de setembro de 1609), que teve grande repercussão. Demonstrou grande firmeza na manutenção de sua reforma, sendo dura consigo mesma e com os outros, mas generosa sobretudo no trato dos doentes e na aceitação de candidatas sem dote.

Aceitando o abade de Saint-Cyran como diretor espiritual do mosteiro, por indicação do pai que, como Saint-Cyran, era amigo pessoal de Jansênio, Mère Angélique foi a introdutora do jansenismo em Port-Royal, causa de muitas tribulações posteriores. Torna-se mesmo uma espécie de porta-voz do jansenismo e protesta vivamente contra a condenação do *Augustinus*, obra de Jansênio que continha as proposições heréticas, pelas Bulas *In Eminenti*, de Inocêncio X, e *Cum Occasione*, de Urbano VIII, datadas de 1642 e de 1653 respectivamente. Protestou também contra a obrigatoriedade de assinar o *Formulário*, documento cuja assinatura era obrigatória para todo aquele que quisesse se aproximar dos sacramentos; significava um ato de submissão às Constituições Pontifícias de 1653 e 1656, que continham a condenação das cinco proposições do *Augustinus* de Jansênio. Faleceu em Paris, para onde tinha ido para ajudar sua irmã Agnès contra a perseguição do rei.

Outra figura importante para o mosteiro de Port-Royal foi Mère Agnès (Jeanne Catherine Agnès Arnauld, 1593-1671). Também educada no mosteiro, tornou-se abadessa de Saint-Cyran, em 1599. Transfere-se para Port-Royal em 1608, a chamado de sua irmã Angélique. De 1629 a 1635 dirige a abadia de Tard, das monjas bernardinas, na Borgonha, que esteve unida a Port-Royal durante esses anos de sua gestão. Quando a abadia de Tard recuperou sua autonomia, Mère Agnès voltou a Port-Royal como abadessa (1636 a 1642).

Nesse ínterim, o mosteiro de Port-Royal havia ficado pequeno para as suas oitenta monjas; por isso, Mme. Arnauld comprou uma casa, denominada *Hôtel de Clagny*, no distante bairro de Saint-Jacques, em Paris, mas tão afastado que dava a impressão de se estar no campo. Mudaram-se para lá, em 1626, antes mesmo de se concluírem as reformas e adaptações. Desde então, há dois Port-Royal: o primitivo, denominado *Des Champs*, e o de Paris. O Des Champs ficou praticamente deserto por quase uma década, aos cuidados de um capelão curador apenas. Com os primeiros sinais de repressão contra os adeptos do jansenismo, adotado também por Mère Agnès depois de uma conversa com Saint-Cyran, os mais visados voltam a Port-Royal des Champs. De 1642 a 1661, como superiora ou abadessa, Mère Agnès dirige a abadia de Paris. Por recusar-se a assinar o Formulário, foi presa e confinada no convento da "Visitation", em Paris mesmo. Posteriormente, resolve assinar o documento, para voltar a renegá-lo em 1665; para poder receber a comunhão, disfarçou-se em irmã conversa. Em 1661, setenta e cinco monjas haviam sido expulsas por se recusarem a abjurar o jansenismo através do Formulário, e Mère Agnès redige instruções sobre como elas deveriam resistir. Foi visitada em Port-Royal por São Francisco de Sales, que lhe deixou a melhor das impressões, mas persistiu em suas convicções. Finalmente, em 1669, a chamada "Paz da Igreja", espécie de anistia geral, deu-lhe o almejado sossego.

Anteriormente, em 1627, a abadia de Port-Royal havia passado para a jurisdição do arcebispo de Paris, a pedido ainda de Mère Angélique; tendo dificuldade de impor ao mosteiro os antigos costumes monásticos mais rigorosos, solicitou e obteve a transferência para a jurisdição ordinária, isto é, ficou subordinada ao arcebispo de Paris. Esse foi seu grande erro, pois isso significou *ipso facto* submeter-se à Corte e a seus caprichos. Convém lembrar aqui que vigorava então na França o Galicanismo, que conferia ao rei o direito de nomear bispos e abades, cabendo ao papa apenas a investidura canônica, sem direito a veto; além disso, o rei tinha direito ao dízimo eclesiástico. A Concordata assinada por Francisco I e Leão X, em 1516, havia revigorado esses privilégios do Galicanismo, que foram prejudiciais a Port-Royal, pois permitiram intromissões indevidas no mosteiro. Assim, o bispo de Langres, um dos auxiliares do arcebispo de Paris, levou a comunidade ao misticismo e o abade de Saint-Cyran, novo diretor espiritual, fez com que se adotasse um acetismo rigoroso, obviamente com a colaboração de Mère Agnès; foram praticados excessos, como os de M. Le Maître, que se destruiu por suas austeridades, e M. de Pontchâteau, que se matou de tanto jejuar.

A projeção do mosteiro de Paris levou os irmãos Le Maître, Louis Isaac, dito de Saci (1613-84), e Antoine (1608-58), advogado e um dos diretores das religiosas, a se instalarem perto do mosteiro; em 1637, transferiram-se para perto do mosteiro de Port-Royal des Champs; para isso tiveram o encorajamento e o apoio de Saint-Cyran. Esse fato foi decisivo para a implantação em Port-Royal das *Petites Écoles*, as Escolinhas, das quais falaremos mais adiante. Sob a influência de Antoine Arnauld, adepto das idéias jansenistas e continuador de Saint-Cyran na defesa dessas mesmas idéias em 1643, jansenistas famosos engrossam os efetivos dos chamados "solitários" ou "messieurs" de Port-Royal. Ali, residiam em alojamentos especiais, em prédios separados para homens e mulheres, construídos ao redor da abadia propriamente dita.

Em 1648, terminado o saneamento de Port-Royal des Champs, as monjas voltaram de Paris e com elas os "solitários", que foram se instalar no sítio de Granges, próximo ao mosteiro, ao Norte. Em 1656, começa a perseguição contra os mais fervorosos defensores do jansenismo; o primeiro atingido foi o Grande Arnauld, expulso da Faculdade de Teologia da Sorbonne, onde lecionava. Blaise Pascal manifesta seu desagrado e irritação com esses fatos através das *Provinciales*: são dezoito cartas, escritas em 1656 e 1657, sob o pseudônimo de "Montalte" em que ataca a Sorbonne, os jesuítas e os casuísmos da época. Nas duas abadias, noviças e pensionistas foram expulsos em 1661; as religiosas, seguindo o exemplo da abadessa Mère Agnès, recusaram-se a assinar um novo Formulário e por isso permaneceram confinadas de 1665 a 1669, quando o castigo foi suspenso ao assinarem o compromisso "Paz da Igreja". Em 1669, houve ainda o desmembramento de Port-Royal de Paris. A abadia de Des Champs foi perdendo o brilho; assim mesmo, atraiu alguns letrados simpatizantes e pensionistas até 1679, quando o noviciado foi fechado e os "solitários", expulsos.

Em 1701, *Caso de consciência*, de Eustácio, então confessor da comunidade, reacendeu as controvérsias teológicas na linha do jansenismo. Eustácio foi condenado por Roma em 1703. Por isso, exigiu-se que as religiosas e seus agregados assinassem outro Formulário contra esse recrudescimento das posições jansenistas em 1706; diante da firme recusa, foram excomungados no ano seguinte. O mosteiro de Des Champs não conseguiu reaver o de Paris, apesar de todos os esforços; em 1708, Port-Royal des Champs foi suprimido canonicamente, embora as monjas ainda lá permanecessem. Em 1709, foram expulsas pelos mosqueteiros da guarda do rei; em 1712, as construções foram demolidas juntamente com a capela primitiva e arrasou-se o cemitério.

II. Disputas teológicas

Depois desse pequeno resumo da conturbada história de Port-Royal, parece interessante fornecer ao leitor uma idéia mais detalhada das disputas teológicas do jansenismo, às quais já foram feitas referências; no fundo, como o leitor já deve ter percebido, foram essas questões religiosas que causaram a derrocada de Port-Royal, mas que explicam também a filosofia presente em todas as obras ali produzidas, inclusive a *Grammaire générale et raisonnée*, bem como em seu sistema educacional; pode-se considerar *La logique ou l'art de penser* de Arnauld e Nicole como uma síntese filosófica de Port-Royal.

Pode-se resumir toda a problemática do jansenismo na questão da predestinação, que implica necessariamente a do livre-arbítrio, da Graça, da presciência divina, dos sacramentos etc., problemas filosóficos e teológicos antigos e extremamente difíceis. No fim do século IV, Pelágio (360-422), originário da Britânia, ensinava que o importante é o livre-arbítrio e negava a necessidade da Graça; com isso, negava o pecado original, isto é, a Queda do homem, e o batismo só é necessário para apagar os pecados atuais, por uma disposição de Deus. Essa doutrina, condenada pela Igreja como herética, é conhecida como pelagianismo; uma posição mais atenuada constitui o semipelagianismo. Refutado por Santo Agostinho (354-430), Pelágio levantou questões que continuarão a ser discutidas.

Nessa linha situa-se o jansenismo, nome que designa a doutrina de Corneille Jansen, ou Jansenius, sobre a Graça e a Predestinação. Nascido em Ypres, na Holanda, em 1585, Jansênio estudou teologia na Universidade de Lovaina. Tornou-se amigo de Florent Conrius, depois bispo de Thuan, na Hibérnia, e autor de *Sur la peine des enfants morts sans baptême* ("Sobre a pena das crianças mortas sem batismo"). Nessa obra, Florent volta a ventilar a questão da necessidade absoluta do batismo para a salvação; julga que, sem a graça santificante do batismo, as crianças estão condenadas. Como, porém, podem ser condenadas sem culpa pessoal? Pouco depois, Antoine Arnauld aborda assunto semelhante e correlato em sua *La frequente communion* ("A comunhão freqüente"). Essas questões passam a atormentar Jansênio, que se dedica com afinco ao estudo da Graça e questões afins, lendo e relendo dezenas de vezes as obras de Santo Agostinho de Hipona, o "doutor da Graça". Ainda na Universidade de Lovaina, Jansênio conheceu os ensinamentos sobre a Graça de Michel de Bay ou Baius (1513-89), professor de Sagrada Escritura e chanceler da universidade. Baius sustentou doutrinas novas sobre a Graça: afirmava que a Graça sobrenatural é parte integrante da natureza humana; por isso a Queda original implica uma mutilação dessa natureza humana e só o mérito de Cristo pode restaurar-lhe a integridade. Diz ter encontrado essas idéias em Santo Agostinho, mas foram condenadas pelas Bulas *Ex omnibus affectionibus* de Pio V, em 1567, *Provisionis nostrae* de Gregório XIII, em 1579, e *In eminenti* de Urbano VIII, pela qual foram condenadas também as teses de Jansênio. Essas idéias, que são conhecidas como "Baianismo", se contrapõem ao "Molinismo", do jesuíta Molina, contido na obra *Concórdia*, de 1588, que ensinava: a Graça é suficiente para fazer o bem, mas só produz efeito por decisão do livre-arbítrio (graça suficiente), e Deus predestina os homens à salvação por prever seus méritos futuros, por Ele conhecidos através de uma ciência especial.

Tantas doutrinas conflitantes angustiavam o espírito profundamente religioso de Jansênio e seu temperamento naturalmente rebelde, rude e obstinado, manifestado em várias ocasiões. Enviado à Espanha pela Universidade de Lovaina, saiu-se relativamente bem na disputa com os jesuítas na questão dos privilégios universitários exigidos por eles. Com a morte da Infanta Dª. Isabel, sem herdeiros, os Países Baixos deviam voltar a pertencer à coroa espanhola, em 1633. O espírito rebelde de Jansênio volta a se manifestar: propõe que a Holanda se tornasse independente do quadro dos Países Baixos e da Espanha, e fosse organizada à moda suíça; propunha para isso a união entre católicos e protestantes –

algo certamente muito difícil ou mesmo impossível na época. Fracassou. Em 1639, publicou o panfleto *Mars gallicus* ("Marte gaulês"), em que ataca a realeza francesa por ter-se aliado às nações protestantes; esse panfleto violento granjeou-lhe as iras sobretudo de Richelieu e uma cerrada perseguição, sobretudo quando se publicou o *Augustinus*.

Jansênio levou muito tempo escrevendo o *Augustinus*, obra publicada em Lovaina, em 1640, às pressas e à socapa, fugindo às pressões de seus adversários, que tentavam, de todos os modos, impedir-lhe a impressão. Em 1641 saiu a edição de Paris e, em 1643, a de Rouen. Jansênio entregou o manuscrito a seu confessor e aos amigos Fromond e Calenus, poucas horas antes de morrer, em 6 de maio de 1638, pedindo-lhes que o publicassem da maneira mais fiel possível, pois ele o havia burilado ao máximo. Morreu de peste, sem que houvesse qualquer epidemia, tendo contraído os bacilos da doença ao remexer em antigos manuscritos, que os havia conservado. O *Augustinus* é, portanto, obra póstuma, e considerada a última de caráter polêmico toda exarada em latim.

Nela o autor se utiliza de um método que se poderia considerar histórico e não escolástico, hegemônico na época. São textos de Santo Agostinho, colocados em ordem e em evidência lógica, formando um todo sistemático e lógico. Em resumo, afirma haver dois estados ou duas espécies de Graça: a) O da inocência primitiva, no qual o homem era inteiramente livre; a Graça se submetia a essa liberdade ou livre-arbítrio; o homem não podia fazer o bem sem essa Graça, que não era, porém, determinante, podendo-se permitir ou não sua atuação; notam-se aí pontos coincidentes com a doutrina do pelagianismo. b) O homem caído, que fica com o hábito constante e incurável do pecado, já que a fonte ficou envenenada; agora só há uma Graça salvadora, a do batismo, que nem todos têm e que Deus dá a quem

Ele quiser; daí que a predestinação é um decreto de Deus, eterno e insondável.

As conclusões possíveis dessas premissas levam a posições heréticas, apresentando pontos comuns com outras doutrinas já devidamente condenadas pela Igreja, sobretudo com o calvinismo, havendo por isso quem denomine Jansênio *Calvin rebouilli* (Calvino, requentado). O *Augustinus* provocou enorme celeuma em Lovaina e em Paris, onde Cornet, da Sorbonne, fez condenar as cinco proposições, afirmando que Jansênio negava o livre-arbítrio e restringia a salvação apenas aos predestinados. O jansenismo foi condenado pelas Bulas *In eminenti* de Urbano VIII, em 1643, *Cum occasione* de Inocêncio X e *Ad sacram* de Alexandre VII, em 1656, esta confirmando a de Inocêncio X de três anos antes. Mesmo em Roma, houve bastante hesitação em condenar as cinco proposições, devido à dificuldade considerável de distinguir o que era próprio de Jansênio e o que se devia atribuir a Santo Agostinho. Tanto assim que são bem poucas as proposições, se comparadas com as 101 extraídas e condenadas de *Réflexions morales sur le Nouveau Testament* de Quesnel (1634-1719), continuador de Jansênio no século XVIII.

Toda essa controvérsia e suas conseqüências foram levadas a Port-Royal por Jean du Verger (ou du Vergier) de Hauranne, mais conhecido como Abade de Saint-Cyran (1581-1643). Nascido em Bayonne, localidade próxima da região dos bascos, onde fez seus primeiros estudos, foi estudar na Universidade de Lovaina, onde foi aluno de Justo Lípsio e se ligou a Jansênio. Em 1611, os dois se estabelecem em Bayonne; durante anos, estudam Santo Agostinho e os santos padres e planejam uma grande reforma da Igreja Universal. Em 1623, Du Verger se instalou em Paris, sem perder contato permanente com seu amigo Jansênio; em Paris torna-se amigo de Antoine Arnauld, o Grande, o mais influente dos "Senhores de Port-Royal", e o converte ao jansenismo. Jean du Verger, nomeado abade de Saint-Cyran, através de Arnauld, entra em contato com Mère Angélique em Port-Royal e se torna diretor espiritual da comunidade em 1636, que obviamente adere às teses jansenistas. Teólogo respeitado, fazia oposição cerrada aos jesuítas. De início, foi amigo de Richelieu, que lhe ofereceu dois bispados, que prontamente recusou. Por suas diferenças teológicas e políticas com o cardeal, foi perseguido e por fim encarcerado na Bastilha em 1638, sendo libertado somente depois da morte de Richelieu, em 1642. Teologicamente, insistia sobre a ação da Graça e a correspondente austeridade e penitência por parte do homem.

Outra figura importante para Port-Royal, tanto nas disputas teológicas como na organização das Escolinhas, foi Antoine Arnauld (Paris, 1612 – Bruxelas, 1694). Doutor em Teologia pela Sorbonne em 1641, aderiu ao jansenismo por influência de seu amigo Saint-Cyran; na linha de pensamento jansenista escreveu *A comunhão freqüente*, em que critica os costumes vigentes, não aceitando o hábito da comunhão diária. Por causa dessas idéias foi expulso da Universidade de Paris em 1656. Retirou-se então para Port-Royal des Champs, de onde só saiu em 1668 com a promulgação da "Paz da Igreja". Esse período foi muito propício a seus estudos e pesquisas, pois escreveu a *Grammaire générale et raisonnée*, com Lancelot, e *La logique*, com Nicole*. Escreveu ainda outras obras contra protestantes, calvinistas e jesuítas, mas suas obras completas só foram publicadas entre 1775 e 1783. Sua linguagem é clara e despojada, dentro do melhor estilo de Port-Royal, o que não agradou a muitos de seus contemporâneos.

....

* Como filósofo escreveu, além de *La logique*, as famosas quartas objeções às *Meditações* de R. Descartes.

III. A pedagogia e a didática de Port-Royal: as Escolinhas

A convicção a respeito de suas verdades teológicas levou os Senhores de Port-Royal a tentar demonstrá-las de modo concreto através das *Petites écoles*, pequenas escolas ou Escolinhas, como as denominamos aqui, diminutivo que deve ser tomado denotativamente.

A idéia dessas Escolinhas foi de Saint-Cyran, mas exposta e desenvolvida por De Sainte-Marte e Walon de Beaupuis. Os princípios pedagógicos se fundamentam na idéia da Queda do homem. Para eles, a criança constitui a imagem perfeita dessa Queda: nenhuma liberdade, nenhuma palavra (*infans*, "que não fala"), submetida aos instintos e à concupiscência; imita tudo, ignora tudo, quer tudo. E a função da pedagogia é reconstituir o homem como ele era antes da Queda.

O batismo dá a Graça, guia e sustenta o homem até o uso da razão; a partir daí, é trabalho da educação fazer com que continue nesse estado de Graça, e isso de modo reflexo, sentido e prático. A educação deve concretizar esse segundo nascimento e garantir sua vivência permanente; ela deve ajudar o batizado, acorrentado por todos os lados, continuamente ameaçado de perder tudo por causa dos instintos e maus exemplos. Daí decorre com clareza a enorme responsabilidade do educador, para o qual ela pode vir a ser "um tormento do espírito".

Em vista disso, na prática, os professores de Port-Royal são escolhidos a dedo, exigindo-se deles piedade, capacidade, discrição e desinteresse; o único motivo para que aceitem esse encargo é a caridade e o único fim é conservar nas crianças a Graça do batismo.

Desse modo, consideravam que as Escolinhas de Port-Royal constituíam a melhor resposta, concreta e objetiva, à acusação de fatalismo na doutrina da Graça, pois, para eles, a infância é o livro da Graça, aberto no artigo da Predestinação em sua passagem mais obscura.

Didaticamente, o idealizador das Escolinhas, Saint-Cyran, escolheu a chamada "via mediana" de Erasmo de Roterdam, conforme exposta no *Traité sur le mariage chrétien* ("Tratado sobre o matrimônio cristão"), cuja base é a virtude cristã. Coustel, um dos preceptores de Port-Royal, expôs o conjunto dos procedimentos didáticos em *Les règles de l'éducation des enfants* ("As regras da educação das crianças"), e para as matérias específicas das Letras em geral, Arnauld, o Grande, escreveu *Règlement des études dans les lettres humaines* ("Regulamento dos estudos nas Letras humanas"), conotando clara distinção entre a literatura profana e a Sagrada Escritura.

A primeira preocupação pedagógica e didática foi a escolha do tipo de escola. Dentro dos objetivos visados, de restaurar o homem como ele era antes da Queda e conseguir que mantivesse a Graça do batismo, obviamente o melhor local para as Escolinhas seriam os mosteiros. Considerando-se, porém, a importância que a vida familiar tem na formação da personalidade, julgaram os Senhores de Port-Royal que esse elemento não deveria ser dispensado. Por outro lado, as escolas públicas partiam de outros princípios, fundamentalmente conflitantes com os objetivos específicos das Escolinhas, ainda que tivessem a vantagem de uma integração social melhor. Procurando reunir as vantagens de todas as possibilidades, a solução encontrada foi construir e montar as Escolinhas junto aos mosteiros e, de preferência, no campo. Depois de saneada, a região de Port-Royal des Champs oferecia condições favoráveis para sua implantação.

Segundo a referida "via mediana" de Erasmo, as classes tinham cinco ou seis alunos nas Escolinhas junto ao mosteiro e apenas dois nas montadas em casas particulares. Também não se aceitava qualquer um; só eram admitidas crianças de "boas casas, boa raça e boa cepa": filhos de nobres da alta burguesia, de parlamentares e de comerciantes honestos. A idade melhor para a entrada era a de nove ou dez anos. No período de maior projeção dessas organizações, cada aluno pagava 500 libras.

Os métodos de ensino se baseavam em experiências inovadoras; na prática, o sistema se reduz aos ditames do bom senso, ainda que naturalmente influenciado pela mundividência da época, racionalista e essencialmente cartesiana.

Assim, as primeiras Escolinhas foram instaladas em Port-Royal des Champs em 1638, tendo De Selles, De Basde, Lancelot e Nicole como professores. Com a transferência do mosteiro para Paris, em 1647, para o já dito Hôtel de Clagny, Rua Saint Dominique d'Enfer, ali passaram a funcionar quatro classes, cada qual com seis alunos, das quais eram preceptores Lancelot, Nicole, Guyot e Coustel; a direção ficou com Walon de Beaupuis.

Com o recrudescimento das dificuldades e pressões por causa da adesão ao jansenismo, as Escolinhas foram, em 1650, de novo transferidas para Port-Royal des Champs, sendo instaladas em vários pontos de seus arredores: em Granges, onde estudou Racine; no castelo de Trous, propriedade do Sr. de Bagnols, perto de Chevreuse; e no castelo de Chesnay, um próprio do Sr. de Bernières, onde estudou Tillemont, aluno de Nicole, e considerado o aluno ideal e perfeito por De Beaupuis, tornando-se posteriormente especialista em História da Igreja. De 1656 a 1660, uma Escolinha funcionou em Sevrans, perto de Livy, a noroeste de Paris, a sucursal mais distante de Port-Royal des Champs, com doze alunos, ou seja, com duas classes. Contudo, as classes não eram fixas, não se ministravam as aulas sempre no mesmo lugar por motivo de segurança, uma vez que pesava contra elas a acusação de serem locais "onde as crianças eram nutridas com heresias".

No período áureo de funcionamento dessas Escolinhas, elas chegaram a ter cerca de cinqüenta alunos, sem dúvida um número quantitativamente pequeno, mas de excepcional qualidade, tanto em relação ao corpo docente como ao discente, como se pode comprovar pelo número e valor das obras produzidas. Basta citar, como exemplo, *Esther* e *Athalie*, escritas por Racine em Port-Royal.

O ensino na França, nessa época, estava em decadência, de modo que a renovação revolucionária de Port-Royal nesse campo constituía um contraste muito forte. Henrique IV havia reformado a universidade, mas sem ousadia e horizontes largos, permanecendo ainda assim um descompasso entre a universidade e o ensino em geral e a sociedade, com um atraso de várias décadas. Malherbe e Balzac haviam praticamente fixado o francês; entretanto, às vésperas do reinado de Luís XIV (1651-1715), os intelectuais só falavam latim e não sabiam francês, enquanto os socialmente bem posicionados não conheciam o latim e só falavam francês e não poucos falavam latim e francês: ter acabado de vez com essa situação lingüística foi a originalidade do século de Luís XIV. Antes dele, Francisco I, através da *Ordonnance*, de 1516, estabelecera que se usasse o francês nos Atos públicos e fundara, em oposição à universidade, presa à tradição do latim, o *Collège de France*, onde se empregava o francês. Os Senhores de Port-Royal tiveram considerável influência no esforço de colocar um ponto final a essa estranha situação.

Claude Lancelot (Paris, 1615 – Quimperlé, 1695) escreveu, em 1644, *Nouvelle méthode pour apprendre la langue latine* ("Novo método para aprender a língua latina"); dedicou essa obra a Luís XIV, servindo de grande apoio à sua educação, embora não tivesse feito dele um ótimo latinista. Lancelot procura unir aí o "sólido ao polido", mas a característica fundamental desse método está em partir sempre do francês. Até então, as crianças deviam aprender o alfabeto e a soletrar com base de um texto em latim, esforço imenso que consumia três ou quatro anos, o que levou Sainte-Beuve a dizer que "os infelizes se viam às voltas com o incompreensível para se dirigirem ao desconhecido".

Pelo novo método, nascido de idéias de Pascal, ensinavam-se inicialmente apenas as vogais e os ditongos do francês, cujas letras representam sozinhas os sons correspondentes; como as consoantes, conforme o próprio nome diz, não representam sons pronunciáveis autonomamente, por serem emitidas sempre em conjunto com uma vogal, eram ensinadas depois, sob a forma de sílabas. Esse método, hoje normal e comum, significou uma verdadeira revolução para a época.

Considerando ainda que as letras não representam exatamente o mesmo som no latim, no francês e em outras línguas, o método dispunha que se partisse sempre da língua materna; com isso, pelo menos não se parte do incompreensível. Essas diretrizes didáticas se encontram também em *Billets que Cicéron a écrits* de A. Arnauld.

Na tentativa de apagar a impressão de estarem os alunos às voltas com alfarrábios poeirentos e autores ultrapassados, os preceptores de Port-Royal faziam a leitura e a tradução dos textos latinos em voz alta, dando-lhes vida e ênfase. Os resultados práticos não poderiam ter sido melhores, o que projetou o método e o próprio Port-Royal e lançou sombras, provocando ciúmes e a ira dos que se julgavam donos da educação, os escolásticos com os jesuítas à frente.

Dentro desse mesmo sistema, Lancelot escreveu ainda *Nouvelle méthode pour apprendre la langue grecque*, *Nouvelle méthode pour apprendre la langue italienne* e *Nouvelle méthode pour apprendre la langue espagnole*. Também em outras obras, como *Le jardin des racines grecques* e mesmo na *Grammaire générale et raisonnée*, estão presentes os mesmos princípios da didática e da pedagogia.

Se os Senhores de Port-Royal submetiam tudo à Graça em outros campos, no ramo das ciências humanas eram racionais. O Grande Arnauld desenvolveu um ramo do cartesianismo a que o próprio Descartes não se havia dedicado: o estudo e a análise da linguagem em geral, partindo da hipótese de ser ela de natureza racional. Esse ramo de estudo foi implantado e naturalizado em Port-Royal, cujo fruto é esta *Grammaire générale et raisonnée*; se mais não produziram, certamente foi por falta de tempo hábil. Tiveram, porém, continuadores no século seguinte, como Du Marsais, Duclos, Condillac e, sobretudo, De Tracy, discípulo direto de Arnauld. Destaca-se nesse contexto *Principes de grammaire générale mise à la portée des enfants* ("Princípios de gramática geral colocado ao alcance das crianças"), de Silvestre de Saci, contemporâneo de De Tracy; essa obra completa e amplia a de Arnauld com os subsídios provenientes do avanço dos conhecimentos da matéria. A abordagem racional e filosófica do estudo da linguagem levou Voltaire a afirmar a respeito de Arnauld que "persone n'était né avec un esprit plus philosophique" (ninguém nascera com um espírito mais filosófico).

Entretanto, o que geralmente se critica nesse tipo de abordagem lingüística é que nem tudo pode ser reduzido à razão, como os idiotismos; realmente, os escritos de Port-Royal têm muito poucos. Fazem muita abstração, baseada em poucas línguas, todas provenientes do indo-europeu; realmente é difícil, senão impossível, uma Gramática Geral que descreva todas as variantes lingüísticas da Humanidade, da mesma forma que N. S. Trubetzkoi não conseguiu montar um sistema fonológico universal.

Esse espírito filosófico, aplicado aos estudos da linguagem, contrasta com a situação deles no século XVII, quando predominava a preocupação com o *bon usage*, o "bom uso", de caráter mais estilístico, sem maior interesse em conhecer as causas, os fundamentos e a estrutura da linguagem. O maior expoente dessa busca do *bon usage* foi Vaugelas, com *Remarques sur la langue française* ("Observações sobre a língua francesa"), de 1647; foi discípulo de Malherbe e cita muito pouco Montaigne, que, segundo ele, não seguia o *bel usage*. Outros nomes destacados dessa linha são Ménage, Patru e Brouhours. Vaugelas reclamou contra as afirmações de Lancelot de que o uso não tem fundamento racional. Coerentemente, os Senhores de Port-Royal na prática escreviam de modo diferente dos adeptos do *bon* ou *bel usage*, que era na verdade a linguagem de Paris e especialmente da corte. Renan observou corretamente que "a língua dos escritores de Port-Royal é a perfeição. Ela tem a qualidade suprema da prosa, a que resume todas as outras, a naturalidade. Ela só tem um objetivo: dizer claramente aquilo que se quer dizer, sem o menor desejo de provar que se tem talento. (...) A língua deles é suficiente para tudo; pode servir para expressar pensamentos opostos aos seus, pois ela tem por única lei o bom senso, o amor da clareza e da verdade".

Além das posições lingüísticas e filosóficas contrárias, essas duas correntes se opunham também no plano político, uma vez que o "bom uso" era de fato a linguagem da corte, com manifesto menosprezo pelas demais variedades lingüísticas; os choques foram inevitáveis, sobretudo com Lancelot e Arnauld, justamente por afirmarem que o uso não tem fundamento racional. A discussão, porém, não ficou no plano científico; nessa luta desigual, os Senhores de Port-Royal, tendo como adversários Richelieu, Luís XIV, os jesuítas e pedagógicos, só poderiam ter levado a pior.

Coerentes com seus princípios teológicos e morais, os Senhores de Port-Royal antecipararam-se aos outros educadores, mesmo religiosos, em relação ao expurgo das obras latinas que traduziam. La Fontaine fala dos expurgos feitos por De Saci em suas traduções, antes mesmo de o jesuíta Jouvancy fazê-lo. Justificavam tais depurações com o respeito devido à inocência da criança e ao Espírito Santo que nela habita. Como dizia Beaupuis, é preciso transmitir aos educandos os valores da cultura clássica, mas sem seus vícios e imoralidades. Daí também a seleção bastante rigorosa das obras que traduziam. Como apoio e complementação ao Método, publicaram, em edições bilíngües, as *Fábulas* de Fedro, *Comédias* de Terêncio, *Os cativos* de Plauto, *Cartas morais e políticas a Ático* de Cícero, *Cartas de Cícero a seus amigos, Bilhetes de Cícero a seus amigos*, com prefácio de Guyot, em que fala com detalhes dos estudos e suas inovações em Port-Royal; *Carta a Quintus* de Cícero e *O sonho de Cipião*; de Virgílio foram traduzidas as *Bucólicas* e as *Geórgicas*, De Brienne traduziu os quatro primeiros livros da *Eneida* e D'Andilly, o quarto e o sexto. De Saci traduziu os *Paradoxos* de Cícero. Foi publicada também uma antologia de máximas morais e epigramáticas, resumo de outra mais vasta, *Epigrammatum delectus*, com epigramas de Marcial, Catulo e Ausônio e sentenças morais de Plauto, Terêncio, Horácio e outros. Como se vê, uma lista considerável; é compreensível que não se mencionem outros autores, como Ovídio e Caio Júlio César.

Várias dessas traduções são precedidas de prefácios, advertências etc., em que são abordados diversos temas metodológicos, éticos, literários, axiológicos etc., explicitações ou resumos dos diversos métodos, regras e regulamentos já mencionados; tudo isso constitui um conjunto harmonioso e convergente do ponto de vista didático e pedagógico, em que sempre predomina o bom senso.

Com poucas exceções, essas obras foram publicadas depois da primeira repressão em 1656, ou mesmo depois da total supressão das Escolinhas em 1660. A involuntária inatividade de muitos dos Senhores de Port-Royal, na prisão, deu-lhes ocasião e tempo para refletir sobre seus ensinamentos e métodos, já testados experimentalmente; puderam então rever tudo, corrigir até chegar à elaboração e publicação de obras maduras e completas.

Contudo, esse trabalho de renovação pedagógica e didática teve, infelizmente, curta duração; praticamente, foi desenvolvido durante 22 anos apenas, de 1638 a 1660. Tantas inovações educacionais e resultados felizes provocaram, como já se frisou, a ciumeira de muitos. É sintomático o que disse o arcebispo de Paris, M. de Harlay, ao levar a Port-Royal a ordem de limitar o número de noviças, em 1661, como primeira medida das que levaram à extinção do mosteiro, sempre "em nome do rei": "Eh! Deus meu – exclamou ele. Será que ninguém vê? Falam sempre de Port-Royal, desses Senhores de Port-Royal: o rei não aprecia o que faz barulho".

As perseguições contra Port-Royal foram favorecidas pela adoção, tanto pelas monjas como pelos Senhores ou "solitários", dos princípios jansenistas que, condenados, permitiam toda espécie de repressão, mesmo em campos não atingíveis pela heresia. Não se percebeu a importância dos acontecimentos e inovações; foi preciso tempo até que surgisse uma avaliação mais profunda como esta de Renan:

> Port-Royal é um dos primeiros títulos de glória da França. É a melhor prova que se poderia apresentar aos que sustentam que nosso país é incapaz de coisa séria. Port-Royal foi uma tentativa de fazer da França uma nação instruída, honesta, preocupada com a verdade, tendo mais prazer em ser do que parecer. (...) Se Port-Royal tivesse obtido êxito, não teríamos tido nem a Regência, nem a filosofia do século XVIII no que tem de superficial, nem o neocatolicismo. (Journal de débats, 3e. Article, 15 nov. 1867 in *Nouvelles études d'histoire religieuse*, Calmann Lévy, Paris, 1899.)

A repressão ao jansenismo levou de roldão todo esse movimento; as Escolinhas da Rue Saint Dominique d'Enfer foram fechadas em 1656 e das redondezas de Port-Royal des Champs em 1660.

Contudo, a supressão das Escolinhas e a derrocada geral de Port-Royal não conseguiram obnubilar a projeção das idéias contidas nas obras desses Senhores. Note-se que nenhum deles foi membro da Academia Francesa; apenas Racine nela foi admitido em 1673, mas já sem o espírito de Port-Royal, onde fez o discurso de recepção de Corneille, o outro grande dramaturgo do século XVII. Algumas idéias de Port-Royal foram introduzidas na Universidade de Paris através de Charles Rollin, reitor por duas vezes e amigo de Quesnel; sua obra *Traité des études* (1726-28) reflete alguns dos ideais dos Senhores de Port-Royal.

Seria necessário prolongar muito este Prefácio, se quiséssemos rastrear a influência da *Gramática de Port-Royal* nos séculos subseqüentes, em que pese seu despretensioso nascimento. Algo já foi dito de passagem. Para finalizar, destacando mais uma vez o valor dessa obra, chamamos a atenção do leitor para Noam Chomsky, com seu *Cartesian Linguistics* e seu subtítulo *A Chapter in the History of Racionalist Thought*, de 1966, de que existe uma tradução brasileira (Vozes-Edusp, Petrópolis, 1972). No capítulo "Estrutura profunda e Estrutura de superfície", Chomsky declara que a maioria das chamadas "gramáticas universais" (ou "gerais") posteriores segue as linhas da de Port-Royal; essas linhas partem do modo pelo qual os conceitos se combinam para a formação do juízo, segundo as três operações do espírito: conceber, julgar e raciocinar. Ele estuda e esclarece os dois aspectos da linguagem – o interno e o externo – que detecta na *Gramática*, distinguindo aí a "estrutura profunda" e a "estrutura de superfície", sobretudo nos exemplos dados pelos autores, como *Dieu invisible a crée le monde visible* ("Deus invisível criou o mundo visível") e outros que se encontrarão nas páginas seguintes, e longamente discutidos por Chomsky (op. cit., pp. 43-63), a par de vários outros pontos, como sujeito, atributo, pronomes, advérbios, infinitivo etc. Não se restringe, porém, à *Gramática*; faz freqüentes referências e analisa dados também da *Logique ou l'art de penser*, posterior, como se viu, à *Gramática*, mas que são complementares. Enfim, Chomsky e seus colegas do Massachusetts Institute of Technology, o conhecido MIT, como Morris Halle e Roman Jakobson, detectaram na *Gramática geral* de Port-Royal enfoques utilizáveis pelos estudos contemporâneos do tipo estrutural, transformacional e mesmo gerativo.

Numa perspectiva histórica, o próprio Chomsky destaca a importância do estudo dessa lingüística filosófica, a partir de René Descartes, que restabelece a ligação entre a Lingüística da atualidade com a dos séculos anteriores, bastante negligenciada por muitos estudiosos; através dessa ponte chega a Port-Royal, aos seus "solitários", que afinal foram os exploradores desse ramo de conhecimento, ao qual o próprio Descartes se havia dedicado muito pouco. Por isso, caso Port-Royal tivesse sobrevivido e obtido êxito, julgamos que também os estudos lingüísticos muito teriam lucrado e progredido dentro daquela perspectiva a que Renan se referiu.

BRUNO FREGNI BASSETTO
HENRIQUE GRACIANO MURACHCO

Nota prévia

A presente *Gramática geral e razoada*, ou simplesmente "Gramática de Port-Royal" como é mais conhecida por aqueles que, entre nós, se dedicam aos estudos lingüísticos, é sem dúvida um ponto de referência muito importante na história da evolução dos estudos gramaticais, como o mostrou o Prefácio à Edição Brasileira. Essa importância, apesar de suas deficiências, algumas das quais já apontadas por Duclos em suas *Observações*, que acompanham a presente edição brasileira, e plenamente explicáveis em obras de caráter pioneiro, justifica plenamente esta tradução que, convenhamos, vem com muito atraso. Resta-nos apenas dizer algo sobre a apresentação deste trabalho.

Como critério básico de tradução, procuramos transpor para o português, do modo mais fiel possível, o que entendemos ser o pensamento dos autores, tentando evitar que nossas idéias e conceitos – por vezes divergentes – viessem a interferir; procuramos também, sempre que o vernáculo o permitia, manter as peculiaridades estilísticas da obra, o que nem sempre foi fácil, como se pode imaginar, tratando-se de autores do século XVII.

Tratando-se de uma gramática "geral", ocorrem exemplos em várias línguas; sem dúvida, a não-compreensão do exemplo inviabiliza a compreensão do conjunto. Na tentativa de ajudar o leitor não familiarizado com o latim, o grego, o hebraico etc., traduzimos todos os exemplos dados, embora reconheçamos que com isso o texto se tornou um tanto sobrecarregado.

Como toda obra dessa espécie, acreditamos que este seja sobretudo um livro de consulta e de referência; por isso, pareceu-nos útil elaborar um índice remissivo dos conceitos mais importantes e possivelmente de interesse para os que se dedicam aos estudos gramaticais. Dentro da ordem alfabética dos conceitos, quase sempre foi mantida a seqüência numérica das indicações das páginas; as referências incluem também as *Observações* de Duclos. Não tivemos, porém, a pretensão de ser exaustivos.

No decorrer dos quase três séculos e meio que nos separam da elaboração da obra, como era de esperar, alterou-se o significado de alguns termos, outros caíram em desuso e ainda outros foram criados, às vezes para o mesmo fato lingüístico; enfim, houve modificações terminológicas por vezes de largo alcance. Essa verificação levou-nos a elaborar algumas notas elucidativas, cuja finalidade precípua é ajudar o leitor a entender a terminologia dos autores, por sinal ainda bastante presos à tradição latina, em parte descritivista e normativa, relacionando-a com a da atualidade, sempre que isso nos pareceu útil ou necessário. Contudo, é preciso não desvinculá-la de sua época, nem de seu contexto histórico e cultural, sobretudo filosófico.

OS TRADUTORES

GRAMÁTICA GERAL E RAZOADA

Contendo os fundamentos da arte de falar, explicados de modo claro e natural; as razões daquilo que é comum a todas as línguas e das principais diferenças ali encontradas etc.
Com as notas de Duclos.

Gramática geral e razoada

A Gramática é a arte de falar[1].

Falar é explicar seus pensamentos por meio de signos que os homens inventaram para esse fim. Achou-se que os signos mais cômodos eram os sons e as vozes.

Como, porém, esses sons se esvaem, inventaram-se outros signos para torná-los duráveis e visíveis, que são os caracteres da escrita, que os Gregos denominam γράμματα, de que proveio o termo Gramática.

Assim, pode-se considerar duas coisas nesses signos. A primeira: o que são por sua própria natureza, isto é, como sons e caracteres. A segunda: sua significação, isto é, o modo pelo qual os homens deles se servem para expressar seus pensamentos.

Trataremos de uma na primeira parte desta Gramática, e da outra na segunda.

---

1. Compare-se com o que diz Dionísio Trácio: "A arte gramática (das Letras) é o trato das coisas ditas com mais freqüência nos poetas e prosadores."

Prefácio

O compromisso com que me* empenhei, mais por acaso do que por escolha própria, de trabalhar nas Gramáticas de diversas línguas, muitas vezes me levou a buscar as razões de várias coisas que são ou comuns a todas as línguas, ou particulares a algumas delas. Tendo, porém, encontrado por vezes dificuldades que me faziam parar, comuniquei-as, em nossos encontros, a um de meus amigos**, que, embora nunca se tivesse dedicado a esse ramo da ciência, logrou dar-me muitas aberturas para resolver minhas dúvidas; minhas perguntas foram causa para que ele fizesse diversas reflexões sobre os verdadeiros fundamentos da arte de falar, com os quais me entreteve durante as conversas; achei-os tão sólidos que decidi não permitir que se perdessem, uma vez que não havia visto nem nos antigos gramáticos nem nos novos nada mais curioso ou mais justo sobre essa matéria. Foi por isso que obtive de sua condescendência para comigo que mos ditasse durante horas incontáveis; e assim, depois de as ter recolhido e ordenado, compus com elas este pequeno Tratado. Os que apreciam obras de raciocínio sem dúvida encontrarão nele alguma coisa que poderá

....
* Lancelot.
** Arnauld.

satisfazê-los e não menosprezarão seu assunto, porque, se a palavra é uma das grandes vantagens do homem, não deve ser algo menosprezável possuir toda a perfeição que convém ao homem, isto é, ter não apenas seu uso mas também conhecer-lhe as razões e fazer cientificamente o que os outros fazem apenas por costume.

PRIMEIRA PARTE

ONDE SE FALA DAS LETRAS E DOS CARACTERES DA ESCRITA

CAPÍTULO I

Das letras como sons e primeiramente das vogais

Os diversos sons, dos quais nos servimos para falar e a que damos o nome de *letras*, foram encontrados de maneira bem natural e que é útil destacar.

Pois, como a boca é o órgão que os forma, viu-se que se tratava de algo muito simples, que a simples abertura dela era suficiente para se fazer ouvir e para formar uma voz distinta, fato que levou a denominá-las *vogais*.

Viu-se também que havia ainda outros que, dependendo da aplicação particular de alguma de suas partes, como os dentes, os lábios, a língua, o palato, não podiam de forma alguma produzir um som perfeito a não ser pela própria abertura da boca, isto é, através de sua junção com aqueles primeiros sons, e por causa disso foram chamados *consoantes*.

Contam-se comumente cinco daquelas vogais: *a, e, i, o, u*; além do fato de que cada uma daquelas pode ser breve ou longa, o que acarreta uma variedade bastante considerável no som, parece que, se for averiguada a diferença dos sons simples, segundo as diversas aberturas da boca, poder-se-ia acrescentar ainda quatro ou cinco vogais às cinco precedentes. Pois o *e* aberto e o *e* fechado são dois sons bastante diferentes para construir duas vogais distintas, como *mèr* ("mar"), *abimér* ("subverter"), como o primeiro e o último *e* em *nètteté* ("clareza"), em *sèrré* ("apertado") etc.

Da mesma forma o *o* aberto e o *o* fechado, *côte* ("costa") e *cotte* ("cota d'armas"), *hôte* ("hóspede") e *hotte* ("cesto de vindima"). Embora o *e* aberto e o *o* aberto tenham qualquer coisa de longo e o *e* e o *o* fechados qualquer coisa de breve, contudo essas duas vogais variam mais por serem abertas e fechadas que um *a* ou um *i*, os quais não variam por serem longos ou breves; esta é uma das razões por que os Gregos preferiram criar duas figuras para cada uma dessas duas vogais e não para as três outras.

Além disso, o *u*, pronunciado *ou* como o faziam os Latinos e como o fazem ainda hoje os Italianos e os Espanhóis, tem um som bastante diferente do *u*, como o pronunciavam os Gregos e como o pronunciam os Franceses.

Eu, como em *feu* ("fogo"), *peu* ("pouco"), perfaz ainda um som simples, embora o escrevamos com duas vogais.

Resta o *e* mudo ou feminino, que em sua origem não passa de um som surdo, ligado às consoantes quando se deseja pronunciá-las sem vogal, como quando são seguidas imediatamente por outras consoantes, da mesma forma que na palavra *scammum*: é o que os Hebreus denominam *scheva*, sobretudo quando inicia sílaba. Esse *scheva* se encontra necessariamente em todas as línguas, embora não se note por que não há um sinal gráfico para representá-lo. Mas algumas línguas usuais, como o alemão e o francês, marcaram-no pela vogal *e*, acrescentando esse som aos outros que ela já tinha: ademais, fizeram com que esse *e* feminino formasse uma sílaba com sua consoante, como é a segunda em *netteté* ("clareza"), *j'aimerai* ("eu amarei"), *donnerai* ("darei") etc., o que não fazia o *scheva* nas outras línguas, embora muitos cometam esse erro ao pronunciar o *scheva* dos Hebreus. E o mais notável é que esse *e* mudo, em francês, constitui por si só uma sílaba, ou antes uma semi-sílaba, como *vie* ("vida"), *vue* ("vista"), *aimée* ("amada").

Assim, sem considerar a diferença que se faz entre as vogais de um mesmo som por serem longas ou breves, poder-se-ia distinguir até dez, restringindo-se apenas aos sons simples e não aos caracteres: *a, ê, é, o, ô, eu, ou, u,* e *e* mudo, em que se pode notar serem esses sons pronunciados com a maior ou a menor abertura da boca.

CAPÍTULO II

Das consoantes

Se fizermos, em relação às consoantes, o mesmo que fizemos relativamente às vogais e considerarmos apenas os sons simples que estão em uso nas principais línguas, descobriremos que não existem senão as que estão na tabela seguinte, em que aquilo que necessite de explicação é indicado por algarismos indicadores das notas respectivas, dadas a seguir.

Consoantes que só têm um som simples[1]:

Latinas e usuais[2]	Gregas	Hebraicas
B. b,	B, β	ב (1) Beth
P. p,	Π. π,	פ Pe
F. f, (2) ph,	Φ, φ	(3)
V. V, (consoante)	Ϝ, (4)	(5)
C. c (6)	K. κ,	כ Caph

....

1. Note-se que o alfabeto dado parte do latim, do francês e de outras línguas usuais. A nomenclatura é a da época. Os avanços da filologia, da fonética e da fonologia alargaram mais os horizontes, alterando alguns conceitos e introduzindo outros. Note-se também o fraco conhecimento do grego, que será notado no decurso da obra. Aqui os autores não registram o ϑ, o χ, aspirados, embora registrem o φ.

2. Línguas usuais: essa denominação é abrangente; seriam todas línguas vivas por oposição ao latim, grego e hebraico.

G. g, (7)	Γ. γ,	ג Ghimel
J, (consoante)		י Iod
D. d,	Δ. δ,	ד Daleth
T. t,	T. τ,	ט Teth
R. r,	P. ρ,	ר Resch
L. l,	Λ. λ,	ל Lamed
ll. (8)		
M. m,	M. μ,	מ Mem
N. n,	N. ν.	נ Nun
gn. (9)		
S. s,	Σ. σ,	ס Samech
Z. z,	Z. ζ, (10)	ז Zaín
CH. ch, (11)		ש Schin
H. h, (12)	'. (13)	ח (14) Heth

(1) Com um ponto chamado *dagesch lene*.

(2) O φ atualmente se pronuncia também como é pronunciado o *f* latino, embora tivesse ele aspiração maior antigamente.

(3) Assim é que se pronuncia o *pe* dos Hebreus, quando está sem ponto, como também quando está no final das sílabas.

(4) Trata-se da figura do *digamma* dos eólios, que era como um duplo *gamma*, que foi virado para distingui-lo do *F* maiúsculo; e esse *digamma* tinha o som do *n* consoante.

(5) Como também o *beth*, quando está no final das sílabas.

(6) Pronunciado sempre como diante de *a*, *o*, *u*.

(8) *Ll*, como em *fille* ("filha"). Os Espanhóis usam essa grafia no início das palavras *llamar* ("chamar"), *llorar* ("chorar"); os Italianos grafam esse som por *gl*.

(9) *n*. líquido, que os Espanhóis indicam por um traço sobre o *ñ*; e nós (Franceses), como os Italianos, por *gn*.

(10) Como é pronunciado atualmente, pois antigamente se pronunciava como um δσ.

(11) Como é pronunciado em francês em *chose* ("coisa"), *cher* ("caro"), *chu* ("caído") etc.

(12) Aspirado, como em *hauteur* ("altura"), *honte* ("vergonha"); e nos vocábulos em que não é aspirado, como em *honneur* ("honra"), *homme* ("homem"), é apenas uma letra, não um som.

(13) Espírito áspero dos Gregos; antigamente eles usavam no lugar desse espírito o *eta* H, donde proveio o *H* latino.

(14) Conforme seu verdadeiro som, que é uma aspiração.

Se houver alguns outros sons simples (como poderia ser a aspiração do *aïn* entre os Hebreus), são tão difíceis de pronunciar que é perfeitamente possível não incluí-los entre as letras que entram no uso comum das línguas.

Para todas as outras que se encontram nos alfabetos hebraico, grego, latino e das línguas usuais, é fácil mostrar que não são sons simples e que se relacionam a alguns daqueles que assinalamos.

Pois relativamente às quatro guturais dos Hebreus, parece que o *aleph* equivalia antigamente a um *a*, *he* a um *e* e o *aïn* a um *o*. O que se vê pela ordem do alfabeto grego, que foi tomado do alfabeto dos Fenícios até o *t*, de modo que apenas o *heth* representava uma aspiração propriamente dita.

Atualmente, o *aleph* só aparece na escrita e não tem outro som a não ser o da vogal que o acompanha.

O *he* também não o tem e, ademais, não se distingue do *heth* a não ser pelo fato de que um representa uma aspiração menos forte e o outro, uma mais forte, embora muitos não considerem aspiração senão o *he* e pronunciem o *heth* como um K, *keth*.

Quanto ao *aïn*, alguns fazem dele uma aspiração da faringe e do nariz; mas todos os Judeus orientais não lhe atribuem som, da mesma forma que ao *aleph*; outros o pronunciam como um *ñ* líquido.

O *thau* e o *teth* ou têm o mesmo som ou se distinguem pelo fato de que um é pronunciado com aspiração e o outro sem ela; e assim um dos dois não representa um som simples.

O mesmo afirmo do *caph* e do *coph*.

O *tsade* também não é um som simples, pois vale por um *t* e por um *s*.

Da mesma forma, no alfabeto grego as três aspiradas φ, χ, ϑ não representam sons simples, mas compostos de π, κ, τ com a aspiração.

E as três duplas ζ, ξ, ψ visivelmente não passam de abreviações de escrita por *ds*, *cs* e *ps*.

O mesmo acontece com o *x* do latim, que não é senão o ξ dos gregos.

O *q* e o *k* equivalem ao *c*, pronunciado no som que lhe é natural.

O duplo *W* das línguas do Norte é o *u* romano, isto é, *ou* (para os Franceses), quando é seguido de vogal, como *winum, vinum*; ou o *v* consoante, quando seguido de uma consoante.

CAPÍTULO III

Das sílabas

A sílaba é um som completo, que às vezes é composto por uma só letra, mas comumente por várias; daí que lhe foi dado o nome de sílaba, συλλαβή, *comprehensio*, reunião.

Uma vogal pode fazer uma sílaba individual.

Duas vogais também podem compor uma sílaba ou entrar na mesma sílaba; mas então são chamadas ditongos, porque os dois sons se juntam em um som *completo*, como *mien* ("meu"), *hier* ("ontem"), *ayant* ("tendo"), *eau* ("água").

A maioria dos ditongos se perdeu na pronúncia corrente do latim, pois seu *ae* e seu *oe* não se pronunciam mais que como um *e*; entretanto, eles se mantêm ainda no grego através dos que pronunciam bem.

Quanto às línguas usuais, quaisquer duas vogais não perfazem senão um som simples, como dissemos de *eu*, como em francês também *oe*, *au*. Elas têm, contudo, verdadeiros ditongos, como *ai*, *ayant* ("tendo"), *oue*, *fouet* ("chicote"); *oi*, *foi* ("fé"); *ie*, *mie* ("meu"), *premier* ("primeiro"); *eau* ("água"), *beau* ("belo"); *ieu*, *Dieu* ("Deus") em que é preciso notar que esses dois últimos não são tritongos, como alguns pretenderam afirmar, porque *eu* e *au* equivalem, no som, a uma vogal simples, não a duas.

As consoantes não podem sozinhas compor uma sílaba; mas é necessário que sejam acompanhadas de vogais ou de ditongos, os quais podem precedê-las ou sucedê-las; o motivo disso foi mencionado acima, no Capítulo I.

Várias pelo menos podem estar no final da mesma sílaba, de modo que pode haver às vezes até três antes da vogal, e duas depois, como *scrobs* ("cova"), e às vezes duas antes e três depois, como em *stirps* ("estirpe"). Os Hebreus não admitem mais de duas no começo da sílaba como também no fim, e todas as suas sílabas começam por consoante, mas isso se se considerar o *aleph* como consoante, e uma sílaba nunca tem mais de uma vogal.

CAPÍTULO IV

Das palavras como sons, onde se fala do acento

Não falamos ainda das palavras segundo sua significação, mas apenas daquilo que lhes convém como sons.

Denomina-se palavra o que se pronuncia em separado e se escreve em separado. Há as de uma sílaba, como *moi* ("mim"), *da* (partícula expletiva), *tu* ("tu"), *saint* ("santo"), que são chamadas monossílabos; e de várias, como *père* ("pai"), *dominus* ("senhor"), *miséricordieusement* ("misericordiosamente"), *Constantinopolitanorum* ("dos Constantinopolitanos) etc., que são chamadas polissílabos.

O que há de mais notável na pronúncia das palavras é o acento, que é uma elevação da voz sobre uma das sílabas da palavra, após a qual a voz tende necessariamente a abaixar.

A elevação da voz é chamada acendo *agudo*, e o abaixamento, acento *grave*: mas, porque havia em grego e em latim certas sílabas longas nas quais se elevava ou abaixava a voz, inventara-se um terceiro acento, a que chamaram *circunflexo*, inicialmente representado por (ˆ) e depois por (ˉ), que incluía ambos.

Pode-se ver o que se disse sobre os acentos dos Gregos e dos Latinos em *Nouvelles méthodes pour les langues grecque et latine* ("Novos métodos para as línguas grega e latina").

Os Hebreus têm muitos acentos que se acredita terem servido antigamente a sua música, vários dos quais são hoje usados como nossos pontos e nossas vírgulas.

Mas o acento, que eles denominam natural ou de gramática, está sempre sobre a penúltima ou a última sílaba das palavras. Os que recaem sobre as precedentes são chamados acentos de retórica e não impedem que o outro esteja sempre sobre uma das duas últimas; aqui é preciso notar que a mesma figura de acento, como o *atnach* e o *silluk*, que marcam a distinção dos períodos, não deixa de marcar ao mesmo tempo também o acento natural.

CAPÍTULO V

Das letras consideradas como caracteres

Até aqui não nos foi possível falar das letras sem que as tenhamos assinalado por seus caracteres; não obstante, não as consideramos como caracteres, isto é, segundo a relação que esses caracteres têm com os sons.

Já dissemos que os sons foram tomados pelos homens para serem signos dos pensamentos e que eles inventaram também certas figuras para serem os signos desses sons. Contudo, embora essas figuras ou caracteres, segundo sua primeira designação, não signifiquem nada mais que os sons, os homens derivam muitas vezes seus pensamentos dos caracteres à própria coisa significada pelos sons[1]. Isso faz com que os caracteres possam ser considerados dessas duas maneiras, como significando simplesmente o som ou como que nos ajudando a conceber o que o som significa.

Considerando-os do primeiro modo, seria preciso observar quatro coisas para colocá-los em sua perfeição máxima:

1. Que toda figura representasse algum som, isto é, que não se escrevesse nada que não se pronunciasse.

2. Que cada som fosse marcado por uma figura, isto é, que não se pronunciasse nada que não fosse escrito.

....

1. Ao que tudo indica, permanece a confusão entre som e letra.

3. Que cada figura representasse apenas um som, simples ou duplo. Pois não é contra a perfeição da escrita que haja letras duplas, já que elas, abreviando-a, a tornam também mais fácil.

4. Que um mesmo som não fosse de forma alguma representado por diferentes figuras.

Considerando, porém, os caracteres da segunda maneira, isto é, como nos ajudando a conceber o que o som significa, às vezes acontece que nos é vantajoso que essas regras não sejam sempre observadas, pelo menos a primeira e a última.

Pois acontece muitas vezes, sobretudo nas línguas derivadas de outras, que haja certas letras que não se pronunciam, sendo assim inúteis quanto ao som, mas que não deixam de nos servir para a compreensão daquilo que as palavras significam[2]. Por exemplo, nas palavras *champs* ("campos") e *chants* ("cantos"), não se pronunciam o *p* e o *t*, que são contudo úteis para a significação, porque ficamos sabendo por aí que o primeiro vem do latim *campi* e o segundo do latim *cantus*.

No próprio hebraico há palavras que só diferem porque uma termina por *aleph* e outra por um *he*, que não se pronunciam: como ירא, que significa "recear", e ירה, que significa "atirar".

Por aí se vê que os que se queixam tanto de que se escreve diferentemente daquilo que se pronuncia não têm sempre muita razão e que aquilo que chamam abuso por vezes não é inútil.

A diferença entre as letras maiúsculas e minúsculas também parece ser contrária à quarta regra, que determina que um mesmo som seja sempre grafado pela mesma figura.

....
2. É a oposição entre língua escrita e língua falada. Falta-lhes ainda a nomenclatura da fonética moderna.

Realmente isso seria totalmente inútil, caso se atribuísse aos caracteres a finalidade única de marcar os sons, já que uma letra maiúscula e uma minúscula têm o mesmo som. Por aí se vê que os antigos não tinham essa diferença, como os Hebreus ainda não a têm, e muitos crêem terem os Gregos e os Romanos escrito só com maiúsculas durante muito tempo. Contudo essa distinção é muito útil para começar os períodos e para distinguir os nomes próprios de outros.

Há também, numa mesma língua, diferentes tipos de escrita, como o românico e o itálico na impressão do latim e de muitas línguas usuais, que podem ser usados de modo útil para o significado, fazendo distinção entre certas palavras ou certos discursos, ainda que isso não altere nada na pronúncia.

Isso é o que se pode aduzir para justificar a diversidade encontrada entre a pronúncia e a escrita; isso, porém, não impede que haja muitas, estabelecidas sem motivo, a não ser pela mera corrupção que se infiltrou nas línguas. Pois é um abuso ter-se dado, por exemplo, ao *c* a pronúncia do *s* diante do *e* e do *i*; de se ter pronunciado de forma diferente o *g* diante dessas duas vogais em relação às outras; de se ter sonorizado o *s* entre duas vogais; de se ter dado também ao *t* o som de *s* diante de *i* seguido de uma outra vogal, como *gratia, actio*, "ação". Pode-se ver o que foi dito no tratado das letras, que está na *Nouvelle méthode latine* (Novo método latino).

Alguns imaginaram que poderiam corrigir essa falha nas línguas usuais, inventando novos caracteres, como fez Ramus em sua Gramática para a língua francesa, suprimindo todos os que não se pronunciam e escrevendo cada som pela letra à qual essa pronúncia é característica, como ao usar um *s*, em vez de *c*, diante de *e* e de *i*. Mas eles deveriam considerar que, além de ser muitas vezes desvantajoso para as línguas usuais, pelas razões que expusemos, estariam tentando uma coisa impossível; porque não se pode imaginar que seja fácil fazer uma nação inteira mudar tantos caracteres aos quais estava acostumada há tanto tempo; o imperador Cláudio não conseguiu introduzir um que desejava pôr em uso.

O que se poderia fazer de mais coerente é suprimir as letras que não servem para nada, nem para a pronúncia, ou para o significado, nem para a analogia das línguas, como já se começou a fazer; e, conservando as que são úteis, introduzir nelas pequenos sinais, os quais fizessem ver que não se pronunciam ou identificassem as diversas pronúncias de uma letra. Um ponto dentro ou sob a letra poderia servir para a primeira função, como *temps* ("tempo"). O *c* já tem cedilha, de que se poderia servir diante de *e* e de *i*, como também de outras vogais. O *g*, cuja cauda não fosse completamente fechada, poderia indicar o som que ele tem diante de *e* e de *i*. Isso é dito apenas como exemplo.

CAPÍTULO VI

De uma nova maneira de aprender a ler facilmente em todos os tipos de língua

Este método visa principalmente àqueles que ainda não sabem ler.

É certo que a grande dificuldade daqueles que começam não está em reconhecer as letras, mas sim em agrupá-las. Ora, o que torna isso mais difícil no presente é que, tendo cada letra seu nome, só é pronunciada ao se agrupar com outras. Por exemplo, caso se faça uma criança agrupar *fry*, faz-se com que pronuncie *efe*, *erre*, *y* grego[1]; infalivelmente se sentirá confusa quando quiser em seguida agrupar esses três sons para constituir o som da sílaba *fry*.

Parece, portanto, que o caminho mais natural, como algumas pessoas cultas já perceberam, seria que os alfabetizadores inicialmente ensinassem as crianças a conhecer as letras apenas pelo nome de sua pronúncia; e assim, para aprender a ler em latim, por exemplo, que não se desse senão o mesmo nome de *e* ao *e* simples, ao *ae* e ao *oe*, porque são pronunciados do mesmo modo; e do mesmo modo ao *i* e ao *y*, bem como ao *o* e ao *au*, conforme são pronunciados hoje na França, pois os Italianos fazem de *au* um ditongo.

Que não se nomeassem também as consoantes a não ser por seu som natural, acrescentando-se a isso apenas o *e*

---

1. Y grego é a denominação francesa para o ípsilon.

mudo que é indispensável para pronunciá-las: por exemplo, que se desse o nome de *b* à que se pronuncia na última sílaba de *tombe* ("cai"); de *d* à da última sílaba de *ronde* ("redonda"); e às outras que só têm um som.

Que para as que têm vários, como *c, g, t, s*, fossem denominadas por seu som natural e mais comum, que para o *c* é o som de *que*, para o *g*, o som de *gue*, para o *t* o som da última sílaba de *forte* e para o *s*, o da última sílaba de *bourse* ("bolsa").

Em seguida, seriam ensinados a pronunciar à parte e sem soletrar as últimas sílabas *ce, ci, ge, ilu, iti*. E os faria compreender que o *s* entre duas vogais se pronuncia como um *z*, *miseria, misère*, como se fosse *mizeria, mizère* etc.

Aí estão as observações mais gerais desse novo método de ensinar a ler, que seria certamente muito útil às crianças. Mas, para aperfeiçoá-lo completamente, seria necessário fazer, à parte, um pequeno tratado, em que se poderia fazer as observações necessárias para adaptá-lo a todas as línguas.

SEGUNDA PARTE

ONDE SE FALA DOS PRINCÍPIOS E DOS MOTIVOS SOBRE OS QUAIS SE BASEIAM AS DIVERSAS FORMAS DA SIGNIFICAÇÃO DAS PALAVRAS

CAPÍTULO I

Que o conhecimento daquilo que se passa em nosso espírito é necessário para compreender os fundamentos da Gramática; e que é disso que depende a diversidade das palavras que compõem o discurso

Até aqui consideramos na palavra apenas aquilo que ela tem de material e que é comum, pelo menos em relação ao som, aos homens e aos papagaios.

Resta-nos examinar aquilo que ela tem de espiritual, que a torna uma das maiores vantagens que o homem tem sobre todos os outros animais e que é uma das grandes provas da razão: é o uso que dela fazemos para expressar nossos pensamentos, e essa invenção maravilhosa de compor, com vinte e cinco ou trinta sons, essa variedade infinita de palavras que, nada tendo em si mesmas de semelhante ao que se passa em nosso espírito, não deixam de revelar aos outros todo seu segredo e de fazer com que aqueles que nele não podem penetrar compreendam tudo quanto concebemos e todos os diversos movimentos de nossa alma.

Assim se pode definir as palavras: sons distintos e articulados, que os homens transformaram em signos para significar seus pensamentos. É por isso que não se pode compreender bem os diversos tipos de significação que as palavras contêm, se antes não se tiver compreendido o que se passa em nossos pensamentos, pois as palavras foram inventadas exatamente para dá-los a conhecer.

Todos os filósofos ensinam que em nosso espírito há três operações: CONCEBER, JULGAR e RACIOCINAR.

CONCEBER não é mais que um simples olhar de nosso espírito sobre as coisas, seja de um modo puramente intelectual, como quando conheço o ser, a duração, o pensamento, Deus; seja com imagens físicas, como quando imagino um quadrado, um círculo, um cachorro, um cavalo.

JULGAR é afirmar que uma coisa que concebemos é tal ou não é tal, como quando afirmo, depois de ter concebido o que é a *Terra* e o que é *redondo*, que *a Terra é redonda*.

RACIOCINAR é servir-se de dois julgamentos para produzir um terceiro, como quando concluo, após ter julgado que toda virtude é louvável, que a paciência é louvável.

Donde se vê que a terceira operação do espírito é apenas uma extensão da segunda; com isso, para o nosso objetivo bastará considerar as duas primeiras, ou aquilo que da primeira está contido na segunda; pois os homens não falam apenas para expressar somente aquilo que concebem, mas quase sempre para expressar os julgamentos que fazem das coisas que concebem.

O julgamento que fazemos das coisas, como quando digo "A Terra é redonda", se chama PROPOSIÇÃO; e assim toda proposição encerra necessariamente dois termos: um, chamado *sujeito*, que é aquilo de que se afirma algo, como *terra*; o outro, chamado *atributo*, que é o que se afirma, como *redonda* – além da ligação entre esses dois termos: *é*.

Ora, é fácil de ver que os dois termos pertencem propriamente à primeira operação do espírito, porque é o que concebemos e é o objeto de nosso pensamento, e que a ligação pertence à segunda, que pode ser considerada propriamente como a ação de nosso espírito e a maneira pela qual pensamos.

E assim a grande distinção daquilo que se passa em nosso espírito é dizer que se pode considerá-lo o objeto de nosso pensamento, a forma ou a maneira de nosso pensamento, a principal do qual é o julgamento: aqui, porém, é preciso relacionar ainda as conjunções, disjunções e outras operações semelhantes de nosso espírito, todos os outros movimentos de nossa alma, como os desejos, o comando, a interrogação etc.

Disso se deduz que, tendo os homens necessidade de signos para exteriorizar tudo o que se passa em seu espírito, é indispensável que a distinção mais geral seja que uns signifiquem os objetos dos pensamentos e outros a forma e o modo de nossos pensamentos, embora esses signos não estabeleçam só a maneira, mas também o objeto, como o demonstraremos.

As palavras do primeiro tipo são as que foram denominadas *nomes*, *artigos*, *pronomes*, *particípios*, *preposições* e *advérbios*; as do segundo são os *verbos*, as *conjunções* e as *interjeições*; todas foram inferidas, como uma conseqüência necessária, da maneira natural pela qual expressamos nossos pensamentos, como iremos mostrar.

CAPÍTULO II

Dos nomes, e primeiramente dos substantivos e adjetivos

Os objetos de nossos pensamentos são ou coisas, como a *Terra*, o *Sol*, a *água*, a *madeira*, o que comumente é chamado *substância*; ou a maneira das coisas, como ser *redondo*, *vermelho*, *sábio* etc., o que é denominado *acidente*.

Existe a seguinte diferença entre as coisas e as substâncias, e a maneira das coisas ou dos acidentes: as substâncias subsistem por elas mesmas, enquanto os acidentes só existem pelas substâncias.

É isso que fez a principal diferença entre as palavras que significam os objetos dos pensamentos: pois os que significam as substâncias foram denominados *nomes substantivos*; e os que significam os acidentes, designando o sujeito[1] ao qual esses acidentes convêm, *nomes adjetivos*.

Aí está a origem primeira dos nomes *substantivos* e *adjetivos*. Mas isso só foi tratado superficialmente; e acontece que se deu menos atenção à significação que à maneira de significar. Já que a substância é aquilo que subsiste por si mesmo, chamaram-se nome substantivo todos aqueles que subsistem por si mesmos no discurso, sem que tenham necessidade de um outro nome, ainda que signifiquem aci-

---

1. Sujeito aqui, como em vários outros tópicos, é "o que está por baixo", que serve de base, daí substância, nome substantivo, por oposição a acidente, nome adjetivo.

dentes. E, ao contrário, foram chamados adjetivos mesmo aqueles que significam substâncias, quando por sua maneira de significar devem estar junto a outros nomes no discurso.

Ora, aquilo que faz com que um nome não possa subsistir por si mesmo, é quando, além de sua significação distinta[2], tem ainda outra confusa, que se pode chamar conotação de uma coisa à qual convém o que é designado pela significação distinta.

Assim, a significação distinta de *rouge* ("vermelho") é *rougeur* ("vermelhidão"); mas o termo a significa, designando o sujeito dessa qualidade de modo confuso, donde se vê que ele não subsiste por si só no discurso, porque é preciso expressar ou subentender a palavra que indica esse sujeito.

Como, pois, essa conotação perfaz o adjetivo, quando é retirado dentre as palavras que significam os acidentes, deles se fazem substantivos, como de *coloré* ("colorido"), *couleur* ("cor"); de *rouge*, *rougeur*; de *dur* ("duro"), *dureté* ("dureza"); de *prudent* ("prudente"), *prudence* ("prudência") etc.

E, ao contrário, quando se acrescenta aos termos que significam as substâncias essa conotação ou significação confusa de uma coisa à qual essas substâncias se referem, deles se fazem adjetivos, como de *homme* ("homem"), *humain* ("humano"), *genre humain* ("gênero humano"), *vertu humaine* ("virtude humana") etc.

Os Gregos e os Latinos têm uma infinidade dessas palavras: *ferreus*, *aureus*, *bovinus*, *vitulinus* etc.

Mas o hebraico, o francês e as outras línguas usuais são mais pobres nesse ponto; assim o francês o explica por um *de*: *d'or* ("de ouro"), *de fer* ("de ferro"), *de boeuf* ("de boi") etc.

....

2. Seria o significado denotativo e conotativo, de que os autores têm uma visão interessante ao chamarem conotação a significação confusa.

Despojando-se esses adjetivos formados de nomes de substância de sua conotação, formam-se com eles novos substantivos, chamados *abstratos* ou separados[3]. Assim, de *homme* ("homem") se formou *humain* ("humano"), de *humain* se formou *humanité* ("humanidade") etc.

Há, porém, outro tipo de nomes que passam por substantivos, embora sejam de fato adjetivos, já que significam uma forma acidental e designam também um sujeito ao qual essa forma convém: são os nomes de diversas profissões dos homens, como *rei, filósofo, pintor, soldado* etc. O que faz com que esses nomes passem por substantivos é o fato de que, não podendo ter como sujeito senão o homem, pelo menos ordinariamente e segundo a primeira imposição dos nomes, não foi necessário acrescentar-lhes o substantivo, que pode ser subentendido sem qualquer confusão, já que a relação não pode ser estabelecida com nenhum outro. Por isso esses nomes assumiram no uso aquilo que é peculiar aos substantivos, que é subsistir sozinhos no discurso.

É por essa razão também que se diz de certos nomes ou pronomes que são tomados substantivamente, porque se referem a um substantivo tão geral que se subentende fácil e determinadamente, como *triste lupus stabulis* em que se suprimiu *negotium* ("para os estábulos o lobo é um triste negócio"); *patria*, sup. *terra*; *Judaea*, sup. *provincia*. Confiram a *Nouvelle méthode latine* (Novo método latino).

Afirmei que os adjetivos têm duas significações; uma, distinta[4], que é a da forma, e a outra, confusa, que é a do sujeito: mas não se deve concluir daí que eles signifiquem mais diretamente a forma que o sujeito, como se a signifi-

....

3. A abstração se faz a partir do acidente e não da substância. É a coerência da gramática raciocinada.
4. A significação distinta da forma (conotativa) se opõe à confusa (denotativa) do sujeito, isto é, do substantivo.

cação mais distinta fosse também a mais direta. Ao contrário, é certo que significam o sujeito diretamente, *in recto*, como dizem os gramáticos, embora mais confusamente; e que não signifiquem a forma a não ser indiretamente ou, ainda como dizem os gramáticos, *in obliquo*, embora mais distintamente. Assim, *branco*, *cândido* significam diretamente aquilo que tem brancura, *habens candorem*, mas de um modo bastante confuso, não designando nenhuma coisa que pode ter brancura; e ele significa só indiretamente a brancura, embora de um modo tão distinto quanto o próprio termo brancura, *candor*.

CAPÍTULO III

Dos nomes próprios e apelativos ou gerais

Temos dois tipos de idéias: o primeiro representa para nós apenas uma coisa singular, como a idéia que cada um tem de seu pai, de sua mãe, de um tal amigo, de seu cavalo, de seu cão, de si mesmo etc.

O segundo nos representa muitos semelhantes, aos quais essa mesma idéia pode convir, como a idéia que tenho de um homem em geral, de um cavalo em geral etc.

Os homens sentiram a necessidade de nomes diferentes para esses dois tipos de idéias. Chamaram *nomes próprios* aqueles que convêm às idéias singulares, como o nome *Sócrates*, que convém a um certo filósofo chamado *Sócrates*; o nome *Paris*, que convém a uma cidade chamada *Paris*.

E chamaram *nomes gerais* ou *apelativos* os que significam as idéias comuns, como a palavra *homem*, que convém a todos os homens em geral, como também palavras como *leão, cão, cavalo* etc.

Acontece, porém, muitas vezes que o nome próprio convenha a vários, como *Pedro, João* etc. Isso acontece acidentalmente, porque vários adotaram um mesmo nome; é preciso então acrescentar outros nomes que o determinem e lhe restituam a qualidade de nomes próprios, como o nome *Luís*, que convém a muitos, é próprio do rei que reina hoje, dizendo-se *Luís Catorze*. Muitas vezes nem é necessário acrescentar nada, porque as circunstâncias do discurso indicam claramente de quem se fala.

CAPÍTULO IV

Dos números singular e plural

Os nomes comuns que convêm a muitos podem ser considerados de diversas maneiras.

Pois, 1º se pode aplicá-los a uma das coisas às quais eles convêm ou mesmo considerá-las todas dentro de uma certa unidade que é chamada a *unidade universal* pelos filósofos.

2º Pode-se aplicá-los a muitos em conjunto, considerando-os como vários.

Para distinguir esses dois tipos de modos de distinguir, foram inventados os dois números: o singular, *homo, homem*; e o plural, *homines, homens*.

Algumas línguas, como a grega, tinham ainda um *dual*, sempre que os nomes conviessem a dois.

Os Hebreus também têm um dual[1], mas somente para os casos em que as palavras signifiquem uma coisa dupla, seja por sua natureza, como os olhos, as mãos, os pés etc., seja por artifício, como mós do moinho, tesouras etc.

Por aí se vê que os nomes próprios naturalmente não têm plural, porque, por sua própria natureza, não se atribuem senão a um; se por vezes são colocados no plural, como quando se diz os Césares, os Alexandres, os Platões,

---

1. O dual do grego está mal explicado. Pode-se aplicar a ele o que se diz a seguir do dual no hebraico.

se faz figuradamente, abrangendo com o nome próprio todos os que se lhes assemelham: como quem de reis tão valentes quanto Alexandre, de filósofos tão sábios quanto Platão etc. Há mesmo quem desaprove esse modo de falar como não sendo bem conforme com a natureza, embora se encontrem exemplos em todas as línguas; assim, ele parece muito bem fundamentado para ser sumariamente rejeitado: é preciso apenas tomar cuidado em usá-lo com moderação.

Todos os adjetivos, ao contrário, devem ter um plural, já que faz parte de sua natureza encerrar sempre uma certa significação vaga de um sujeito, que faz com que possam convir a muitos, pelo menos quanto à maneira de significar, ainda que na realidade não convenham senão a um.

Quanto aos substantivos que são comuns e apelativos, parece que, por sua natureza, deveriam todos ter um plural; não obstante haja muitos que não o têm, seja devido ao uso, seja por alguma outra razão. Assim, os nomes dos metais – ouro, prata, ferro – não o têm em quase todas as línguas; a razão disso é, segundo penso, que a semelhança tão grande existente entre as partes dos metais faz que se considere comumente cada espécie de metal, não como uma espécie que se sobreponha a muitos indivíduos, mas como um todo que apenas tem muitas partes: isso é bem perceptível em nossa língua, quando, para designar um metal único, se ajunta a partícula partitiva, *de l'or, de l'argent, du fer*. Diz-se corretamente *fers* ("ferros") no plural, mas é para significar "cadeias" e não apenas uma parte do metal denominado *ferro*. Os Latinos dizem ainda *aera*, mas é para significar moeda, ou instrumentos de som, como os címbalos. E outros ainda.

CAPÍTULO V

Dos gêneros

Como os nomes adjetivos, por natureza, convêm a muitos, julgou-se adequado, para tornar o discurso menos confuso e também para embelezá-lo pela variedade das terminações, inventar para os adjetivos uma diversidade semelhante à dos substantivos aos quais seriam aplicados.

Ora, os homens primeiramente se observaram a si mesmos e, tendo notado entre si uma diferença extremamente considerável, que é a dos dois sexos, consideraram adequado variar os próprios nomes adjetivos, atribuindo-lhes diversas terminações conforme se aplicam aos homens ou às mulheres, e assim se diz *bonus vir*, um bom homem; *bona mulier*, uma boa mulher, e a isso chamaram *gênero masculino* e *gênero feminino*.

Foi, porém, necessário ir mais além. Pois, como esses mesmos adjetivos não podiam ser atribuídos a outros que não homens e mulheres, foram obrigados a não lhes dar uma ou outra das terminações que haviam inventado para os homens e para as mulheres; daí aconteceu que, por comparação com os homens e mulheres, classificaram todos os outros nomes substantivos como *masculinos* ou *femininos*: algumas vezes por algum tipo de razão, como os ofícios de homens, *rex, judex, philosophus* etc. (que não são propriamente substantivos, como dissemos) são do gênero masculino, porque se subentende *homo*; e os ofícios das mulheres são femininos, como *mater, uxor, regina* etc., porque se subentende *mulier*.

Outras vezes também por puro capricho e por um uso sem razão; isso faz com que o gênero varie segundo as línguas e nas próprias palavras que uma língua tomou emprestadas de outra, como *arbor* é feminina em latim e *arbre*, masculina em francês, *dens*, masculino em latim e *dent* ("dente"), feminino em francês.

Por vezes isso mudou em uma mesma língua durante o decorrer do tempo; assim *alvus* ("ventre") antigamente era masculino em latim, segundo Prisciano, tornando-se depois feminino. *Navire* ("navio"), em francês, antigamente era feminino e depois tornou-se masculino.

Essa variação de uso fez também que uma mesma palavra, sendo colocada por uns em um gênero e por outros, no outro, ficasse *duvidosa*, como *hic finis* ou *haec finis* ("este fim") em latim, como em francês *comté* ("condado") e *duché* ("ducado").

Mas aquilo que se denomina gênero comum não é tão comum como os gramáticos imaginam, pois ele não convém senão a alguns nomes de animais de modo próprio, os quais em grego e em latim se juntam a adjetivos masculinos e femininos, conforme se quer designar o macho ou a fêmea, como *bos* ("boi"), *canis* ("cão"), *sus* ("porco").

Os outros, abrangidos por eles sob o nome de gênero comum, não passam de adjetivos tomados como substantivos, porque subsistem comumente sozinhos no discurso e não dispõem de terminações diferentes para serem ligadas aos diversos gêneros, como as têm *victor* e *victrix*, ("vencedor" e "vencedora"); *rex* e *regina*, ("rei" e "rainha"); *pistor* e *pistrix*, ("padeiro" e "padeira") etc.

Por aí se vê também que o que os gramáticos chamam *epiceno* não é um gênero distinto: pois *vulpes* ("raposa"), embora signifique do mesmo modo o macho e a fêmea do animal, é realmente feminino no latim. Da mesma forma, *aigle* ("águia") é realmente feminino em francês, já que o gênero masculino ou feminino em uma palavra não se refere propriamente à sua significação, mas o considera de natureza tal que se lhe deva acrescentar a desinência masculina ou feminina. Assim, em latim *custodiae*, ("guardas" ou "prisioneiros"), *vigiliae*, ("sentinelas") etc. são realmente femininos, embora designem homens. Eis o que é comum a todas as línguas no que se refere aos gêneros.

Os Gregos e os Latinos inventaram ainda um terceiro gênero, a que chamaram *neutro*, como não pertencendo nem a um nem ao outro. Isso fizeram sem atender à razão, como poderiam ter feito atribuindo o neutro aos nomes de coisas que não tivessem nenhuma relação com o sexo masculino ou feminino, mas o fizeram seguindo a fantasia e certas terminações apenas.

CAPÍTULO VI

Dos casos e das preposições na medida em que é necessário falar delas para se entender alguns casos

Se as coisas sempre fossem consideradas separadamente umas das outras, não se teriam dado aos nomes senão as duas modificações que acabamos de assinalar, isto é, a do número para todos os tipos de nome e a do gênero para os adjetivos. Como, porém, as palavras são muitas vezes consideradas nas diversas relações que têm umas com as outras, uma das invenções utilizadas em algumas línguas para marcar essas relações foi a de dar diversas terminações aos nomes, fato ao qual denominaram *casos*, do latim *cadere*, ("cair")[1], como sendo as diversas quedas de uma mesma palavra.

Verdade é que, dentre todas as línguas, talvez apenas o grego e o latim tenham de fato casos nos nomes[2]. Havendo, contudo, algumas línguas que têm alguns tipos de casos nos pronomes, sem os quais não se entenderia bem a ligação do discurso, o que se denomina *construção*, é quase indispensável, para aprender qualquer língua, saber o que se entende por esses "casos"; é por isso que os explicaremos um depois do outro do modo mais claro que nos for possível.

....

1. Casos, no latim *casus*, é um decalque do grego πτῶσις, que significa "queda", "quebra".
2. Não só o grego e o latim têm casos. O alemão, o russo etc. também os têm.

Do nominativo

A simples colocação do nome se chama o *nominativo*, que não é propriamente um caso, mas a matéria com a qual se formam os casos, através das diversas mudanças que se dão a essa primeira terminação do nome. Seu emprego principal é o de ser colocado antes de todos os verbos no discurso para ser o sujeito da preposição: *Dominus regit me*, ("o Senhor me conduz"); *Deus exaudit me*, ("Deus me ouve").

Do vocativo

Quando se nomeia a pessoa a quem se fala, ou a coisa à qual se dirige, como se fosse uma pessoa, esse nome adquire com isso uma nova relação, marcada às vezes por uma nova terminação, que se denomina *vocativo*. Assim, do nominativo *Dominus* ("Senhor") se fez *Domine* no vocativo; de *Antonius*, *Antoni*. Como, porém, isso não fosse absolutamente necessário, uma vez que se podia empregar o nominativo nesse caso, aconteceu que:

1º essa terminação diferente do nominativo não existe no plural;

2º mesmo no singular ela só existe em latim na segunda declinação;

3º em grego, em que é mais comum, é muitas vezes negligenciada, empregando-se o nominativo no lugar do vocativo, como se pode ver na versão grega dos Salmos, dos quais S. Paulo cita estas palavras na Epístola aos Hebreus para provar a divindade de Jesus Cristo: θρονός σον, ὁ θεός, onde é claro que ὁ θεός é um nominativo por um vocativo; o significado não é *Deus é vosso trono*, mas *vosso trono, ó Deus, permanecerá* etc.;

4º se juntam, finalmente, nominativos com vocativos. *Domine, Deus meus* ("Senhor, Deus meu"). *Nate, meae vi-*

res, mea magna potentia solus ("Filho, minhas forças, só (tu és) meu grande poder"). Sobre isso pode-se consultar a *Nouvelle méthode latine*, notas sobre os pronomes.

Em nossa língua, como nas outras usuais, esse caso é expresso pela supressão do artigo dos nomes comuns, quando esse artigo acompanha o nominativo: *O Senhor é minha esperança. Senhor, vós sois minha esperança*.

Do genitivo

A relação de uma coisa que pertence a outra, de qualquer maneira que seja, nas línguas que têm casos, deu uma nova terminação aos nomes, à qual se denominou *genitivo* para expressar essa relação geral que depois se diversificou em muitas espécies, quantas são as relações[3]:

Do todo para a parte: *Caput hominis* ("A cabeça do homem").

Da parte para o todo: *Homo crassi capitis* ("O homem da cabeça grande").

Do sujeito para o acidente ou o atributo: *Color rosae* ("A cor da rosa"); *misericordia Dei* ("a misericórdia de Deus").

Do acidente para o sujeito: *Puer optimae indolis* ("Menino de ótima índole").

Da causa eficiente para o efeito: *Opus Dei* ("Obra de Deus"); *oratio Ciceronis* ("Discurso de Cícero").

Do efeito para a causa: *Creator Mundi* ("Criador do Mundo").

Da causa final para o efeito: *Potio soporis* ("A bebida do torpor").

Da matéria para o composto: *vas auri* ("Vaso de ouro").

....

3. A falta de uma definição clara do genitivo levou os autores a arrolar uma série de relações, sem descer ao conceito básico do genitivo.

Do objeto para os atos de nossa alma: *Cogitatio belli* ("Um pensamento de guerra"); *contemptus mortis* ("desprezo da morte").

Do possuidor para a coisa possuída: *Pecus Melibaei* ("O gado de Melibeu"); *divitiae Craesi* ("as riquezas de Creso").

Do nome próprio para o comum, ou do indivíduo para a espécie: *Oppidum Lugduni* ("A cidade de Lyon").

Entre essas relações existem oposições e isso às vezes acarreta equívocos. Assim, nas palavras *vulnus Achillis* ("o ferimento de Aquiles"), o genitivo *Achillis* pode significar ou a relação do sujeito, e então se entende passivamente pelo ferimento que Aquiles recebeu, ou a relação de causa, quando se entende ativamente pelo ferimento que Aquiles produziu. Assim também na passagem de S. Paulo: "Certus sum quia neque mors, neque vita (...) poterit nos separare a charitate Dei in Christo Jesu Domino Nostro" ("Estou certo de que nem a morte, nem a vida (...) poderá nos separar do amor de Deus em Cristo Jesus Nosso Senhor") – o genitivo *Dei* foi tomado em dois sentidos diferentes pelos intérpretes: uns lhe atribuíram a relação de objeto, explicando essa passagem como sendo o amor que os eleitos têm para com Deus em Jesus Cristo; e outros lhe atribuíram a relação de sujeito, sendo então o amor que Deus tem para com os eleitos em Jesus Cristo.

Embora os nomes hebraicos não se declinem por casos, a relação, contudo, expressa por esse genitivo, ocasiona uma mudança nos nomes, embora diferente da do latim e do grego: em vez de mudar, como nessas línguas, o nome regido, no hebraico muda-se o regente, conforme se vê em דְּבַר שֶׁקֶר *verbum falsitatis* ("a palavra da falsidade"), em que a mudança não se faz em שֶׁקֶר *falsitas*, mas em דְּבַר por דָּבָר *verbum*.

Para expressar o genitivo, usa-se uma partícula em todas as línguas usuais, como é o *de* em francês: *Deus, Dei, de Dieu* ("de Deus").

O que dissemos que o genitivo servia para designar, a relação do nome próprio para o nome comum ou, o que é a mesma coisa, do indivíduo para a espécie, é bem mais comum em francês que em latim; pois em latim coloca-se freqüentemente o nome comum e o nome próprio no mesmo caso, o que se denomina *aposição*: *Urbs Roma* ("A cidade de Roma"), *fluvius Sequana* ("O rio Sena"), *mons Parnassus* ("O monte Parnasso"); em francês, ao contrário, o comum é colocar o nome próprio no genitivo nesses casos: *La ville de Rome, la rivière de Seine, le mont de Parnasse*.

Do dativo

Há ainda uma outra relação, que é da coisa em proveito ou prejuízo da qual se relacionam outras coisas[4]. As línguas que dispõem de casos têm também uma palavra para isso, que chamaram *dativo* e que se estende ainda a outros empregos, de modo que é quase impossível marcar tudo particularmente: *Commodare Socrati* ("emprestar a Sócrates"); *utilis reipublicae* ("útil ao Estado"); *perniciosus Ecclesiae* ("prejudicial à Igreja"); *promittere amico* ("prometer ao amigo"); *visum est Platoni* ("pareceu a Platão"); *affinis regi* ("aliado ao rei").

As línguas usuais indicam este caso por uma partícula, como é o *à* em francês.

Do acusativo

Os verbos que significam ações que passam para fora de quem age[5], como *battre* ("bater"), *rompre* ("quebrar"),

---

4. Não é bem essa a relação do dativo em latim. É a de atribuição.
5. Em definição coincide com a de Panini, gramático hindu do século V ou IV a.C., que foi descoberto um século depois.

guérir ("curar"), *aimer* ("amar"), *haïr* ("odiar"), têm sujeitos em que essas coisas são recebidas ou objetos com que se relacionam. Pois, se se surra, surra-se alguém; se se ama, ama-se alguma coisa etc. E assim esses verbos exigem depois de si um nome que seja o sujeito ou o objeto da ação que significam. Foi isso que fez dar aos nomes, nas línguas que têm casos, uma nova terminação, que se chama *acusativo*: *Amo Deum* ("Amo a Deus"); *Caesar vicit Pompeium* ("César venceu Pompeu").

Nada temos em nossa língua que distinga este caso do nominativo. Como, porém, colocamos as palavras quase sempre em sua ordem natural, distingue-se o nominativo do acusativo pelo fato de que o nominativo comumente está antes do verbo e o acusativo depois. *Le roi aime la reine* ("O rei ama a rainha"), *La reine aime le roi* ("A rainha ama o rei"). O *rei* é nominativo no primeiro exemplo e acusativo no segundo; e com *a rainha* se dá o contrário.

Do ablativo

Além desses cinco casos, os Latinos têm um sexto, que não foi inventado para designar só alguma relação particular, mas para ser aposto a alguma das partículas chamadas *preposições*[6]. Como os cinco primeiros casos não foram suficientes para designar todas as relações que as coisas têm entre si, em todas as línguas recorreu-se a um outro expediente, que foi o de inventar palavrinhas para serem colocadas antes dos nomes, o que fez com que fossem chamadas *preposições*: como a relação de uma coisa que está em outra se expressa em latim por *in* e em francês por *dans*: *Vinum est in dolio – Le vin est dans le muid* ("O vinho está

....

6. Toda essa descrição do ablativo peca pelo descritivismo, sem aprofundamento algum.

no tonel"). Ora, nas línguas que têm casos, não se juntam essas preposições à primeira forma do nome, que é o nominativo, mas a algum dos outros casos. Em latim, embora haja algumas que se juntam ao acusativo, *amor erga Deum* ("amor para com Deus"), inventou-se um caso particular, que é o *ablativo*, para se apor a muitos outros dos quais é inseparável pelo sentido, ao contrário do acusativo, que se encontra muitas vezes separado, como quando está depois de um verbo ativo ou antes de um infinitivo.

Este caso, de modo próprio, não se encontra no plural, para o qual nunca há uma terminação diferente da do dativo. Isso, porém, teria confundido a analogia ao dizer, por exemplo, que uma preposição rege o ablativo no singular e o dativo no plural, preferiu-se dizer que esse número tinha também um ablativo, embora sempre igual ao dativo.

Por essa razão também é útil dar um ablativo aos nomes gregos, sempre igual ao dativo, porque isso conserva uma analogia maior entre essas duas línguas, que comumente são aprendidas juntas.

Por fim, todas as vezes que, em nossa língua, um nome vem regido por uma preposição qualquer: *Il a été puni pour ses crimes* ("Ele foi punido por seus crimes"); *il a été amené par la violence* ("ele foi levado pela violência"); *il a passé par Rome* ("ele passou por Roma"); *il est sans crimes* ("ele está sem crimes"); *il est allé chez son rapporteur* ("ele foi para a casa de seu delator"); *il est mort avant son père* ("morreu antes de seu pai") – podemos dizer que está no ablativo, o que é muito útil para se expressar bem em muitas dificuldades relativas aos pronomes.

CAPÍTULO VII

Dos artigos

A significação vaga dos nomes comuns e apelativos, de que falamos acima, no Capítulo IV, forçou não só a colocá-los em dois tipos de número, singular e plural, para determiná-la, mas que, em quase todas as línguas, se inventassem certas partículas, denominadas *artigos*, que lhes determinassem a significação de outra maneira, tanto no singular como no plural.

Os Latinos não têm artigos; esse fato fez com que Júlio César Scaliger, em seu livro *Causes de la langue latine*, dissesse sem razão que essa partícula é inútil, ainda que seja muito útil para tornar o discurso mais claro e evitar muitas ambigüidades.

Os Gregos têm um: ὁ, η, τό.

As novas línguas têm dois: um, que se chama definido, como *le*, *la* ("o", "a") em francês; e o outro, indefinido, *un*, *une* ("um" e "uma"). Esses artigos não têm propriamente casos, como os nomes. O que faz parecer que o artigo *le* os tenha, é que o genitivo e o dativo se formam sempre no plural e às vezes no singular por uma contração das partículas *de* e *à*, que são as marcas desses dois casos, com o plural *les* e o singular *le*. Pois no plural, que é comum aos dois gêneros, no genitivo se diz sempre *des*, por contração de *de* e *les*: *les rois*, *des rois*, por *de les rois* ("dos reis"); e no dativo *aux* por *à les*, *aux rois*, por *à les rois*, acrescentando-se à contração a mutação do *l* em *u*, que é muito comum em nossa língua, como quando de *mal* se forma *maux*, de *altus*, *haut*, de *alnus*, *aune* ("amieiro").

Usam-se a mesma contração e a mesma mutação do *l* em *u* no genitivo e no dativo do singular nos nomes masculinos que comecem por uma consoante. Pois se diz *du* por *de le*, *du roi* por *de le roi*, *au* por *à le*, *au roi* por *à le roi*. Nos outros masculinos que começam por uma vogal, e em todos os femininos em geral, deixa-se o artigo como estava no nominativo; só se acrescenta o *de* para o genitivo e *à* para o dativo: *l'état, de l'état, à l'état; la vertu, de la vertu, à la vertu*.

Quanto ao outro artigo, *un* e *une*, que chamamos indefinido, julga-se comumente que não tenha plural. E de fato não tem um plural que seja formado dele próprio, pois não se diz *uns*, *unes*, como fazem os Espanhóis, *unos animales*; mas afirmo que há um, tomado de outra palavra, que é *des* antes dos substantivos, *des animaux* ("uns animais") ou *de*, quando o adjetivo o precede, *de beaux lits* ("belos leitos") etc. Ou então, o que é a mesma coisa, digo que a partícula *des* ou *de* tem a mesma função no plural que o artigo indefinido *un* no singular.

Leva-me a essa posição o fato de que, em todos os casos, fora do genitivo, pelo motivo que diremos a seguir, coloca-se *un* no singular e em todos esses casos deve-se colocar *des* no plural ou *de* diante dos adjetivos.

Nominativo
- *Un* crime si horrible mérite la mort. ("Um crime tão horrível merece a morte.")
- *Des* crimes si horribles (ou) *de* si horribles crimes méritent la mort.

Acusativo Il a commis
- *un* crime horrible. ("Ele cometeu um crime horrível.")
- *des* crimes horribles (ou) d'horribles crimes.

Ablativo Il est puni		pour *un* crime horrible. ("Ele é punido por um crime horrível.")
		pour *des* crimes horribles (ou) pour *d'*horribles crimes.
Dativo Il a eu recours		à *un* crime horrible. ("Recorreu a um crime horrível.")
		à *des* crimes horribles (ou) à *d'*horribles crimes.
Genitivo Il est coupable		*d'*un crime horrible. ("Ele é culpado de um crime horrível.")
		de crimes horribles (ou) *d'*horribles crimes.

Note-se que se acrescenta *à*, que é a partícula do dativo, para se formar o dativo desse artigo, tanto no singular, *à un*, quanto no plural, *à des*; e que se acrescenta também *de*, que é a partícula do genitivo, para se formar o genitivo do singular, a saber, *d'un*. Percebe-se, pois, segundo essa analogia, que o genitivo plural deveria ser formado da mesma forma, acrescentando-se *de* a *des* ou *de*; mas que não se fez por uma razão que explica a maior parte das irregularidades das línguas, que é a cacofonia ou má pronúncia. Pois *de des*, e ainda mais *de de*, chocariam demais o ouvido e ele teria dificuldade em suportar que se dissesse: *Il est accusé de des crimes horribles* – ou: *Il est accusé de de grands crimes*. E assim, segundo a palavra de um antigo: *Impetratum est a ratione, ut peccare suavitatis causa liceret* ("Foi concedido pela razão que fosse permitido pecar por causa da musicalidade"). (Cícero – *Consuet.*)

Isso mostra que *des* é por vezes o genitivo plural do artigo *le*, como quando se diz: *Le sauveur des hommes* ("O salvador dos homens") por *de les hommes*; e outras vezes o nominativo ou o acusativo, ou o ablativo ou o dativo plural do artigo *un*, como acabamos de mostrar; e também que o *de* é algumas vezes a simples marca do genitivo sem artigo, como quando se diz: *Ce sont des festins de roi* ("Isto são festins do rei"); e algumas vezes ou o genitivo plural do mesmo artigo *un*, no lugar de *de des*; ou ainda os outros casos do mesmo artigo diante dos adjetivos, como demonstramos.

Dissemos que em geral o uso dos artigos era para determinar a significação dos nomes comuns; é difícil, porém, assinalar com precisão em que consiste essa determinação, porque isso não é uniforme em todas as línguas que possuem artigos. Eis o que assinalei na nossa:

O nome comum, como *roi* ("rei")

Sem artigo[1]	ou tem significação bem confusa:		Il a fait un festin de roi. Ils ont fait des festins de rois.
	ou tem uma determinada pelo sujeito da oração:		Louis XIV est roi. Louis XIV et Philippe IV sont rois.
Com o artigo *le* significa ou	a espécie em toda sua extensão:		Le roi ne dépend point de ses sujets. Les rois ne dépendent point de leurs sujets.
	um ou vários singulares determinados pelas circunstâncias de quem fala ou do discurso:		Le roi fait la paix: isto é, o rei Luís XIV, por causa das circunstâncias do tempo. Les rois ont fondé les principales abbayes de France: isto é, os reis da França.
Com o artigo	*Un* no singular: *Des* ou *de* no plural:	significa um ou vários indivíduos vagos:	Un roi détruira Constantinople. Rome a été gouvernée par des rois (ou) par des grands rois.

Vemos por aí que o artigo não deveria ser aposto aos nomes próprios, já que designam uma coisa singular e determinada, não precisam da determinação do artigo.

Contudo, o uso nem sempre concorda com a razão e às vezes apõe-se o artigo aos nomes próprios em grego: ὁ Φίλιππος. Os italianos usam-no ordinariamente: *L'Ariosto, il*

....
1. É a função dêitica do artigo, que não está clara.

Tasso, l'Aristotele; nisso nós os imitamos por vezes, mas somente nos nomes puramente italianos, dizendo, por exemplo, *l'Arioste, le Tasse*; não diríamos, porém, *l'Aristote, le Platon*. Pois não apomos artigos aos nomes próprios de homens, a não ser por desprezo ou falando de pessoas muito vis: *le tel, la telle* ("o tal", "a tal"); e ainda aos que, sendo apelativos ou comuns, se tornaram próprios: como há homens que se chamam *le Roi* ("o Rei"), *le Maître* ("o Mestre"), *le Clerc* ("o Clérigo"). Nesses casos, porém, tudo é considerado como uma palavra só; caso esses nomes passem para as mulheres, não se troca o artigo *le* por *la*, mas uma mulher assina *Marie le Roi, Marie le Maître* etc.

Não apomos artigos também aos nomes próprios de cidades ou povoados: Paris, Roma, Milão, Gentilly, a não ser que sejam apelativos tornados próprios: *La Capelle, le Plessis, le Castelet*. Comumente também não aos nomes das igrejas, que se designam simplesmente pelo nome do santo ao qual são dedicadas: *Saint-Pierre, Saint-Paul, Saint-Jean*. Apomo-los, contudo, aos nomes próprios dos reinos e das províncias: *La France, l'Espagne, la Picardia* etc., embora haja alguns nomes de territórios que são empregados sem artigo, como *Cornouailles, Comminges, Roannez*.

Usamo-los com nomes de rios: *La Seine, le Rhin*; e de montanhas: *L'Olympe, le Parnasse*.

Finalmente, é preciso notar que o artigo não convém ao adjetivo, porque eles devem receber sua determinação do substantivo. Se às vezes lhe é aposto, como quando se diz *le blanc* ("o branco"), *le rouge* ("o vermelho"), é que deles se fizeram substantivos, sendo então *le blanc* a mesma coisa que *la blancheur* ("a brancura"); ou então se subentende o substantivo, como se se dissesse, falando do vinho: *J'aime mieux le blanc* ("Eu prefiro o branco").

CAPÍTULO VIII

Dos pronomes

Como os homens foram obrigados a falar muitas vezes das mesmas coisas num mesmo discurso e fosse monótono repetir sempre as mesmas palavras, inventaram certos vocábulos para substituir esses nomes, sendo por isso denominados *pronomes*.

Antes de tudo, reconheceram que muitas vezes era inútil e de mau gosto nomear-se a si próprios; assim introduziram o pronome da primeira pessoa, para colocá-lo no lugar do nome daquele que fala: *Ego, moi, je* ("eu").

Para não serem obrigados igualmente a nomear aquele a quem se fala, houveram por bem designá-lo por uma palavra que denominaram pronome da segunda pessoa: *Tu, toi* ou *vous* ("tu" ou "vós").

E, para não serem também obrigados a repetir os nomes das outras pessoas ou das outras coisas de que se fala, inventaram os pronomes da terceira pessoa: *Ille, illa, illud; il, elle, lui* etc. Dentre esses há os que indicam como que com o dedo a coisa de que se fala e é por isso que se chamam demonstrativos, como *hic, celui-ci; is te, celui-là* ("este", "esse" ou "aquele") etc.

Há ainda um que se denomina recíproco, isto é, que volta para dentro de si mesmo, que é *sui, sibi, se* ("si"):

Pierre s'aime ("Pedro se ama"); *Caton s'est tué* ("Catão se matou")[1].

Exercendo o papel dos outros nomes, esses pronomes têm deles também as propriedades, como:

OS NÚMEROS singular e plural: *Je, nous; tu, vous*; em francês, porém, usa-se comumente o plural *vous* em vez do singular *tu* ou *toi*, mesmo quando se fala a uma só pessoa: *Vous êtes un homme de promesse* ("Vós sois um homem de promessa")[2].

OS GÊNEROS: *il, elle* ("ele", "ela"); mas o pronome da primeira pessoa é sempre comum; e o da segunda também, com exceção do hebraico e das línguas que o imitam, em que o masculino אַתָּה é diferente do feminino אַתְּ.

OS CASOS: *Ego, me; je, me, moi* ("eu", "me", "mim"). Já dissemos de passagem que as línguas não têm casos nos nomes, mas os têm muitas vezes nos pronomes.

É o que vemos no francês, em que se pode considerar os pronomes segundo três empregos especificados no seguinte quadro:

ANTES DOS VERBOS NO			EM TODOS OS OUTROS CASOS	
Nominat.	Dat.	Acusat.	Ablativo	Genitivo etc.
Je Nous	me		moi	
Tu Vous	te		toi	
	se		soi	
Il, ele Ils, elles	lui leur	le, la les	lui eux	elle elles

....

1. Modernamente, distinguem-se claramente pronome recíproco do pronome reflexivo, o que não ocorre nesta Gramática; o que aqui é chamado recíproco corresponde hoje ao reflexivo.

2. Trata-se sem dúvida de expressão de polidez, de uma forma de tratamento.

Há, porém, algumas observações a fazer sobre esse quadro. A primeira é que, para abreviar, não coloquei *nous* e *vous* ("nós" e "vós") senão uma vez, embora sejam sempre usados diante do verbo, depois do verbo e em todos os casos. Isso porque não há nenhuma dificuldade, na linguagem comum, com os pronomes da primeira e da segunda pessoa, porque não se empregam senão *nous, vous*.

A segunda é que o que indicamos como dativo e acusativo do pronome *il* ("ele") pode ser colocado antes dos verbos como também depois deles, quando estão no imperativo: *Vous lui dites* ("Vós lhe dizeis"); *dites-lui* ("dizei-lhe"); *Vous leur dites* ("Vós lhes dizeis"); *dites-leur* ("dizei-lhes"); *vous le menez* ("vós o levais"), *menez-le* ("levai-o"); *vous la conduisez* ("vós a conduzis"), *conduisez-la* ("conduzi-a"). Mas *me, te, se* só se dizem antes do verbo: *Vous me parlez* ("Vós me falais"), *vous me menez* ("vós me levais"). Assim, quando o verbo está no imperativo, é preciso colocar *moi* no lugar de *me*: *Parlez-moi* ("Falai-me"), *menez-moi* ("levai-me"). Foi a esse fato que M. de Vaugelas parece não ter dado atenção, pois, procurando a razão pela qual se diz *menez-l'y* ("levai-o para lá") mas não *menez-m'y* ("levai-me para lá"), nada encontrou além da cacofonia: sendo claro que *moi* não pode ser apostrofado, seria necessário que se dissesse também *menez-me* para ser possível dizer *menez-m'y*, como se pode dizer *menez-l'y* porque se diz *menez-le*. Ora, *menez-me* não é francês e, por conseqüência, *menez-m'y* também não o é.

A terceira observação é que, quando os pronomes estão antes do verbo ou depois dele no imperativo, não se coloca a partícula *à* no dativo: *Vous me donnez* ("Vós me dais"), *donnez-moi* ("dai-me") e não *Donnez à moi*, a menos que se dobre o pronome, a que comumente se acrescenta *même* ("mesmo") mas somente aos pronomes da terceira pessoa: *Dites-le moi à moi* ("Dizei-mo a mim"); *je vous le donne à vous* ("eu vo-lo dou a vós"); *il me le promet à moi-*

même ("ele mo promete a mim mesmo"); *dites-leur à eux-même* ("dizei-lhes a eles mesmos"); *trompez-la elle-même* ("enganai-a a ela mesma"); *dites-lui à elle-memê* ("dizei-lhe a ela mesma").

A quarta é que, com o pronome *il*, o nominativo *il* ou *elle* e o acusativo *le* ou *la*, se dizem indiferentemente de todos os tipos de coisas; contudo, as formas do dativo, ablativo, genitivo e o pronome *son*, *sa*, que substituem o genitivo, só se devem dizer comumente de pessoas.

Assim se diz muito bem de uma casa de campo: *Elle est belle, je la rendrai belle* ("Ela é bonita, eu a tornarei bela"); mas se fala mal quando se diz: *Je lui ai ajouté un pavillon; je ne puis vivre sans elle; c'est pour l'amour d'ele que je quitte souvent la ville; sa situation me plaît.* ("Eu lhe acrescentei um pavilhão; não posso viver sem ela; é por amor dela que deixo muitas vezes a cidade; sua situação me agrada.") Para falar bem, é preciso dizer: *J'y ai ajouté un pavillon; je ne puis vivre sans cela*, ou *sans le divertissement que j'y prends; elle est la cause que je quitte souvent la ville: la situation m'en plaît.*

Sei muito bem que essa regra pode ter exceções. Assim, 1º, as palavras que significam uma multidão de pessoas, como *igreja*, *povo*, *companhia*, não estão sujeitas a isso.

2º Quando se dá vida às coisas ou são consideradas como pessoas, por uma figura chamada *prosopopéia*, pode-se empregar os termos que convêm às pessoas.

3º As coisas espirituais, como *a vontade, a virtude, a verdade*, podem admitir as expressões pessoais; não creio que seja falar mal ao dizer: *L'amour de Dieu a ses mouvements, ses désirs, ses joies, aussi bien que l'amour du monde; j'aime uniquement la vérité; j'ai des ardeurs pour elle, que je me puis exprimer.* ("O amor de Deus tem seus movimentos, seus desejos, suas alegrias, da mesma forma que o amor do mundo; amo unicamente a verdade; por ela tenho entusiasmos que não posso expressar.")

4º O uso autoriza que se empregue o pronome *son* com coisas inteiramente próprias ou essenciais àquelas de que se fala. Assim, diz-se que *une rivière est sortie de son lit* ("um rio saiu de seu leito"), *un cheval a rompu sa bride, a mangé son avoine* ("um cavalo arrebentou seu cabresto, comeu sua aveia") – porque se considera a aveia como um alimento caracteristicamente próprio para o cavalo, já que *cada coisa segue o instinto de sua natureza; cada coisa deve estar no seu lugar; uma casa caiu por si mesma* – nada havendo de mais essencial a uma coisa do que aquilo que ela é. Isso me faria acreditar que essa regra não se aplica quando se trata de ciência, quando não se fala senão daquilo que é próprio das coisas. Assim se pode dizer de uma palavra: *Sa signification principale est telle* ("A sua significação principal é tal"); e de um triângulo: *Son plus grand côté est celui qui soutient son plus grand angle* ("Seu lado maior é aquele que sustenta seu ângulo maior").

Pode haver ainda outras dificuldades em relação a essa regra, não tendo pensado nela o bastante para relacionar tudo o que se possa objetar contra ela: pelo menos é certo que, para falar bem, ordinariamente é preciso respeitá-la e é um erro negligenciá-la, a não ser em frases autorizadas pelo uso ou se houver alguma razão particular. M. de Vaugelas, porém, não a observou, mas anotou uma outra bem semelhante, relativa ao *qui*, que mostra muito bem não se dizer a não ser de pessoas, fora o nominativo, e o acusativo *que*.

Até aqui explicamos os pronomes principais e primitivos; mas formam-se outros, que se chamam possessivos, do mesmo modo que dissemos que se formavam adjetivos de nomes, que significam substâncias, acrescentando uma significação confusa, como de *terra, terrestre*. Assim, *meus, mon* ("meu") significa distintamente *moi* ("eu") e confusamente alguma coisa que pertence a mim, que é minha: *meus liber,* ("meu livro"), isto é, *o livro de mim*, como o dizem correntemente os gregos βίβλος μου.

Existem esses pronomes em nossa língua, que se usam sempre com um nome sem artigo: *mon, ton, son* ("meu", "teu", "seu") e os plurais *nos, vos* ("nossos", "vossos"); outros que se usam sempre com artigo sem nome: *mien, tien, sien* ("o meu", "o teu", "o seu") e os plurais *nôitres, vôtres* ("os nossos", "os vossos"); e há os que se usam das duas maneiras, *notre* e *votre* no singular e *leur* e *leurs* ("seu-deles", "seus-deles") no plural. Não dou exemplos, porque isso é muito fácil. Direi somente que essa é a razão que leva a rejeitar esse antigo vezo de falar *un mien ami, un mien parent,* porque *mien* não deve ser usado senão com o artigo *le* e sem nome: *C'est le mien, ce sont les nôtres* etc. ("Esse é o meu", "esses são os nossos").

CAPÍTULO IX

Do pronome chamado relativo

Há ainda outro pronome, que se chama *relativo*: *qui, quae, quod – qui, lequel, laquelle* ("que", "o qual", "a qual").
Esse pronome relativo tem alguma coisa de comum com os outros pronomes e algo de próprio.
O que tem de comum é que se põe no lugar do nome e de modo mais geral que todos os outros pronomes, substituindo todas as pessoas: *Moi qui suis chrétien* ("Eu que sou cristão"); *vous qui êtes chrétiens* ("vós que sois cristãos"); *lui qui est roi* ("ele que é rei").
O que tem de próprio pode ser considerado de duas maneiras:
A primeira é que sempre tem relação com outro nome ou pronome, que se chama antecedente, como em *Deus que é santo*, *Deus* é antecedente do relativo *que*. Contudo esse antecedente é às vezes subentendido e não expresso, principalmente na língua latina, como se mostra em *Nouvelle méthode* para essa língua.
A segunda coisa que o relativo tem de próprio e que não foi ainda observada por ninguém, que eu saiba, é que a proposição na qual entra (que se poderia chamar *incidente*) pode fazer parte do sujeito ou do atributo de uma outra proposição, que pode ser chamada principal.
Não se pode compreender bem esse fato, se não se lembrar do que dissemos desde o começo desta exposição,

que em toda proposição há um sujeito, que é aquilo de que se afirma alguma coisa, e um atributo, que é o que se afirma de alguma coisa[1]. Mas esses dois termos podem ser ou simples, como quando digo: *Deus é bom*, ou complexos, como quando digo: *Um hábil magistrado é um homem útil à república*. Pois o que afirmo não é apenas *um magistrado*, mas *um hábil magistrado*, e o que afirmo não é somente que ele é um *homem*, mas que ele é *um homem útil à república*. Pode-se ver o que se diz na *Logique* ou *Art de penser* ("Lógica" ou "Arte de pensar") sobre as proposições complexas, Segunda Parte, Capítulos III, IV, V, VI.

Essa reunião de vários termos no sujeito ou no atributo por vezes é tal que não impede que a proposição não seja simples, por conter em si apenas um julgamento ou afirmação, como quando digo: "A valentia de Aquiles foi a causa da tomada de Tróia." Isso acontece sempre que dos dois substantivos que entram no sujeito ou no atributo da proposição, um é regido pelo outro.

Mas também em outros casos esses tipos de proposições, cujo sujeito ou atributo são compostos de vários termos, encerram, pelo menos em nosso espírito, diversos julgamentos, como quando digo: *Deus invisível criou o mundo visível* – formam-se três julgamentos em nosso espírito, contidos nessa proposição. Primeiramente, julgo que *Deus é invisível*; segundo, que *criou o mundo*; terceiro, que *o mundo é visível*. Dessas três proposições, a segunda é a principal e a essencial da proposição, mas a primeira e a terceira não passam de incidentes e fazem apenas parte da principal, em que a primeira compõe o sujeito e a última o atributo.

Ora, essas proposições incidentes estão muitas vezes em nosso espírito sem ser expressas por palavras, como no

---

1. O termo "atributo" foi substituído por "predicativo".

exemplo dado. Mas por vezes são claramente expressas; e é para isso que serve o relativo, como quando reduzo o mesmo exemplo a estes termos: *Deus, que é invisível, criou o mundo, que é visível.*

Isso é, pois, o que dissemos ser próprio do relativo, de fazer com que a proposição, na qual ele entra, possa fazer parte do sujeito ou do atributo de uma outra proposição.

Sobre isso é preciso notar, 1º, que, quando se juntam dois nomes, um dos quais não é regido, mas convém ao outro, seja por aposição, como *Urbs Roma*, seja como adjetivo, como *Seus sanctus*, principalmente se esse adjetivo é um particípio, *canis currens* ("um cão correndo")[2], todos esses modos de falar encerram o relativo no sentido, podendo ser desdobrados pelo relativo: *Urbs quae dicitur Roma* ("Cidade que se diz Roma"); *Deus qui est sanctus* ("Deus que é santo"); *canis qui currit* ("cão que corre"); depende do modo de ser da língua servir-se desta ou daquela maneira. Vemos assim que em latim se usa comumente o particípio: *Video canem currentem* – e em francês, o relativo: *Je vois un chien qui court* ("Vejo um cão que corre").

2º Eu disse que a proposição do relativo pode fazer parte do sujeito ou do atributo de uma outra proposição, que se pode denominar principal, pois ela nunca constitui o sujeito inteiro nem o atributo inteiro, mas é preciso acrescentar a palavra, cujo lugar é ocupado pelo relativo para se constituir o sujeito inteiro e alguma outra palavra para constituir o atributo inteiro. Por exemplo, quando digo: *Deus, que é invisível, é o criador do mundo, que é visível* – *que é invisível* não é o sujeito todo dessa proposição, mas é preciso acrescentar *Deus*, e *que é visível* não é o atributo todo, mas é preciso acrescentar *o criador do mundo.*

....

2. Como se vê, freqüentemente é difícil distinguir uma função apositiva de uma predicativa.

3º O relativo pode ser sujeito ou parte do atributo da proposição incidente. Para ser sujeito, é preciso que esteja no nominativo: *Qui creavit mundum; qui sanctus est.*

Quando, porém, estiver num caso oblíquo, genitivo, dativo ou acusativo, então constitui não o atributo todo dessa proposição incidente, mas apenas uma parte: *Deus quem amo* – *Dieu que j'aime* ("Deus a quem amo"). O sujeito da proposição é *ego* e o verbo constitui a ligação e uma parte do atributo, do qual *quem* faz uma outra parte – como se ali estivesse: *Ego amo quem* ou *ego sum amans quem...* Da mesma forma: *Cujus caelum sedes: duquel le ciel est le trône* ("Do qual o céu é (o) trono"). O que é como se se dissesse: *Caelum est sedes cujus; le ciel est le trône duquel.*

Contudo, mesmo nesses casos, coloca-se sempre o relativo no início da proposição (embora, pelo sentido, devesse estar sempre no final), a não ser que seja regido por uma preposição: *Deus a quo mundus est conditus; Dieu par qui le monde a été créé* ("Deus por quem o mundo foi criado").

Diversas dificuldades gramaticais, que se podem explicar por esse princípio

O que dissemos sobre os dois empregos do relativo, um de ser pronome e outro de indicar a união de uma proposição com outra, serve para explicar várias coisas, a respeito das quais os gramáticos encontram dificuldades na busca de explicação.

Incluí-las-ei aqui em três classes e darei alguns exemplos de cada uma.

A primeira, em que o relativo está por uma conjunção e um pronome demonstrativo.

A segunda, em que faz o papel de uma conjunção apenas.

E a terceira, em que desempenha a função de um demonstrativo e não tem mais nada de conjunção.

O relativo substitui conjunção e demonstrativo, quando, por exemplo, Tito Lívio diz, falando de Junius Brutus: *Is quum primores civitatis, in quibus fratrem suum ab avunculo interfectum audisset* ("Esse, logo que os principais da cidade, entre os quais ouviu que seu irmão fora morto pelo tio..."), pois é visível que *in quibus* está aí por *et in his*; de modo que a frase é clara e inteligível se for assim expressa: *Quum primores civitatis, et in his fratrem suum interfectum audisset*; ao contrário, sem esse princípio, não pode ser resolvida.

Às vezes, porém, o relativo perde sua força de demonstrativo e não exerce senão a função de conjunção.

Isso podemos observar em duas ocorrências particulares.

A primeira é um modo muito comum de falar na língua hebraica, observado quando o relativo não é o sujeito da proposição em que ele entra, mas apenas parte do atributo, como quando se diz: *Pulvis quem projicit ventus* ("A poeira que o vento atira"); nesse caso, os Hebreus não deixam ao relativo senão o último emprego, de indicar a união da proposição com uma outra; e para o outro emprego, que é o de substituir o nome, exprimem-no pelo pronome demonstrativo, como se aí não houvesse nenhum relativo; e assim dizem: *Quem projicit eum ventus*. Esses tipos de expressão passaram para o Novo Testamento, em que S. Pedro, aludindo a uma passagem de Isaías, diz de Jesus Cristo: Οὗ πῷ μώλωπι αὐτοῦ ἰάθητε. *Cujus livore eius sanati estis* ("Por cuja palidez dele fostes salvo")[3]. Não tendo os gramáticos distinguido esses dois empregos do relativo, não puderam dar nenhuma explicação desse modo de falar e se limita-

---

3. Esse exemplo é estranho e tirado da κοινή, certamente não o melhor ponto de referência como norma lingüística.

ram a dizer que se tratava de um pleonasmo, isto é, uma superfluidade inútil.

Mas isso não deixa de ter exemplos até mesmo nos melhores autores latinos, embora os gramáticos não o tenham compreendido; assim disse Tito Lívio, por exemplo: *Marcus Flavius tribunus plebis tulit ad populum, ut in Tusculanos animadverteretur, quorum eorum ope ac consilio Veliterni populo Romano bellum fecissent* ("O tribuno do povo Marcus Flavius expôs ao povo que prestasse atenção nos tusculanos, por cuja obra e conselho deles os veliternos haviam feito uma guerra contra o povo romano"); é tão visível que *quorum* aí só exerce a função de conjunção, que alguns julgaram que era preciso ler *quod eorum ope*; mas é assim que rezam as melhores edições e os mais antigos manuscritos; e é ainda assim que Plauto falou em seu *Trinummus*, quando diz:

Inter eosne homines condalium te redipisci postulas,

Quorum eorum unus surripuit currenti cursori solum?

("Pretendes recuperar-te o anel entre esses homens, dos quais apenas um deles surrupiou ao corredor enquanto corria?"), onde *quorum* exerce a mesma função que se aí estivesse *quum eorum unus surripuerit...*

A segunda coisa que se pode explicar por esse princípio é a célebre disputa entre os gramáticos relativa à natureza do *quod* latino depois de um verbo; como quando Cícero diz: *Non tibi objicio quod hominem spoliasti* ("Não te objeto que espoliaste um homem"), que é ainda mais comum nos autores da baixa latinidade, que dizem quase sempre por *quod* aquilo que se diria do mesmo modo pelo infinitivo: *Dico quod tellus est rotunda* ("Digo que a Terra é redonda"), por *Dico tellurem esse rotundam*[4]. Uns pretendem

....

4. O *quod* seria um equivalente do *oti*, que os gramáticos acabaram por denominar conjunção completiva (integrante em nossas gramáticas).

que esse *quod* seja um advérbio ou conjunção; outros, que seja o neutro do relativo *qui, quae quod*.

Por mim, creio que é o relativo, que tem sempre relação com um antecedente (como já o dissemos), mas que foi despojado de seu uso pronominal, nada contendo em sua significação que faça parte do sujeito ou do atributo da proposição incidente, e retendo somente o seu segundo uso de ligar a proposição em que se encontra a uma outra, como acabamos de dizer do hebraísmo *quem projicit eum ventus*. Na passagem de Cícero *Non tibi objicio quod hominem spoliasti*, as últimas palavras *hominem spoliasti* constituem uma proposição perfeita, onde o *quod*, que a precede, não acrescenta nada e não supõe nenhum outro nome: mas tudo o que faz é que essa mesma proposição a que está ligado é apenas uma parte da proposição toda: *Non tibi abjicio quod hominem spoliasti*; porque mesmo sem o *quod* ela subsistiria por si mesma e formaria sozinha uma proposição.

É isso que poderíamos explicar também falando do infinitivo dos verbos, onde mostraremos igualmente que esse é o modo de resolver o *que* dos Franceses (que vem desse *quod*), como quando se diz: *Je suppose que vous serez sage; je vous dis que vous avez tort* ("Suponho que sereis sábio; digo-vos que não tendes razão"). Pois esse *que* aí está de tal modo despojado de sua natureza de pronome, que só exerce a função de ligação, a qual demonstra que as proposições *Vous serez sage, vous avez tort* constituem apenas partes das proposições completas: *Je suppose* etc., *je vous dis* etc.

Observamos duas situações em que o relativo, com seu emprego de pronome, não faz mais que unir duas proposições; mas podemos, pelo contrário, observar duas outras situações em que o relativo perde sua função de ligação, só ficando com a de pronome. A primeira está num modo de falar, em que os Latinos muitas vezes se serviam do relativo, atribuindo-lhe frouxamente a força de um pronome demonstrativo, deixando-lhe muito pouco de sua outra função de ligar a proposição em que se emprega a uma outra proposição. Isso faz com que eles iniciem tantos períodos pelo relativo, que não se poderia traduzir para as línguas usuais senão por um pronome demonstrativo, porque a força do relativo como ligação, tendo sido perdida quase totalmente nesses casos, tornaria estranho que se empregasse algum. Plínio, por exemplo, começa assim seu panegírico: *Bene ac sapienter, P. C., majores instituerant, ut rerum agendarum, ita dicendi initium a precationibus capere, quod nihil rite, nihilque providenter homines sine deorum immortalium ope, consilio, honore, auspicarentur. Qui mos*[5]*, cui potius quam consuli, aut quando magis usurpandus colendusque est?* ("Bem e sabiamente, Senadores, os antepassados haviam estabelecido que se começasse pelas preces aquilo que se pretende fazer, como também discursar, já que os homens nada de conveniente, nada de providencial obtêm sem o poder, a orientação e a glorificação dos deuses imortais. A quem cabe mais assumir e observar esse costume do que ao cônsul sobretudo?").

É certo que esse *Qui* sem dúvida começa um novo período e não liga este ao precedente, sendo por isso precedido de um ponto final e é por isso que, traduzindo para o francês, nunca se colocaria *laquelle coutume*, mas *cette coutume* ("esse costume"), iniciando-se assim o segundo período: *Et par qui CETTE COUTUME doit-elle être plutôt observée, que par un consul?* etc.

Cícero está cheio desses exemplos, como em *Orat. V*, contra Verres: *Itaque alii cives Romani, ne cognoscerentur, capitibus obvolutis a carcere ad palum, atque ad necem rapiebantur: alii, quum a multis civibus Romanis recognoscerentur, ab omnibus defenderentur, securi feriebantur.* QUO-RUM *ego de acerbissima morte, crudelissimoque cruciatu*

....

5. Em *qui mos* há a chamada "attractio relativi", torneio elegante bastante freqüente nos autores clássicos.

dicam, quum eum locum tractare coepero. ("Por isso, outros cidadãos romanos estavam com as cabeças encobertas do ponto de partida ao pelourinho, para não serem reconhecidos e eram levados à morte: outros, como fossem reconhecidos por muitos cidadãos romanos, eram repelidos por todos e feridos com machadinhas. De cuja morte acerbíssima e crudelíssimo tormento falarei quando começar a tratar desse tópico.") Esse *quorum* seria traduzido para o francês como se ali estivesse *de illorum morte*.

A outra situação em que o relativo conserva apenas sua função de pronome está no ὅτι dos Gregos, cuja natureza ainda não foi bem estudada por ninguém, que eu saiba, antes do *Méthode grecque*. Embora essa partícula tenha estreita ligação com o *quod* latino e tenha sido derivada do pronome relativo dessa língua, como o *quod* foi emprestado do relativo latino, há contudo essa diferença notável entre a natureza do *quod* e do ὅτι: enquanto essa partícula latina não passa do relativo sem a função de pronome, conservando apenas a de ligação, a partícula grega, ao contrário, é geralmente despojada de sua função de ligação e só conserva a de pronome. Sobre isso, vejam-se a *Nouvelle méthode latine, Remarques sur les adverbes*, nº 4 e a *Nouvelle méthode grecque*, liv. 8, cap. 11. Assim, por exemplo, no Apocalipse, cap. 3, quando Jesus Cristo, censurando um bispo que tinha certo orgulho de si mesmo, lhe diz: Λέγεις ὅτι πλούσιός εἰμι. *Dicis quod dives sum* ("Dizes que sou rico"), não quer dizer *Quod ego qui ad te loquor dives sum* ("que eu falo a ti sou rico"); mas *dicis hoc*, tu dizes isso, a saber, *dives sum*, eu sou rico, de modo que aí há duas orações ou proposições separadas, sem que a segunda faça parte da primeira, da mesma forma que o ὅτι não exerce lá função de relativo nem de ligação. Isso parece ter sido um empréstimo ao costume dos Hebreus, como explicaremos mais adiante, Capítulo XVII, o que é muito necessário observar para se resolver uma quantidade de proposições difíceis na língua grega.

CAPÍTULO X

Exame de uma regra da língua francesa que é: não se deve colocar o relativo depois de um nome sem artigo

O que me levou ao trabalho de examinar essa regra é que ela me dá a oportunidade de falar, de passagem, de muitas coisas bastante importantes para raciocinar bem sobre as línguas, que me obrigariam a ser prolixo demais, se quisesse tratá-las em particular.

M. de Vaugelas foi o primeiro a publicar essa regra entre várias outras bem judiciosas, das quais suas observações estão repletas: que depois de um nome sem artigo não se deve colocar *qui*. Assim se diz bem: *Il a été traité avec violence* ("Foi tratado com violência"); mas, se eu quiser frisar que essa violência foi absolutamente desumana, não posso fazê-lo senão acrescentando-lhe um artigo: *Il a été traité avec une violence qui a été tout-à-fait inhumaine* ("Foi tratado com uma violência que foi absolutamente desumana").

À primeira vista, isso parece bem razoável; como, porém, há várias maneiras de falar em nossa língua que não me parecem conformes a essa regra, como estas, entre outras: *Il agit en politique qui sait gouverner* ("Age em política quem sabe governar"); *il est coupable de crimes qui méritent châtiment* ("ele é culpado de crimes que merecem castigo"); *il n'y a homme qui sache cela* ("não há ninguém que saiba isso"); *Seigneur, qui voyez ma misère, assistez-moi* ("Senhor, que vedes minha miséria, assisti-me"); *une sorte de bois qui est fort dur* ("uma espécie de madeira que é muito dura"); penso se não poderia concebê-la em termos que a tornassem mais geral e que mostrassem que esses modos de falar e outros semelhantes, que se afiguram contrários de fato não o são. Eis como a concebo.

No uso atual de nossa língua, não se deve colocar *qui* depois de um nome comum, se não for determinado por um artigo ou por qualquer outra coisa que o determine tanto quanto o faria um artigo.

Para que isso seja bem entendido, é preciso lembrar-se de que é possível distinguir duas coisas no nome comum: a significação, que é fixa (pois, se ela varia às vezes, por equívoco ou por metáfora, é por acidente), e a extensão dessa significação, que está sujeita a variar conforme se toma o nome para toda a espécie ou para uma parte certa ou incerta.

Somente em relação a essa extensão dizemos que um nome comum é *indeterminado*, quando nada há que indique se deva tomá-lo de modo geral ou particular; e, sendo tomado de modo particular, se é para um particular certo ou incerto. E, ao contrário, dizemos que um nome é determinado quando há algo que lhe indique a determinação. Isso mostra que por *determinado* não entendemos *restrito*, já que, conforme o que acabamos de dizer, um nome comum deve passar por *determinado* quando houver alguma coisa que indique que ele deve ser tomado em toda sua extensão, como nesta proposição: *Todo homem é racional*.

É sobre isso que essa regra se fundamenta; pois é possível servir-se do nome comum, considerando-se apenas sua significação como no exemplo que propus: *Ele foi tratado com violência*; não é necessário então que eu a determine; se, porém, se quiser dela afirmar algo em particular, o que se faz acrescentando um *qui*, é razoável que, nas línguas que dispõem de artigos para determinar a extensão dos nomes comuns, então deles se faça uso, para que se conheça melhor a que esse *qui* deva ser relacionado, se é a tudo aquilo que o nome comum pode significar ou apenas a uma parte certa ou incorreta.

Por aí também se percebe que, como o artigo nessas situações é necessário apenas para determinar o nome comum, se for determinado de algum outro modo, se poderá acrescentar um *qui*, da mesma forma que se houvesse um artigo. E é isso que faz ver a necessidade de expressar essa regra como o fizemos, para torná-la geral; isso mostra também que quase todos os modos de falar que lhe parecem contrários, lhe são conformes, porque o nome, que está sem artigo, está determinado por qualquer outra coisa. Mas, quando digo *por qualquer outra coisa*, não incluo aí o *qui* que é acrescentado, pois, se ele fosse incluído, nunca se pecaria contra essa regra, já que se poderia sempre dizer que não se emprega um *qui* depois de um nome sem artigo a não ser em um modo de falar determinado pelo próprio *qui*.

Assim, para justificar quase tudo o que se pode opor a essa regra, basta considerar os diversos modos pelos quais um nome sem artigo pode ser determinado:

1. É certo que os nomes próprios não significam senão uma coisa singular e são determinados por si mesmos; foi por isso que, na regra, não falei senão dos nomes comuns, sendo com toda certeza falar bem ao se dizer: *Il imite Virgile, qui est le premier des poètes* ("Imita Virgílio, que é o primeiro dos poetas"); *toute ma confiance est en Jésus-Christ, qui m'a racheté* ("toda minha confiança está em Jesus Cristo, que me resgatou").

2. Os vocativos são igualmente determinados pela própria natureza do vocativo, de modo que não se pretende nesse caso um artigo para se acrescentar um *qui*, uma vez que é a supressão do artigo que os torna vocativos e que os distingue dos nominativos. Não está, portanto, contra a regra dizer: *Ciel, qui connaissez mes maux* ("Céu, que co-

nheceis meus males"); *soleil, qui voyez toutes choses* ("Sol, que vedes todas as coisas").

3. *Ce* ("este", "isto"), *quelque* ("algum"), *plusieurs* ("vários"), os nomes de números, como *dois, três* etc., *todo, nenhum, algum* etc. determinam tão bem quanto os artigos. Isso é claro demais para nos determos.

4. Nas proposições negativas, os termos sobre os quais recai a negação estão destinados a ser abrangidos geralmente pela própria negação, cuja propriedade é de tirar tudo[1]. Esta é a razão pela qual afirmativamente se diz com artigos: *Il a de l'argent, du coeur, de la charité, de l'ambition* ("Ele tem dinheiro, coração, caridade, ambição"); e negativamente sem artigo: *Il n'a point d'argent, de coeur, de charité, d'ambition* ("Ele não tem dinheiro, coração, caridade, ambição"). E é isso também que mostra que estes modos de falar não são contrários à regra: *Il n'y a point d'injustice qu'il ne commette* ("Não há injustiça que ele não cometa"); *Il n'y a homme qui sache cela* ("Não existe uma pessoa que saiba isso"). Nem mesmo a seguinte: *Est-il ville dans le royanume qui soit plus obéissant?* ("Há no reino cidade que seja mais obediente?") – porque a afirmação com uma interrogação se reduz, pelo sentido, a uma negação: *Il n'y a point de ville qui soit plus obéissante* ("Não há nenhuma cidade que seja mais obediente").

5. É uma regra de lógica bem verdadeira aquela em que, nas proposições afirmativas, o sujeito atrai para si o atributo, isto é, o determina. Daí decorre que são falsos os seguintes raciocínios: *O homem é animal; o macaco é animal; logo o macaco é homem*, porque animal, sendo atributo nas duas primeiras proposições, os dois sujeitos diferentes são determinados por duas espécies diversas de *animal*.

....

1. Na medida em que a negação é taxativa, *ipso facto* torna desnecessária a presença do artigo.

É por isso que não é contra a regra dizer: *Je suis homme qui parle franchement* ("Sou homem que fala francamente"), porque *homme* está determinado por *Je*; isso é tão verdadeiro que o verbo, que segue o *qui*, fica melhor na primeira que na terceira pessoa: *Je suis homme qui ai bien vu des choses* ("Sou homem que vi muitas coisas"), melhor que *qui a vu bien de choses* ("que viu muitas coisas").

6. As palavras *tipo, espécie, gênero* e outras semelhantes determinam as que as seguem, as quais não devem por isso ter artigo; *Une sorte de fruit* ("Um tipo de fruta"), e não *d'un fruit*. É por isso que se diz bem: *Une sorte de fruit qui est mûr en hiver* ("Um tipo de fruta que amadurece no inverno"); *une espèce de bois qui est fort dur* ("uma espécie de madeira que é muito dura").

7. A partícula *en*, no sentido do *ut* latino, *vivit ut rex, il vit en roi* ("vive como rei"), encerra em si mesma o artigo, tendo o mesmo valor que *comme un roi, en la manière d'un roi* ("como um rei", "à maneira de um rei"). É por isso que não é contra a regra dizer: *Il agit en roi qui sait régner* ("Ele age como um rei que sabe reinar"); *il parle en homme qui sait faire ses affaires* ("ele fala como um homem que sabe fazer seus negócios"), isto é, *comme un roi* ou *comme un homme* etc.

8. *De*, só com um plural, está muitas vezes por *des*, que é o plural do artigo *un*, como mostramos no capítulo sobre o Artigo[2]. Assim, os seguintes modos de falar estão perfeitamente corretos e não são contrários à regra: *Il est accablé de maux qui lui font perdre patience* ("Está cumulado de males, que lhe fazem perder a paciência"); *il est chargé de dettes qui vont au-delà de son bien* ("Está carregado de dívidas que vão além de suas posses").

....

2. A explicação não é convincente. Caso se use *de*, não há artigo e com isso uma indeterminação; *des* (*de* + *les*) implica claramente uma determinação.

9. Os seguintes modos de falar, bons ou maus: *C'est grêle qui tombe* ("É granizo que cai"); *ce sont gens habiles qui m'ont dit cela* ("são pessoas qualificadas que me disseram isso") – não são contrários à regra, porque o *qui* não se relaciona com o nome que está sem artigo, mas ao *ce*, invariável em relação a gêneros e números. Pois o nome *grêle* sem artigo, *gens habiles*, é o que afirmo e, conseqüentemente, o atributo e o *qui* faz parte do sujeito, do qual afirmo algo. Portanto, afirmo que o *que cai* é *o granizo*; que *os que me disseram isso* são *pessoas qualificadas*; assim, não se relacionando esse *qui* com o nome sem artigo, não há relação com essa regra.

Se houver outros modos de falar que pareçam contrários a isso e que não possam ser justificados por meio de todas essas observações, pode tratar-se, segundo creio, de vestígios do estilo antigo, em que os artigos quase sempre se omitiam. Ora, é um princípio que os que trabalham com uma língua viva devem ter sempre diante dos olhos: que os modos de falar, autorizados pelo uso geral e não contestados, devem ser considerados bons, embora sejam contrários às regras e à analogia da língua; não devem, porém, ser alegados para se pôr em dúvida a validade das regras e perturbar a analogia, nem para autorizar, por conseqüência, outros modos de falar não autorizados pelo uso. De outro modo, quem se ativer apenas às esquisitices do uso, sem observar esse princípio, fará que uma língua permaneça sempre incerta e que, não dispondo de alguns princípios, nunca possa se fixar.

CAPÍTULO XI

Das preposições

Dissemos acima, Capítulo VI, que os casos e as preposições haviam sido inventados para o mesmo emprego, que consiste em indicar as relações que as coisas têm umas com as outras[1].

Trata-se quase das mesmas relações em todas as línguas, que são indicadas pelas preposições: é por isso que me contentarei em relacionar aqui as principais das que são indicadas pelas preposições da língua francesa, sem me obrigar a fazer delas uma enumeração exata, como seria necessário para uma Gramática particular.

Creio, pois, que é possível reduzir às seguintes as relações principais:

	chez:	*Il est chez le roy.* ("Ele está com o rei.")
	dans:	*Il est dans Paris.* ("Ele está em Paris.")
	en:	*Il est en Italie.* ("Ele está na Itália.")
	à:	*Il est à Rome.* ("Ele está em Roma.")
De lugar, de situação, de ordem	*hors:*	*Cette maison est hors de la ville.* ("Esta casa está fora da cidade.")
	sur ou *sus:*	*Il est sur la mer.* ("Ele está sobre o mar.")
	sous:	*Tout ce qui est sous le ciel.* ("Tudo o que está sob o céu.")
	devant:	*Un tel marchait devant le roi.* ("Um fulano andava diante do rei.")
	après:	*Un tel marchait après le roi.* ("Um fulano andava atrás do rei.")

....
1. Ver nota no final do capítulo.

De tempo	*avant:*		*Avant la guerre.* ("Antes da guerra".)
	pendant:		*Pendant la guerre.* ("Durante a guerra.")
	depuis:		*Depuis la guerre.* ("Desde a guerra.")
Do ponto	para onde se vai	*en:*	*Il va en Italie.* ("Ele vai para a Itália.")
		à:	*à Rome.* ("para Roma".)
		vers:	*L'aimant se tourne vers le Nord.* ("O amante se volta para o Norte.")
		envers:	*Son amour envers Dieu.* ("Seu amor para com Deus.")
	que se deixa:	*de:*	*Il part de Paris.* ("Ele parte de Paris.")
De causa	eficiente:	*par:*	*Maison bâtie par un architecte.* ("Casa construída por um arquiteto.")
	material:	*de:*	*de pierre ou de brique* ("de pedra ou de tijolo")
	final:	*pour:*	*pour y loger* ("para morar ali")
Outras relações de	união:	*avec:*	*les soldats avec leurs officiers* ("os soldados com seus oficiais")
	separação:	*sans:*	*les soldats sans leurs officiers* ("os soldados sem seus oficiais")
	exceção:	*outre:*	*compagnie de cent soldats, outre les officiers* ("companhia de cem soldados, além dos oficiais")
	oposição:	*contre:*	*soldats revoltés contre leurs officiers* ("soldados revoltados contra seus oficiais")
	supressão:	*de:*	*soldats retranchés du régiment* ("soldados desligados do regimento")
	permuta:	*pour:*	*rendre un prisionnier pour un autre* ("trocar um prisioneiro por outro.")
	conformidade	*selon:*	*selon la raison* ("segundo a razão")

Há algumas observações a fazer sobre as preposições, tanto para todas as línguas como para a francesa em particular.

A primeira é que, em relação ao problema das preposições, em nenhuma língua se seguiu o que a razão teria desejado, isto é, que cada preposição designasse apenas uma relação e que cada relação fosse designada por uma só preposição. Contudo, é o contrário do que acontece em todas as línguas o que vimos nesses exemplos tomados do francês, em que uma mesma preposição, como *en, à*, indica várias relações e em que uma mesma relação é designada por várias preposições, como *dans, en, à*. É isso que freqüentemente acarreta obscuridades na língua hebraica e no grego da Escritura, que está cheia de hebraísmos; não dispondo os Hebreus de muitas preposições, eles as empregam em usos muito diferentes. Assim, a preposição ב que é chamada afixo, porque é juntada às palavras, sendo tomada em vários sentidos, os escritores do Novo Testamento, que a traduziram por ἐν, *in*, tomam também essas duas formas em sentidos muito diferentes. Isso se mostra particularmente em São Paulo, em que esse *in* é tomado às vezes por *par* (fr.; lat. *per*): *Nemo potest dicere, Dominus Jesus, nisi in spiritu sancto* ("Ninguém pode dizer 'Senhor Jesus', a não ser no Espírito Santo"); outras vezes por *selon*: *Cui vult nubat, tantum in Domino* ("Case-se com quem quiser, somente no Senhor"); outras vezes por *avec*: *Omnia vestra in charitate fiant* ("Todas as vossas coisas sejam feitas na caridade"); e em outras acepções ainda.

A segunda observação é que *de* e *à* não são apenas marcas do genitivo e do dativo, mas ainda preposições que servem também para outras relações. Pois, quando se diz: *Ele saiu da cidade* ou *Ele foi a sua casa de campo* – o *de* não designa um genitivo, mas a preposição *ab* ou *ex*: *egressus est ex urbe* ("saiu da cidade"), e *a* não designa um dativo, mas a preposição *in*: *Abiit in villam suam* ("Foi para a sua casa de campo").

A terceira é que é preciso distinguir bem essas cinco preposições: *dans, hors, sus, sous, avant* das cinco palavras que têm a mesma significação, mas que não são preposições, ordinariamente pelo menos: *dedans, dehors, dessus, dessous, auparavant.*

A última dessas palavras é um advérbio, que se usa solto e não diante de nomes. Pois se diz corretamente: *Il est venu auparavant* ("Ele veio antes"), mas não se deve dizer: *Il était venu auparavant dîner*, mas *avant dîner* ou *avant que de dîner* ("Ele tinha vindo antes de jantar"). Em relação aos outros quatro – *dedans, dehors, dessus, dessous* – creio que se trata de nomes, como se vê pelo fato de que se lhes acrescenta quase sempre o artigo: *le dedans, le dehors au dedans, au dehors* e de que regem o nome no genitivo, que é o regime dos nomes substantivos: *au dedans de la maison* ("dentro da casa"), *au dessus du toit* ("por cima do telhado").

Há, contudo, uma exceção, que M. de Vaugelas judiciosamente observou, que o fato de que essas palavras voltam a ser preposições, quando se empregam conjuntamente os dois opostos, acrescentando-se o nome apenas ao último, como: *La peste est dedans et dehors de la ville* ("A peste está dentro e fora da cidade"); *il y a des animaux dessus et dessous la terre* ("Existem animais em cima e embaixo da terra").

A quarta observação é sobre as quatro partículas: *en, y, où, dont*, que significam *de* ou *à* em toda sua extensão, além de *lui* ou *qui*, pois *en* significa *de lui* ("dele"), *y à lui* ("lhe", "a ele")[2], *dont, de qui* ("de quem") e *où, à qui* ("a quem"). O principal emprego dessas partículas está na observância das duas regras, das quais falamos no capítulo dos Pronomes, segundo as quais *lui* e *qui* no genitivo, no dativo e no ablativo só se dizem ordinariamente de pes-

....

2. Nota-se certa confusão entre as duas funções do *y* no francês, podendo ser advérbio ou pronome.

soas; assim, quando se fala de coisas, usa-se *en* no lugar do genitivo *de lui* ou do pronome *son*; *y* no lugar do dativo *à lui*; *dont* no lugar do genitivo *de qui* ou *duquel*, que se pode dizer, mas que é geralmente fastidioso; *où* no lugar do dativo *à qui* ou *auquel*. Ver o capítulo dos Pronomes.

....
NOTA: Há aqui visível engano; confundem-se forma e função dos casos. Caso propriamente é flexão à qual se atribui determinada função sintática independente de preposição; com a perda dos casos, o analitismo das chamadas línguas usuais substituiu a maioria das funções casuais pelo uso de preposições.

CAPÍTULO XII

Dos advérbios

A vontade que os homens têm de abreviar o discurso ocasionou o aparecimento do advérbio, já que a maior parte dessas partículas serve apenas para significar, numa só palavra, aquilo que não se poderia indicar senão por uma preposição e um nome, como *sapienter* – sabiamente, por *cum sapientia*, com sabedoria; *hodie* por *in hoc die* – hoje.

É por isso que, nas línguas usuais, a maioria desses advérbios são expressos de ordinário com mais elegância pelo nome com a preposição; assim, dir-se-á de preferência *com sabedoria, com prudência, com orgulho, com moderação*, do que *sabiamente, prudentemente, orgulhosamente, moderadamente*, ainda que em latim comumente seja mais elegante empregar advérbios.

Daí resulta também que se tome muitas vezes por advérbio o que é um nome, como *instar* ("peso da balança"), *primum* ou *primo, partim* ("parcialmente") em latim. Veja *Nouvelle méthode latine*. Em francês, *dessus, dessous, dedans*, que são verdadeiros nomes, como o demonstramos no capítulo precedente.

Como, porém, essas partículas se juntam comumente ao verbo, para modificar ou determinar a ação, como *generose pugnavit* ("combateu corajosamente"), isso fez com que fossem chamados *advérbios*.

CAPÍTULO XIII

Dos verbos e daquilo que lhes é próprio e essencial

Até aqui explicamos as palavras que significam os objetos dos pensamentos; falta falar daqueles que significam a maneira dos pensamentos, que são os verbos, as conjunções e as interjeições.

O conhecimento da natureza do verbo depende do que dissemos no começo deste discurso, que o julgamento que fazemos das coisas (como quando digo: A Terra é redonda) contém necessariamente dois termos: um chamado sujeito, que é aquele de que se afirma, como *Terra*; e outro chamado atributo, que é o que se afirma, como *redonda*; além disso, a ligação entre esses dois termos, que é propriamente a ação de nosso espírito, que afirma o atributo do sujeito.

Assim, os homens não tiveram menos necessidade de inventar palavras que indicassem a afirmação, que é a maneira principal de nosso pensamento, a de inventar termos que marquem os objetos de nosso pensamento.

E exatamente isso é o verbo, uma palavra *cujo principal emprego é significar a afirmação*, isto é, indicar que o discurso, em que essa palavra é empregada, é o discurso de um homem que não concebe somente as coisas, mas que as julga e as afirma. Nisso o verbo se distingue de alguns nomes, que também indicam afirmação, como *affirmans*, *affirmatio* ("afirmante", "afirmação"), pois que eles não a significam senão na medida em que, por uma reflexão do espírito, ela se tornou o objeto de nosso pensamento, e assim não indicam de fato que o usuário dessas palavras afirma, mas apenas que ele concebe uma afirmação.

Eu disse que o emprego *principal* do verbo é significar a afirmação, porque mostrarei mais adiante que nos servimos dele também para significar outros movimentos de nossa alma, como *desejar, rezar, ordenar* etc., e isso mudando apenas de inflexão e de modo. Assim, em todo este capítulo, consideraremos o verbo apenas segundo a sua significação principal, aquela que ele tem no indicativo, deixando para falar dos outros em outro lugar.

Assim sendo, pode-se dizer que o verbo, por si mesmo, não deveria ter outro emprego senão o de indicar a ligação que fazemos em nosso espírito dos dois termos de uma proposição; contudo, apenas o verbo *ser*, chamado substantivo, conservou essa simplicidade e pode-se ainda dizer que ele só se conservou assim, propriamente, na terceira pessoa do presente, *é*, e em determinadas situações. Como os homens tendem naturalmente a abreviar suas expressões, quase sempre acrescentaram à afirmação outras significações numa mesma palavra.

1º Acrescentaram-lhe a de algum atributo, de modo que então duas palavras perfazem uma proposição, como quando digo: *Petrus vivit* ("Pedro vive"), já que a palavra *vivit* encerra apenas a afirmação e ainda o atributo de ser vivo; assim é o mesmo dizer *Pedro vive* e *Pedro está vivo*. Daí proveio a grande diversidade dos verbos em cada língua; se, porém, as pessoas se tivessem contentado em atribuir ao verbo a significação geral de afirmação, sem acrescentar qualquer atributo particular, não se teria tido necessidade senão de um só verbo em cada língua – aquele que é chamado substantivo.

2º Em determinadas situações acrescentou-se ainda o sujeito da proposição, de modo que duas palavras podem então, ou até mesmo uma só palavra, constituir uma proposição inteira. Duas palavras, como quando digo: *Sum homo*, porque *sum* não significa apenas a afirmação, mas contém a significação do pronome *ego*, que é o sujeito dessa proposição, sempre expresso em francês: *Je suis homme* ("Eu sou homem"). Uma só palavra, como quando digo *vivo* ("eu vivo"), *sedeo* ("estou sentado"), pois esses verbos encerram em si mesmos a afirmação e o atributo, como já dissemos; e, estando na primeira pessoa, contêm ainda o sujeito: *Eu estou vivo, eu estou sentado*. Daí adveio a diferença das pessoas, que está comumente em todos os verbos.

3º Estabeleceu-se ainda uma relação com o tempo dentro do qual se afirma, de modo que uma só palavra, como *coenasti*, significa que afirmo daquele a quem eu falo a ação de jantar, não no tempo presente, mas no passado. Daí decorreu a diversidade dos tempos, que ainda é comum a todos os verbos de modo geral.

A diversidade dessas significações reunidas numa só palavra impediu muitas pessoas, aliás, muito capazes, de conhecer bem a natureza dos verbos, porque não os consideraram segundo o que é essencial, que é a *afirmação*, mas segundo essas relações, que lhes são acidentais como verbos.

Assim Aristóteles, atendo-se à terceira das significações acrescidas àquela que é essencial ao verbo, definiu-o *Vox significans cum tempore*, ("uma palavra que significa com tempo").

Outros, como Buxtorf, tendo acrescentado a segunda, definiu-o *Vox flexilis cum tempore et persona*, ("uma palavra que tem diversas flexões com o tempo e pessoa").

Outros, atendo-se à primeira dessas significações acrescentadas, que é a do atributo, e considerando que os atributos juntados à afirmação em uma mesma palavra são ordinariamente ações e paixões, julgaram que a essência do verbo consistia em significar ações ou paixões.

Finalmente, Júlio César Scalinger acreditou ter encontrado um grande mistério, em seu livro *Principes de la langue latine*, ao dizer que a distinção das coisas *in permanentes et fluentes* ("em o que permanece e o que passa"), constituía a verdadeira origem da distinção entre os nomes e os verbos; os nomes significam o que permanece e os verbos, o que passa.

Mas é fácil ver que todas essas definições são falsas e não explicam a verdadeira natureza dos verbos.

O modo pelo qual são concebidas as duas primeiras o demonstra com clareza, pois nele nada se diz do que o verbo significa, mas apenas com que ele significa: *cum tempore, cum persona*.

As duas últimas são ainda piores, porque apresentam os dois maiores vícios de uma definição: não convém nem ao todo definido nem ao individual definido: *neque omni, neque soli*.

Pois há verbos que não significam ações, nem paixões, nem o que acontece, como *existit* ("existe"), *quiescit* ("repousa"), *friget* ("faz frio"), *alget* ("gela"), *tepet* ("está quente"), *calet* ("faz calor"), *viret* ("enverdece"), *claret* ("amanhece"), dos quais falaremos ainda em outro lugar.

Há palavras que não são verbos, que significam ações ou paixões e até coisas que passam, segundo a definição de Scalinger[1]. Pois é certo que os particípios são verdadeiros nomes; contudo, os de verbos ativos não deixam de significar ações e os de passivos, paixões da mesma forma que os verbos dos quais provêm: não há nenhuma razão para se pretender que *fluens* não signifique algo que passa, tanto quanto *fluit*.

A tudo isso se pode acrescentar, contra as duas primeiras definições, que também os particípios significam com

---

1. Ação e paixão correspondem respectivamente à voz ativa e à voz passiva, como se deduz dos exemplos.

tempo, já que os há do presente, do passado e do futuro, sobretudo no grego. E os que crêem, não sem razão, que um vocativo é de fato uma segunda pessoa, sobretudo quando dispõe de uma terminação diferente da do nominativo, pensarão haver, desse ponto de vista, uma diferença maior ou menor entre o particípio e o verbo.

Assim, a razão essencial pela qual um particípio não é um verbo está em que não significa uma *afirmação*; daí decorre que não pode constituir uma proposição (o que é próprio do verbo), a não ser acrescentando-lhe um verbo, isto é, restituindo-lhe o que se lhe tirou ao mudar o verbo em particípio. Por que *Petrus vivit*, ("Pedro vive"), é uma proposição e *Petrus vivens*, ("Pedro vivente") não o é, caso não se lhe acrescente *est*: *Petrus est vivens* – senão por que a afirmação, contida em *vivit*, lhe foi retirada para se constituir o particípio *vivens*? Donde se percebe que a afirmação, que se encontra ou não em uma palavra, é o que faz com que seja ou não um verbo.

Sobre isso se pode ainda observar, de passagem, que o infinitivo, que é muito freqüentemente um nome, conforme diremos, como quando se diz *o beber, o comer*, é então diferente dos particípios sob o aspecto de que os particípios são nomes adjetivos e o infinitivo é um nome substantivo, formado desse adjetivo por abstração, assim como de *candidus* se faz *candor* ("candura") e de *blanc* vem *blancheur* ("brancura"). Assim *rubet*, verbo, significa *é vermelho*, contendo ao mesmo tempo a afirmação e o atributo; *rubens*, particípio, significa simplesmente *vermelho*, sem afirmação; e *rubere*, tomado como nome, significa *vermelhidão*.

Deve-se, portanto, considerar como definitivo que, levando-se em conta simplesmente o que é essencial ao verbo, sua definição única e verdadeira é: *Vox significans affirmationem* ("uma palavra que significa afirmação"). Não seria possível encontrar uma palavra que indique a afirmação que não seja o verbo, nem verbo que não sirva para indicá-la, pelo menos no indicativo. Não há dúvida de que, se fosse inventada uma palavra, como *est*, que indicasse sempre a afirmação sem qualquer diferença de pessoa nem de tempo, de modo que a diversidade das pessoas fosse indicada apenas pelos nomes e pronomes e a diversidade de tempo pelos advérbios, essa palavra não deixaria de ser um verdadeiro verbo. De fato, nas proposições, que os filósofos chamam de verdade eterna, como *Deus é infinito; todo corpo é divisível; o todo é maior que sua parte* – a palavra *é* significa apenas a afirmação simples, porque isso é verdadeiro para todos os tempos e sem que nosso espírito se fixe em qualquer diversidade de pessoas.

Assim o verbo, naquilo que lhe é essencial, é uma palavra que significa a afirmação. Caso se queira, porém, acrescentar à definição do verbo seus principais acidentes, poder-se-ia defini-lo assim: *Vox significans affirmationem, cum designatione personae, numeri et temporis* ("Uma palavra que significa a afirmação com designação da pessoa, do número e do tempo"). Isso convém propriamente ao verbo substantivo.

Para os outros, na medida em que se tornam diferentes através da união que os homens estabeleceram da afirmação com certos atributos, pode-se estabelecer a seguinte definição: *Vox significans affirmationem alicujus attributi, cum designatione personae, numeri et temporis* ("Uma palavra que marca a afirmação de algum atributo, com designação da pessoa, do número e do tempo").

Observe-se, de passagem, que a afirmação, como concebida, pode também ser atributo do verbo, como no verbo *affirmo*, que significa duas afirmações, uma das quais diz respeito à pessoa que fala e a outra à pessoa de quem se fala, seja de si mesma, seja de outra. Pois, quando digo: *Petrus affirmat*, *affirmat* é o mesmo que *est affirmans*; então *est* indica minha afirmação, ou o julgamento que faço em relação a Pedro, e *affirmans*, a afirmação que concebo e atribuo a Pedro.

O verbo *nego*, ao contrário, contém uma afirmação e uma negação pelo mesmo motivo.

É preciso observar que, embora nem todos os nossos julgamentos sejam afirmativos, havendo também os negativos, os verbos, contudo, por si mesmos não expressam senão afirmações, sendo as negações indicadas pelas partículas *non, ne* ou por nomes que as contêm: *nullus, nemo* ("nenhum", "ninguém"); juntando-se aos verbos, mudam a afirmação em negação: *Homem algum é imortal. Nullum corpus est indivisibile* ("corpo algum é indivisível").

Depois de ter explicado a essência do verbo e de lhe ter indicado em poucas palavras os principais acidentes, urge considerar esses mesmos acidentes um pouco mais em particular, começando por aqueles que são comuns a todos os verbos, a saber, a diversidade das pessoas, dos números e dos tempos.

CAPÍTULO XIV

Da diversidade das pessoas e dos números nos verbos

Já dissemos que a diversidade das pessoas e dos números nos verbos proveio do fato de que os homens, para abreviar, quiseram juntar numa mesma palavra o sujeito da proposição à afirmação, que é própria ao verbo, pelo menos em determinadas situações. Pois, quando uma pessoa fala de si mesma, o sujeito da proposição é o pronome da primeira pessoa: *ego, moi, je* ("eu"); quando fala daquele ao qual dirige a palavra, o sujeito da proposição é o pronome da segunda pessoa: *tu, toi, vous* ("tu", "vós").

Ora, para se dispensar de usar sempre esses pronomes, julgou-se suficiente dar ao termo, que significa a afirmação, uma certa terminação que indicasse que o sujeito fala de si mesmo; e a isso se chamou primeira pessoa do verbo: *Video, eu vejo*.

Fez-se o mesmo em relação a quem se dirige a palavra e que se chamou a segunda pessoa: *Vides, tu vês*. Como esses pronomes têm plural, quando se fala de si mesmo juntando-se a outros: *nos, nós*. Ou quando se trata daquele a quem se fala, juntando-o a outros: *vos, vós*. Foram dadas também duas terminações diferentes para o plural: *Videmus, nós vemos; videtis, vós vedes*.

Como, porém, o sujeito da proposição freqüentemente não é o que fala, nem aquele a quem se fala, tornou-se indispensável, para se reservar essas duas terminações a esses dois tipos de pessoa, criar uma terceira que se juntasse a todos os outros sujeitos da proposição. A essa se deu o nome de terceira pessoa, tanto no singular como no plural; e isso ainda que o termo "pessoa" só convenha às substâncias racionais e inteligentes e, por isso, próprias apenas para as duas primeiras, uma vez que a terceira serve para todos os tipos de coisas e não somente para as pessoas.

Por aí se vê que aquilo que se chama terceira pessoa deveria naturalmente ser o tema do verbo, como acontece também em todas as línguas orientais. Pois é mais natural que o verbo signifique principalmente a afirmação, sem indicar algum sujeito em particular, e em seguida seja ele determinado por uma nova inflexão, contendo como sujeito a primeira ou a segunda pessoa.

Essa diversidade de terminações para as duas primeiras pessoas revela que as línguas antigas tinham fortes razões de não juntar aos verbos os pronomes da primeira e da segunda pessoas a não ser raramente e por motivos específicos, contentando-se em dizer *video, vides, videmos, videtis* ("vejo", "vês", "vemos", "vedes"). Pois é exatamente por isso que essas terminações foram originariamente inventadas, para se evitar de juntar esses pronomes aos verbos. Contudo, as línguas usuais, sobretudo o francês, não deixam de juntá-los sempre: *je vois, tu vois, nous voyons, vous voyez*. Talvez daí tenha provindo o fato de que com muita freqüência aconteça não terem algumas dessas pessoas terminação diferente, como todos os verbos em *-er, aimer* ("amar") têm a primeira e a terceira semelhantes – *j'aime il aime*; outros, a primeira e a segunda – *je lis, tu lis* ("eu leio", "tu lês"); e em italiano muitas vezes as três pessoas do singular se assemelham; além disso, freqüentemente algumas dessas pessoas, não sendo acompanhadas pelo pronome, se tornam imperativo, como *vois, aime, lis* etc.

Além desses dois números, singular e plural, que se encontram tanto no nome como no verbo, os Gregos acrescentaram um dual, quando se fala de duas coisas, embora muito raramente o usassem.

As línguas orientais julgaram que seria bom distinguir quando a afirmação dizia respeito a um outro sexo, o masculino ou feminino; por isso deram com muita freqüência a uma mesma pessoa verbal duas terminações diversas para servir aos dois gêneros, o que serve para evitar muitos equívocos.

CAPÍTULO XV

Dos diversos tempos do verbo

Outra coisa que dissemos ter sido juntada à afirmação do verbo é a indicação do tempo; pois pode a afirmação realizar-se segundo os diversos tempos, já que se pode assegurar de alguma coisa que ela é ou que ela foi, ou que ela será, vindo daí que se deram ainda outras inflexões ao verbo, a fim de significar esses tempos diversos.

Não há senão três tempos simples: *o presente*, como *amo, eu amo*; *o passado*, como *amavi, eu amei*; e *o futuro*, como *amabo, eu amarei*.

Como, porém, no passado se pode indicar que a coisa apenas acabou de ser feita, ou indefinidamente que ela foi feita, sucedeu que, na maioria das línguas usuais, existem dois tipos de pretérito: um, que indica a coisa precisamente realizada, sendo por isso chamado definido, como *j'ai écrit* ("eu tenho escrito"), *j'ai dit* ("eu tenho dito"), *j'ai fait* ("eu tenho feito"), *j'ai dîné* ("eu tenho jantado"); e o outro, que a indica como feita de modo indeterminado, sendo por isso chamado indefinido ou aoristo, como *j'écrivis* ("eu escrevi"), *je fis* ("eu fiz"), *j'allai* ("eu fui"), *je dînai* ("eu jantei") etc., o que não se diz propriamente se não estiver pelo menos afastado de um dia em relação àquele em que falamos; pois se diz bem, por exemplo, *j'écrivis hier* ("eu escrevi ontem"), não porém *j'écrivis ce matin* ("eu escrevi esta manhã"), nem *j'écrivis cette nuit* ("eu escrevi esta noite");

em vez disso, é preciso dizer *j'ai écrit ce matin, j'ai écrit cette nuit* etc. Nossa língua é tão exata na propriedade das expressões que não admite nisso nenhuma exceção, embora os Espanhóis e os Italianos confundam às vezes esses dois pretéritos, tomando um pelo outro.

Pode-se aplicar também ao futuro as mesmas diferenças, pois é possível ter vontade de indicar uma coisa que deve acontecer em breve; assim, vemos que os Gregos têm seu *paulopost-futuro* – μετ'ὀλίγον μέλλον – marcando a coisa que vai ser feita, ou que deve ser considerada quase como feita, como πεποιήσομαι, *je m'en vas faire*[1], eis que está feito; pode-se ainda indicar uma coisa simplesmente antes de acontecer: ποιήσω, *je ferai* ("eu farei"); *amabo* ("eu amarei").

Eis o que são tempos, considerados simplesmente em sua natureza de presente, passado e futuro.

Mas como se pretendeu também marcar cada um desses tempos em relação a um outro através de uma só palavra, decorreu daí ainda que se inventaram outras inflexões nos verbos, que podem ser chamadas *tempos compostos no sentido*, dos quais também se pode assinalar três.

O primeiro é aquele que indica o passado com relação ao presente e foi denominado *pretérito imperfeito*, porque não é a coisa simples e propriamente feita, mas como presente em relação a uma coisa que é, contudo, passada. Assim, quando digo: *Quum intravit coenabam, je soupais lorsqu'il est entré* ("Eu jantava, quando ele entrou"), a ação de jantar é certamente passada em relação ao tempo em que eu falo; mas assinalo-a como presente em relação à coisa de que falo, que é a entrada de fulano.

O segundo tempo composto é o que indica duplamente o passado e que, por isso mesmo, se chama mais-que-

....

1. A forma verbal parece configurar um arcaísmo, do período em que ainda não se fixara a distinção entre as duas primeiras pessoas do singular, e conservada como expressão idiomática.

perfeito, como *coenaveram, j'avais soupé.*("eu jantara" ou "eu tinha jantado"); por ele marco minha ação de jantar não apenas como passado em si, mas também como passado em relação a uma outra coisa, que também é passada; como quando digo: *J'avais soupé lorsqu'il est entré* ("Eu tinha jantado quando ele entrou"), o que indica que meu jantar havia precedido a essa entrada, que contudo é passada também.

O terceiro tempo composto é aquele que indica o futuro em relação ao passado, ou seja, o *futuro perfeito*, como *coenavero, j'aurai soupé* ("eu terei jantado"); assim assinalo minha ação de jantar como futuro em si e como passado em relação a uma outra coisa ainda por vir, que deve segui-la, como: *Quand j'aurai soupé, il entrera* ("Quando eu tiver jantado, ele entrará"); isso quer dizer que meu jantar, que ainda não chegou, será passado quando a entrada dele, que ainda não aconteceu, for presente.

Da mesma forma se poderia ainda acrescentar um quarto tempo composto, ou seja, o que indicasse o futuro em relação ao presente, para se constituírem tantos futuros compostos quantos pretéritos compostos; é possível que o futuro segundo os Gregos indicasse isso em sua origem e por isso mesmo conserva quase sempre a configuração do presente; no uso, porém, se confunde com o primeiro mesmo em latim, em que se usa em seu lugar o futuro simples: *Quum coenabo intrabis, vous entrerez quand je souperai* ("Entrarás quando jantarei"); assim, assinalo meu jantar como futuro em si e também como presente em relação à tua entrada.

Foi isso que fez surgir as diversas inflexões dos verbos a fim de assinalar os diversos tempos; sobre isso é preciso observar que as línguas orientais não têm senão o passado e o futuro, sem todas essas diferenças outras de imperfeito, mais-que-perfeito etc., o que torna essas línguas sujeitas a muitas ambigüidades, não encontradas nas outras.

CAPÍTULO XVI

Dos diversos modos ou maneiras dos verbos

Já dissemos que os verbos são aquele gênero de palavras que significam a maneira e a forma de nossos pensamentos, a principal das quais é a afirmação; assinalamos também que os verbos recebem diferentes inflexões, conforme a afirmação se refira a pessoas diferentes e diferentes tempos. Mas os homens acharam que seria bom inventar ainda outras inflexões, para explicar mais claramente o que se passava em seu espírito; notaram primeiramente que, além das afirmações simples, como *ele ama, ele amava*, havia ainda outras condicionadas e modificadas, como *embora ele amasse, quando ele amar*. E, para melhor distinguir essas afirmações das outras, dobraram as inflexões dos mesmos tempos, destinando umas para afirmações simples, como *aime* ("ama"), *aimait* ("amava"), e reservando outras para as afirmações modificadas, como *aimât* ("amasse"), *aimerait* ("amaria"), embora não se mantendo firme a suas regras, servem-se às vezes das inflexões simples para indicar as afirmações modificadas: *etsi verear* em vez de *esti verear* ("ainda que respeite"), e foi desses últimos tipos de inflexão que os gramáticos fizeram o *modo* chamado *subjuntivo*.

Além do mais, além da afirmação, a ação de nossa vontade pode ser tomada por uma maneira de nosso pensamento; e os homens sentiram a necessidade de fazer compreender o que queriam tanto quanto o que pensavam. Ora, podemos querer algo de diversas maneiras, dentre as quais três podem ser consideradas como principais.

1º Queremos coisas que não dependem de nós e então as queremos apenas como uma simples aspiração, o que é traduzido em latim pela partícula *utinam* e na nossa por *plût à Dieu* ("Deus queira", "praza a Deus"). Algumas línguas, como a grega, inventaram inflexões especiais para isso, levando os gramáticos a denominá-las de *modo optativo*, e há formas em nossa língua, no espanhol e no italiano que podem ser relacionadas àquelas, pois existem tempos que são tríplices. Em latim, as mesmas inflexões servem para o subjuntivo e para o optativo[1]; é por isso que se faz bem em suprimir esse modo das conjugações latinas, já que não é apenas a maneira diferente de significar que pode ser largamente multiplicada, mas as diferentes inflexões que devem perfazer os modos.

2º Nós queremos ainda de um outro modo, quando nos contentamos em conceder uma coisa, embora absolutamente não a queiramos, como quando Terêncio diz: *Profundat, perdat, pereat* ("que ele dissipe, perca, pereça") etc. Os homens poderiam ter inventado uma inflexão para assinalar esse movimento, da mesma forma que, em grego, inventaram uma para indicar o simples desejo; mas não o fizeram e para isso se servem do subjuntivo; em francês acrescentamos *que*: *Qu'il dépense* ("que ele dissipe") etc. Alguns gramáticos deram a isso o nome de *modus potentialis* ou *modus concessivus*[2].

3º O terceiro tipo de querer é quando aquilo que queremos depende de uma pessoa, da qual podemos obtê-lo,

....

1. Aquilo que o grego expressa pelo optativo, o latim exprime pelas formas do passado do subjuntivo.

2. De modo geral, não se encontra na obra uma separação ou distinção clara entre o eventual e o potencial.

e lhe expressamos a vontade que temos de que o faça. É o movimento que temos quando mandamos ou pedimos: para indicar esse movimento inventou-se o modo chamado *imperativo*, que não tem primeira pessoa, sobretudo no singular, porque não se pode dar uma ordem a si mesmo; também não tem terceira em muitas línguas, porque propriamente só se dá uma ordem àqueles a quem se fala. Como a ordem ou o pedido então transmitido é sempre feito em relação ao futuro, ocorre por isso que o imperativo e o futuro sejam muitas vezes tomados um pelo outro, principalmente no hebraico, como *Non occides* – *não matarás* por *não mates*. Daí decorre que alguns gramáticos colocaram o imperativo entre os futuros.

De todos esses modos, de que acabamos de falar, as línguas orientais só dispõem desse último, o imperativo; as línguas usuais, ao contrário, não têm inflexão especial para o imperativo; o que fazemos em francês para designá-lo é tomar a segunda pessoa do plural, ou mesmo a primeira, sem os pronomes que as precedem. Assim, *vous aimez* é uma simples afirmação; *aimez*, um imperativo; *nous aimons*, afirmação; *aimons*, imperativo[3]. Quando, porém, se dá uma ordem no singular, o que é muito raro, não se usa a segunda pessoa, *tu aimes*, mas a primeira, *aime*[4].

....

3. *Aimons* deveria melhor ser considerado como forma do deliberativo ou do exortativo, uma vez que não cabe imperativo na primeira pessoa.

4. A forma imperativa da segunda pessoa do singular caracteriza-se pela ausência de morfema número-pessoal; essa ausência, hoje denominada morfema zero, confundiu os autores, que viram no fato uma analogia formal com a primeira pessoa.

CAPÍTULO XVII

Do infinitivo

Há ainda uma inflexão para o verbo, à qual não se atribui número nem pessoa e que se denomina infinitivo, como *esse* ("ser"), *amare* ("amar"). Contudo, é preciso notar que às vezes o infinitivo conserva a afirmação, como quando digo: *Scio malum esse fugiendum* ("Sei que se deve fugir do mal"); e que outras tantas a perde e se torna nome (principalmente em grego e nas línguas usuais), como quando se diz *o beber, o comer*, ou até mesmo *volo bibere* ("quero beber"), porque é o mesmo que *volo potum* ou *potionem* ("quero bebida").

Com essas pressuposições, pergunta-se o que é propriamente o infinitivo, já que não é nome e conserva sua afirmação, como no exemplo: *Scio malum esse fugiendum*. Não sei se alguém já notou o que vou dizer, é que me parece que o infinitivo representa entre os outros modos do verbo aquilo que o relativo é entre os outros pronomes. Como dissemos que o relativo tem, a mais que os outros pronomes, a propriedade de ligar a proposição na qual entra a uma outra, creio igualmente que o infinitivo tem, além da afirmação do verbo, esse poder de ligar a proposição em que está a uma outra: pois, *scio* tem o valor de uma proposição apenas e, se se acrescenta *malum esse fugiendum*, seriam duas proposições separadas; colocando-se, porém, *esse* no lugar de *est*, faz-se com que a última proposição não seja senão parte da primeira, como explicamos mais longamente no Capítulo IX sobre o relativo.

Daí decorreu que em francês usemos quase sempre o infinitivo pelo indicativo do verbo com a partícula *que*: *Je sais que le mal est à fuir*; e então (como dissemos no mesmo tópico) esse *que* significa apenas essa união de uma proposição com outra, união essa que em latim está contida no infinitivo, como também em francês, embora mais raramente, como quando se diz: *Il croit savoir toutes choses* ("Crê saber todas as coisas").

Essa maneira de ligar as proposições por um infinitivo ou pelo *quod* ou pelo *que* está em uso principalmente quando se relata os discursos dos outros; como se eu quiser relatar que o rei me disse: *Je vous donnera une charge* ("Eu vos darei um cargo"), não farei ordinariamente esse relato nestes termos: *Le roi m'a dit, je vous donnerai une charge*, deixando as duas proposições separadas, uma minha e a outra do rei, mas as ligarei por um *que*: *Le roi m'a dit qu'il me donnerai une charge*. Como então se trata apenas de uma proposição minha, troco a primeira pessoa, *je donnerai*, pela terceira, *il donnera*, e o pronome *vous*, que designava a mim na fala do rei, pelo pronome *me*, que me designa como falante.

Essa união das proposições se faz também pelo *si* em francês e pelo *an* em latim, quando o discurso relatado é interrogativo; como se alguém me perguntasse: *Pouvez-vous faire cela?* ("Poderíeis fazer isso?") – ao relatar, direi: *On m'a demandé si je pouvais faire cela* ("Perguntaram-me se eu poderia fazer isso"). Por vezes também sem partícula alguma, trocando apenas de pessoa, como *Il m'a demandé: qui êtes-vous? Il m'a demandé qui j'étais* ("Ele me perguntou quem eu era").

Deve-se notar que os Hebreus, mesmo quando em outra língua, como os Evangelistas, usam pouco essa união das proposições e referem os discursos quase sempre de modo direto, como foram feitos, de modo que o ὅτι, *quod*, que não deixam de colocar às vezes, freqüentemente não serve para nada e não ligam as proposições, como acontece nos outros autores. Eis um exemplo no primeiro capítulo de S. João: *Miserunt Judaei Hierosolymis sacerdotes et levitas ad Joannem ut interrogarent eum: Tu quis es? Et confessus est et non negavit, et confessus est: quia* (ὅτι) *non sum ego Christus. Et interrogaverunt eum: Quid ergo? Elias es tu? Et dixit: Non sum. Propheta es tu? Et respondit, non.* Segundo o uso comum de nossa língua, ter-se-ia relatado indiretamente essas perguntas e respostas da seguinte maneira: "Os Judeus enviaram de Jerusalém sacerdotes e levitas a João para perguntar-lhe quem ele era. E ele confessou que não era o Cristo. E eles lhe perguntaram quem era então: se ele era Elias. E ele disse que não. Se ele era profeta e ele respondeu que não."

Esse vezo passou também para os autores profanos, que parecem tê-lo tomado emprestado aos Hebreus. Daí vem que o ὅτι, como já o notamos acima, Capítulo IX, não tem para eles senão a força de um pronome desprovido de sua função de ligação, mesmo quando os discursos não são relatados diretamente.

CAPÍTULO XVIII

Dos verbos que podem ser chamados adjetivos, e de suas diferentes espécies, ativos, passivos e neutros

Já dissemos que os homens, tendo reunido em uma infinidade de situações algum atributo particular à afirmação, haviam feito esse grande número de verbos diferentes do substantivo, que se encontra em todas as línguas e que se poderia chamar *adjetivos*, para mostrar que a significação, que é própria de cada um, é acrescentada à significação comum a todos os verbos, que é a da afirmação. Trata-se, porém, de um erro comum crer que todos esses verbos significam ações ou paixões, porque nada existe que um verbo não possa ter como seu atributo, se for do agrado dos homens juntar a afirmação com esse atributo. Vemos que até o verbo substantivo *sum, eu sou*, muitas vezes é adjetivo, pois, em vez de tomá-lo como significando apenas a afirmação, junta-se-lhe o mais geral de todos os atributos, que é o ser, como quando digo: *Je pense, donc je suis* – Penso, logo existo (sou), *je suis* aí significa *sum ens*, sou um ser, uma coisa; *existo* significa também *sum existens*, eu sou, eu existo.

Isso, porém, não impede que se possa conservar a divisão comum desses verbos em ativos, passivos e neutros.

São chamados propriamente ativos os que significam uma ação à qual se opõe uma paixão, como *bater, ser batido; amar, ser amado*, quer essas ações terminem num sujeito, o que se chama ação real, como *bater, romper, ma-*

tar, escurecer etc., quer terminem apenas num objeto, o que se chama ação intencional, como *amar, conhecer, ver*.

Isso teve como conseqüência que, em muitas línguas, os homens se serviram da mesma palavra, dando-lhe diversas inflexões, para significar um e outro, chamando verbo ativo àquele que tem a inflexão[1], pela qual assinalaram a ação, e verbo passivo àquele que dispõe da inflexão, para a qual marcaram a paixão: *amo – amor* ("amo" – "sou amado"); *verbero – verberor* ("chicoteio" – "sou chicoteado"). Isso esteve em uso em todas as línguas antigas, latina, grega e orientais; e o que é mais, essas últimas dão três ativos a um mesmo verbo, cada qual com seu passivo e um recíproco, que contém algo de um e de outro, como seria *amarse*, que significa a ação do verbo sobre o próprio sujeito desse verbo. Mas as línguas usuais da Europa não têm passivo e, em seu lugar, se servem de um particípio formado do verbo ativo e tomado no sentido passivo, com o verbo substantivo *eu sou*, como *eu sou amado* etc.

É para isso que existem verbos ativos e passivos.

Os *neutros*, que alguns gramáticos chamam *verba intransitiva*, verbos que não passam para fora[2], são de dois tipos:

Uns que não indicam ação, mas uma qualidade, como *albet*, é branco; *viret*, está verde; *friget*, faz frio; *alget*, está gelado; *tepet*, está morno; *calet*, faz calor etc.

Ou alguma situação, *sedet*, está sentado; *stat*, está em pé; *jacet*, está deitado etc.

Ou certa relação com o lugar, *adest*, está presente; *abest*, está ausente etc.

....

1. O que os autores chamam de *ativo* nós denominamos *transitivo* ou *intransitivo*, isto é, o que expressa ação que pode ou não "transitar" para um objeto.
2. A noção de "verbo intransitivo" parece corresponder à de "verbo médio" segundo a descrição de Panini.

Ou algum outro estado ou atributo, como *quiescit*, está em repouso; *excellit*, sobressai; *praeest*, está à frente; *regnat*, ele é rei etc.

Os outros verbos neutros significam ações, mas que não passam para um sujeito diferente daquele que age, ou que não se relaciona com outro objeto, como *dîner* ("jantar"), *souper* ("cear"), *marcher* ("andar"), *parler* ("falar").

Contudo, esses últimos tipos de verbos neutros se tornam às vezes transitivos, quando se lhes atribui um sujeito, como *ambulare viam*, em que o caminho é tomado como o sujeito dessa ação. Muitas vezes no grego e algumas vezes também em latim, se lhes dá como sujeito o próprio nome formado do verbo, como *pugnare pugnam, servire servitutem, vivere vitam* etc.

Creio, porém, que essas últimas maneiras de dizer só provieram do fato de se querer indicar algo de particular, que não estava totalmente contido no verbo, como quando se quis dizer que alguém levava uma vida feliz, o que não está contido na palavra *vivere*, então se disse *vivere vitam beatam* ("viver uma vida feliz"). Assim, quando se diz *vivere duram servitutem* ("viver uma dura escravidão") e outras expressões semelhantes, se vê que *vivere vitam* é sem dúvida um pleonasmo, proveniente desses outros modos de falar. É por isso que em todas as línguas novas se evita, como um erro, juntar o nome a seu verbo, e não se diz, por exemplo, *combattre un grand combat* ("combater um grande combate").

Pode-se resolver esta questão pelo seguinte: se todo verbo não-passivo rege sempre um acusativo pelo menos subentendido. Esse é o sentimento de alguns gramáticos muito hábeis; mas eu mesmo não acredito que assim seja. Pois, primeiro, os verbos que não significam nenhuma ação, mas algum estado, como *quiescit, existit*, ou alguma qualidade, como *albet, calet*, não têm nenhum acusativo que pudessem reger; e para os outros é preciso considerar se a ação que significam tem um sujeito ou um objeto, que possam ser diferentes daquele que age, porque então o verbo rege o sujeito ou esse objeto no acusativo. Quando, porém, a ação significada pelo verbo não tem nem sujeito nem objeto diferente daquele que age, como *dîner*, *prandere* ("jantar"), *souper*, *coenare* ("cear") etc., não há então razão suficiente para dizer que requerem o acusativo, embora esses gramáticos cressem que aí se subentende o infinitivo do verbo, como um nome formado pelo verbo pretendendo que *curro*, por exemplo, seja *curro cursum* ou *curro currere*; contudo, isso não parece muito sólido, pois o verbo significa tudo aquilo que o infinitivo, tomado como nome, significa e, além disso, a afirmação e a designação da pessoa e do tempo, como o adjetivo *candidus*, branco, significa o substantivo, derivado do adjetivo, *candor*, a brancura, e ainda a conotação do sujeito em que está esse abstrato. Por isso haveria tanta razão em pretender que, ao se dizer *homo candidus*, fosse necessário subentender *candore*, como em imaginar que, ao se dizer *currit*, se devesse subentender *currere*.

CAPÍTULO XIX

Dos verbos impessoais

O infinitivo, que acabamos de explicar no capítulo precedente, é aquilo que se deveria chamar propriamente de *verbo impessoal*, uma vez que indica a afirmação, o que é próprio do verbo, e a designa de modo indefinido sem número e sem pessoa, o que é propriamente ser *impessoal*.

Entretanto, os gramáticos comumente qualificam de *impessoais* certos verbos defectivos, que não têm senão a terceira pessoa.

Esses verbos são de dois tipos; uns têm a forma de verbos neutros, como *poenitet* ("não está satisfeito"), *pudet* ("envergonha"), *piget* ("aborrece"), *licet* ("convém"), *lubet* ("agrada") etc. Os outros se formam dos verbos passivos, conservando a forma, como *statur* ("fica-se"), *curritur* ("corre-se"), *amatur* ("ama-se"), *vivitur* ("vive-se") etc. Ora, esses verbos têm mais pessoas que os gramáticos supõem, como se pode ver na *Méthode latine, Remarques sur les verbes*, Capítulo V. Mas o que pode ser considerado aqui e a que poucos deram atenção é que parece terem sido chamados *impessoais* apenas porque, contendo em sua significação um sujeito atribuível apenas à terceira pessoa, não foi preciso expressar esse sujeito, já que é ele suficientemente marcado pelo próprio verbo e desse modo abrangeram-se pelo sujeito a afirmação e o atributo numa só palavra, como:

Pudet me, isto é, *pudor tenet* ou *est tenens me*; *poenitet me* – *poena habet me*; *libet me* – *libido est mihi*; é preciso assinalar aí que o verbo *est* não é só substantivo, mas que significa também a existência, pois é como se ali estivesse *libido existit mihi* ou *est existens mihi*; o mesmo acontece com os outros impessoais, que se resolvem por *est*, como *licet mihi* por *licitum est mihi*; *oportet orare* por *opus est orare* etc.

Quanto aos impessoais passivos, como *statur, curritur, vivitur* etc., também eles podem ser resolvidos pelo verbo *est* ou *fit* ou *existit* e o nome verbal deles derivado, como *statur*, isto é, *statio fit* ou *est facta* ou *existit*. *Curritur, cursus fit*; *concurritur, concursus fit*. *Vivitur, vita est*, ou melhor, *vita agitur*. *Si sic vivitur, si vita est talis* ("Se assim se vive, se a vida é tal"). *Misere vivitur, quum medice vivitur*: a vida é miserável, quando está por demais sujeita às regras da medicina. E então *est* se torna substantivo por causa da adição de *misere*, que exerce o papel de atributo da proposição.

Dum servitur libidini, isto é, *dum servitus exhibetur libidini*: quando se torna escravo de suas paixões.

Pode-se concluir daí, ao que parece, que nossa língua não tem propriamente impessoais; pois, quando dizemos *il faut* ("é preciso"), *il est permis* ("é permitido"), *il me plaît* ("agrada-me"), esse *il* é aí propriamente um relativo, que substitui sempre o nominativo do verbo, que comumente vem depois, no regime; como se se dissesse: *Il me plaît de faire cela* ("Agrada-me fazer isso"), isto é, *il de faire* por *l'action ou le mouvement de faire cela me plaît* ("a ação ou o movimento de fazer isso me agrada") ou *est mon plaisir* ("é meu prazer"), e esse *il*, o que poucos compreenderam, parece-me, não passa de uma espécie de pronome, por *id*, "isso", que substitui o nominativo subentendido ou contido no sentido, e o representa: de modo que ele foi propriamente tomado do artigo *il* dos Italianos, em lugar do qual nós dizemos *le*; ou do pronome latino *ille*, do qual tiramos também nosso pronome da terceira pessoa *il*: *il arme* ("ele arma"), *il court* ("ele corre"), *il parle* ("ele fala") etc.

Quanto aos impessoais passivos, como *amatur*, *curritur*, que se expressam em francês por *on aime*, *on court*, é certo que esse modo de falar em nossa língua é ainda menos impessoal, embora indefinido; pois M. de Vaugelas já notou que esse *on* aí está por *homme* e por isso tem o lugar do nominativo do verbo. Sobre isso se pode ver a *Nouvelle méthode latine*, Capítulo V, sobre os verbos impessoais.

Pode-se ainda notar que os verbos dos fenômenos naturais, como *pluit* ("chove"), *ningit* ("neva"), *grandinat* ("chove granizo"), podem ser explicados por esses mesmos princípios, numa e noutra língua: como *pluit* é uma palavra na qual, para abreviar, se encerraram o sujeito, a afirmação e o atributo, em vez de *pluvia fit* ou *cadit*; e, quando dizemos *il pleut*, *il neige*, *il grêle* etc., *il* está aí pelo nominativo, isto é, *pluie*, *neige*, *grêle* etc., contido justamente com o verbo substantivo *est* ou *fait*, como se se dissesse: *il pluie est*, *il neige se fait*, por *id quod dicitur pluvia, est* ("aquilo que se diz chuva, há"); *id quod vocatur nix, fit* ("aquilo que se chama neve, acontece") etc.

Vê-se melhor esse fato nos modos de falar em que juntamos um verbo ao nosso *il*, como *il fait chaud* ("faz calor"), *il est tard* ("é tarde"), *il est six heures* ("são seis horas"), *il est jour* ("é dia") etc. É o que se poderia dizer em italiano, *il caldo fà*, embora no uso se diga simplesmente *fà caldo*, *aestus* ou *calor est*, ou *fit* ou *existit*; desmembrando *il fait chaud*, isto é, *il chaud* (*il caldo*) ou *le chaud se fait*, para dizer *existit*, *est*: da mesma forma que se diz também *il se fait tard, si fà tarde*, isto é, *il tarde se fait*; ou como se diz em algumas regiões, *il s'en va tard* por *le tard s'en va venir*, ou seja, a noite se aproxima; da mesma forma, *il est jour*, isto é, *il jour* (ou *le jour*) *est*. *Il est six heures*, ou seja, *il temps six heures est*; *le temps*, ou *la partie du jour appelée six heures, est* ("a parte do dia chamada seis horas, é"); e assim outras.

CAPÍTULO XX

Dos particípios

Os particípios são verdadeiros nomes adjetivos e por isso aqui não seria lugar para falar deles, a não ser por causa da ligação que eles têm com os verbos.

Essa ligação consiste, como dissemos, no fato de que significam a mesma coisa que o verbo, exceto a afirmação que lhes foi tirada e a designação das três pessoas diferentes, que segue a afirmação. É por essa razão que, remetendo-o a isso, se faz a mesma coisa pelo particípio e pelo verbo; como *amatus sum* é a mesma coisa que *amor* ("sou amado"), e *sum amans*, que *amo*. Esse modo de falar pelo particípio é mais comum em grego e em hebraico do que em latim, embora Cícero às vezes o empregasse.

Assim, o que o particípio retém do verbo é o atributo, como também a designação do tempo, havendo particípios do presente, do passado e do futuro, principalmente em grego[1]. Isso, porém, nem sempre se observa, pois um particípio pode se ligar a todos os tempos: por exemplo, o particípio passivo *amatus* ("amado"), que passa por passado para a maioria dos gramáticos, é muitas vezes do presente e do futuro, como *amatus sum, amatus ero*; e ao contrário, o do presente, como *amans* ("que ama"), é muito

---

1. Falta aos autores a noção de aspecto verbal, que é o que permanece no particípio, não a de tempo.

freqüentemente pretérito: *Apri inter se dimicant, indurantes attritu arborum costas* ("Os javalis lutam entre si, endurecendo os flancos pelo atrito das árvores"), Plín., isto é, *postquam induravere* ("depois que endureceram")[2], e outros semelhantes. Veja-se *Nouvelle méthode latine, Remarques sur les participes*.

Há particípios ativos e outros passivos; os ativos em latim terminam em *-ans* e *-ens*: *amans, docens* ("que ensina"); os passivos em *-us*: *amatus, doctus* ("ensinado"), embora haja alguns desses últimos que são ativos, ou seja, os dos verbos depoentes, como *locutus* ("falado"). Mas há os que acrescentam a essa significação passiva a idéia de *que isso deve ser, que é preciso que isso seja*[3], que são os particípios em *-dus*: *amandus* ("que deve ser amado"), embora por vezes essa última significação se tenha perdido quase por completo.

O que há de próprio nos particípios dos verbos ativos é que significam a ação do verbo, como ela se encontra no verbo, isto é, no decorrer da própria ação, enquanto os nomes verbais, que também significam ações, significam mais essas ações no hábito do que no ato. Daí decorre que os particípios têm o mesmo regime que o verbo, *amans Deum*, ao passo que os nomes verbais só têm o regime dos nomes: *amator Dei*; o próprio particípio entra nesse último regime dos nomes, quando significa mais o hábito que o ato do verbo, porque ele tem então a natureza de um simples nome verbal, como *amans virtutis*.

---

2. Neste tópico, vale o mesmo que se disse na nota anterior.

3. O "particípio" – como diz o texto – em *-ndus* na verdade é o gerundivo latino, inexistente na nomenclatura gramatical portuguesa, embora semanticamente conservado em algumas formas eruditas como "legenda", "adendo" etc.

CAPÍTULO XXI

Dos gerundivos[1] *e dos supinos*

Acabamos de ver que, tirando a afirmação dos verbos, formam-se particípios ativos e passivos, que são nomes adjetivos e conservam o regime do verbo, pelo menos no ativo.

Em latim, contudo, se formam ainda dois nomes substantivos; um em *-dum*, chamado gerundivo, que tem diversos casos: *-dum, -di, -do* – *amandum, amandi, amando,* mas que tem um só gênero e um só número; nisso difere do particípio em *-dus*: *amandus, amanda, amandum*.

E um outro em *-um*, chamado supino, que tem também dois casos: *-um, -u* – *amatum, amatu,* que não apresenta nenhuma diversidade de gênero nem de número, no que difere do particípio em *-us*: *amatus, amata, amatum*.

Sei muito bem que os gramáticos encontram muita dificuldade em explicar a natureza do gerundivo e que alguns muito competentes julgaram que era um adjetivo passivo, tendo como correspondente substantivo o infinitivo do verbo; assim pretendem, por exemplo, que *tempus est legendi libros* ou *librorum* (tanto um como outro se dizem) é como se estivesse *tempus est legendi* τοῦ *legere libros* vel *librorum,* de modo que houvesse duas orações, a saber, *tempus legen-*

....
1. Esses "nomes substantivo" em *-dum* hoje são denominados *gerúndio* e não gerundivo. (V. nota anterior.) Foram considerados nomes porque formas declinadas do infinitivo.

di τοῦ *legere*, que é do adjetivo e do substantivo, como se estivesse *legendae lectionis*; e *legere libros*, que é do nome verbal que assume então o caso de seu verbo, ou que, como substantivo, rege o genitivo, quando se diz *librorum* por *libros*. Tudo bem considerado, porém, não vejo a necessidade desse rodeio.

Pois, 1º, como afirmam de *legere* que se trata de um nome verbal substantivo que, como tal, pode reger o genitivo ou até o acusativo[2], assim como os antigos diziam: *curatio hanc rem: Quid tibi hanc tactio est?* ("a preocupação com esta coisa: O que é para ti o toque com a mesma?") Plaut.; eu digo a mesma coisa de *legendum*, que se trata de um nome verbal substantivo, como também *legere*, e que, por conseqüência, pode fazer tudo o que eles atribuem a *legere*.

2º Não há nenhum fundamento para se dizer que uma palavra está subentendida, quando nunca foi expressa, e que não se pode mesmo expressá-la sem que isso pareça absurdo: ora, nunca se viu um infinitivo ligado a um gerundivo e, se se dissesse *legendum est legere*, isso pareceria totalmente absurdo; portanto etc.

3º Se o gerundivo *legendum* fosse um adjetivo passivo[3], não seria diferente do particípio *legendus*. Por que, então, os antigos, que conheciam a própria língua, distinguiram os gerundivos dos particípios?

Creio, portanto, que o *gerundivo* é um nome substantivo[4], que é sempre ativo e que é diferente do infinitivo considerado como nome, já que acrescenta à significação da

....

2. Esse tipo de construção é denominado "acusativo de relação" ou "accusativus Graecus" por gramáticos recentes.
3. *Legendum* é gerúndio, substantivo verbal, e *legendus* (-a, -um) é gerundivo, adjetivo verbal. A indistinção dos autores vem do fato de o francês usar o particípio nas adverbiais; em português se usa o gerúndio.
4. O gerundivo não é nome substantivo, mas o gerúndio sim. (V. nota 3.)

ação do verbo uma outra, de necessidade ou de dever, como quem dissesse a ação que se deve fazer. Parece ter sido isso o que se quis indicar através desse nome *gerundivo*, derivado do *gerere*, "fazer"; donde decorre que *pugnandum est* é o mesmo que *pugnare oportet* ("é preciso lutar"); nossa língua, que não tem gerundivo[5], o traduz pelo infinitivo e um termo que signifique dever: *il faut combattre*.

Como, porém, os termos não conservam sempre toda a força com a qual foram criados, esse gerundivo[6] em -*dum* perde muitas vezes o valor de *oportet*, conservando apenas o da ação do verbo. *Quis talia fando temperet a lachrymis?* ("Quem, falando isso, reteria as lágrimas?"), isto é, *in fando* ou *in fari talia*.

No que respeita ao supino, concordo com esses mesmos gramáticos, que se trata de um nome substantivo que é passivo, ao passo que o gerundivo, segundo minha opinião, é sempre ativo. Pode-se ver também o que se disse sobre isso na *Nouvelle méthode latine*.

----

5. "... que não tem gerundivo" – leia-se "gerúndio".
6. Essa forma em -*dum* certamente não é gerundivo, e sim gerúndio.

CAPÍTULO XXII

Dos verbos auxiliares das línguas usuais

Antes de concluir com os verbos, parece necessário dizer uma palavra de uma coisa que, sendo comum a todas as línguas usuais da Europa, merece ser tratada em uma Gramática geral; sinto-me bem à vontade ao falar disso para dar uma amostra da Gramática francesa.

Trata-se do uso de certos verbos, chamados auxiliares, porque ajudam aos outros a formar diversos tempos, com o particípio passado de cada verbo.

Há dois que são comuns a todas as línguas: *ser* e *ter*. Algumas têm ainda outros, como os Alemães *werden* ("tornar-se") ou *wollen* ("querer"), cujo presente, junto ao infinitivo de algum verbo, perfaz o futuro. Mas será suficiente falar dos dois principais: *ser* e *ter*.

Ser

Quanto ao verbo *ser*, dissemos que ele forma todas as formas passivas com o particípio do verbo ativo, que então se toma passivamente: *eu sou amado, eu era amado* etc., cuja explicação é fácil de dar, pois já dissemos que todos os verbos, fora o substantivo, significam a afirmação com certo atributo que é afirmado. Daí decorre que o verbo passivo, como *amor*, significa a afirmação do amor passivo, e por conseqüência *amado*, significando esse amor passivo, é claro que juntando-lhe o verbo substantivo, que indica a afirmação, *eu sou amado, vós sois amados*, deve significar a mesma coisa que *amor* em latim. Os próprios Latinos se servem do verbo *sum* como auxiliar em todos os pretéritos passivos e em todos os tempos deles dependentes[1], *amatus sum, amatus eram* etc., como também os Gregos na maioria dos verbos[2].

Entretanto, esse mesmo verbo *ser* é muitas vezes auxiliar de uma outra maneira mais irregular, da qual falaremos depois de explicar o verbo.

Ter

O outro auxiliar, *ter*, é bem mais singular e é bastante difícil explicá-lo.

Já dissemos que todos os verbos têm dois pretéritos nas línguas usuais: um indefinido, que se pode chamar aoristo, e o outro definido. O primeiro se forma como outro tempo qualquer: *eu amei, eu senti, eu vi*.

O outro, porém, só se forma com o particípio passado, *amado, sentido, visto*, e o verbo *ter*: *tenho amado, tenho sentido, tenho visto*.

E não apenas esse pretérito, mas todos os outros tempos que, em latim, se formam do pretérito, como de *amavi* – *amaveram, amaverim, amavissem, amavero, amavisse*: *tenho amado, tinha amado, tenha amado, tivesse amado, tiver amado, ter amado*.

O próprio verbo *ter* não dispõe desses tipos de tempo senão por si mesmo, como auxiliar, e seu particípio *tido*: *tenho tido, tinha tido, tivesse tido, teria tido* etc. Mas o preté-

---

1. A afirmação só é verdadeira em se tratando do latim vulgar.
2. A referência ao grego não é correta.

rito *eu tinha tido* e o futuro *terei tido* não são auxiliares de outros verbos, pois se diz bem (em francês): *sitôt que j'ai eu dîne, quand j'eusse eu* ou *j'aurais eu dîné* ("logo que tenho (tido) jantado", "quando eu tiver (tido) jantado"); mas não se diz *j'avais eu dîne, j'aurai eu dîné*, somente *j'avais dîne, j'aurai dîné* etc. ("eu tinha jantado, terei jantado").

O verbo *ser* igualmente toma esses mesmos tempos de *ter* e de seu particípio *sido*: *tenho sido, eu tinha sido* etc.

Nisso nossa língua é diferente das outras; os Alemães, os Italianos e os Espanhóis tornam o verbo *ser* auxiliar de si mesmo naqueles tempos, pois dizem *sono stato*[3], sou sido; os Valões, que falam o francês mal, os imitam.

Ora, como os tempos do verbo *avoir* servem para formar outros de outros verbos, pode-se aprendê-lo no seguinte quadro:

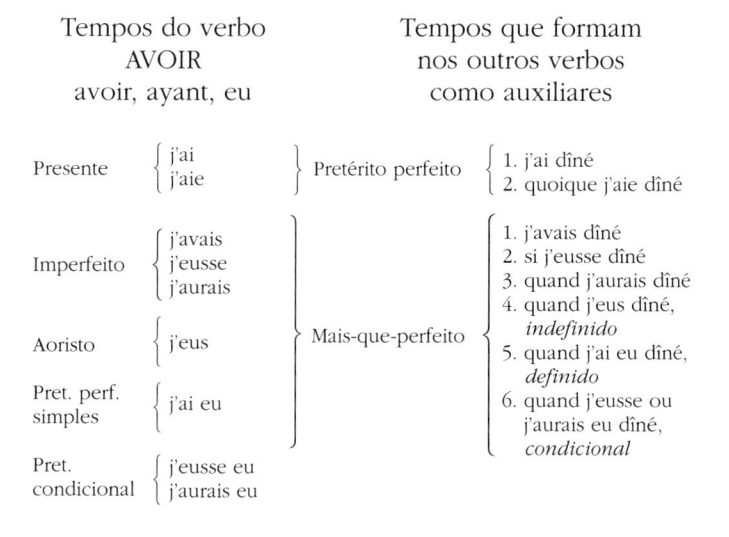

Tempos do verbo AVOIR avoir, ayant, eu			Tempos que formam nos outros verbos como auxiliares
Presente	j'ai / j'aie	Pretérito perfeito	1. j'ai dîné 2. quoique j'aie dîné
Imperfeito	j'avais / j'eusse / j'aurais	Mais-que-perfeito	1. j'avais dîné 2. si j'eusse dîné 3. quand j'aurais dîné 4. quand j'eus dîné, *indefinido* 5. quand j'ai eu dîné, *definido* 6. quand j'eusse ou j'aurais eu dîné, *condicional*
Aoristo	j'eus		
Pret. perf. simples	j'ai eu		
Pret. condicional	j'eusse eu / j'aurais eu		

....

3. Em relação ao italiano, convém lembrar que o particípio de *essere* ("ser") é *stato*, empréstimo de *stare*, o que altera um tanto a configuração do problema.

Futuro	j'aurai	Futuro perfeito ou do subjuntivo	quand j'aurai dîné
Infinitivo presente	avoir	Infinitivo do pretérito	après avoir dîné
Particípio presente	ayant	Particípio pretérito	ayant dîné

Se esse modo de falar de todas as línguas usuais, que parece ter vindo dos Alemães, é bastante singular em si mesmo, não o é menos na construção com nomes que se juntam a esses pretéritos, formados pelos verbos auxiliares e pelo particípio.

Pois, 1º, o nominativo[4] do verbo não acarreta nenhuma mudança no particípio; é por isso que se diz tão bem no plural como no singular, no masculino como no feminino: *il a aimé, ils ont aimé, elle a aimé, elles ont aimé* ("ele tem amado", "eles têm amado", "ela tem amado", "elas têm amado") e não *ils ont aimés, elles ont aimées*.

2º O acusativo, que esse pretérito rege, também não acarreta alteração no particípio quando esse vem depois, como é o comum; por isso se deve dizer: *Il a aimé Dieu, il a aimé l'Église, il a aimé les livres, il a aimé les sciences*, e não *il a aimée l'Église*, ou *aimés les livres* ou *aimées les sciences*.

3º Quando, porém, esse acusativo precede o verbo auxiliar (o que não acontece em prosa a não ser com o acusativo do relativo ou do pronome), ou mesmo quando está depois do verbo auxiliar, mas antes do particípio (o que só ocorre em verso), então o particípio deve concordar em gênero e número com esse acusativo. Assim, deve-se dizer: *La lettre que j'ai écrite* ("a carta que escrevi"), *les livres que j'ai lus* ("os livros que li"), *les sciences que j'ai apprises* ("as ciências que eu aprendi"); pois *que* está por *laquelle* ("a qual") no primeiro exemplo, por *lesquels* ("os

---

4. "Nominativo" do verbo: entenda-se "sujeito" do verbo.

quais") no segundo e por *lesquelles* ("as quais") no terceiro. Da mesma forma: *J'ai écrit la lettre et je l'ai envoyée* ("Escrevi a carta e a enviei") etc.; *j'ai acheté des livres et je les ai lus* ("comprei livros e os li"). Diz-se igualmente em verso: *Dieu dont nul de nos maux n'a les grâces bornées* ("Deus de quem nenhum de nossos males tem as graças limitadas") e não *borné*, porque o acusativo *grâces* precede o particípio, embora venha depois do verbo auxiliar.

Há, contudo, uma exceção a essa regra, segundo M. de Vaugelas: o particípio permanece indeclinável, ainda que se encontre após o verbo auxiliar e seu acusativo, quando ele precede seu nominativo, como: *La peine que m'a donné cette affaire* ("O esforço que me custou esse trabalho"); *les soins que m'a donné ce procès* ("as preocupações que esse processo me deu") e outros semelhantes.

Não é fácil dar o motivo desses modos de falar: eis o que me veio à mente para o francês, que considero aqui de modo especial.

Todos os verbos de nossa língua têm dois particípios; um em *-ant* e o outro em *-é, -i, -u*, segundo as diversas conjugações, sem falar dos irregulares: *aimant, aimé; écrivant, écrit; rendant, rendu*.

Pode-se considerar duas coisas nos particípios; a primeira, que são verdadeiros nomes adjetivos, susceptíveis de gênero, número e caso; a outra, que têm, quando são ativos, o mesmo regime que o verbo: *amans virtutem*. Quando falta a primeira condição, os particípios são chamados *gerundivos*, como *amandum est virtutem* ("deve-se amar a virtude"); quando falta a segunda, então se diz que os particípios são antes nomes verbais que particípios.

Isso posto, afirmo que nossos dois particípios, *aimant* e *aimé*[5], enquanto têm o mesmo regime que o verbo, são

....

5. O particípio ativo francês tem o mesmo emprego que o gerúndio português: *aimant – amando* (com sentido presente e ativo); *aimé – amado* (par-

mais gerundivos que particípios; pois M. de Vaugelas já observou que o particípio em *-ant*, já que tem o regime do verbo, não tem feminino e que não se diz, por exemplo: *J'ai vu une femme lisante l'Écriture* ("Eu vi uma mulher lendo a Escritura"), mas *lisant l'Écriture*. Se é por vezes usado no plural – *j'ai vu des hommes lisants l'Écriture*, creio que isso proveio de um erro, que não foi percebido, porque o som de *lisant* e de *lisants* é quase sempre o mesmo, não se pronunciando comumente nem o *t* nem o *s*. Penso também que *lisant l'Écriture* está por *en lisant l'Écrituro, in τῷ legere scripturam*, de modo que esse gerundivo em *-ant* significa a ação do verbo.

Ora, creio que se deve dizer a mesma coisa do outro particípio *aimé*, a saber, que, quando rege o caso do verbo, ele é gerundivo e inapto para os diversos gêneros e números, sendo então ativo e não diferindo do particípio, ou antes do gerundivo em *-ant*, a não ser em duas coisas: uma, no fato de que o gerundivo em *-ant* é do presente e o gerundivo em *-é, -i, -u*, do passado; a outra, de que o gerundivo em *-ant* subsiste sozinho, ou antes, subentendendo a partícula *en*, ao contrário do outro que está sempre acompanhado do verbo auxiliar *avoir* ou *être*, que mantém seu uso em algumas situações, como diremos mais abaixo: *J'ai aimé Dieu* ("Amei a Deus") etc.

Mas esse último particípio, além de seu emprego como gerundivo ativo, tem ainda outro, que é o de particípio passivo e tem então os dois gêneros e os dois números, segundo os quais concorda com o substantivo e não tem regime: e segundo esse emprego ele forma todos os tempos passi-

....

ticípio passado e passivo, com poucas exceções). Por analogia, os autores dizem o mesmo do "particípio" passado, quando usado com o auxiliar *ter*, por ser então invariável; nesse caso, não seria propriamente um particípio, uma vez que não varia como é próprio do adjetivo. Daí a denominação de gerúndio.

vos com o verbo *être: il est aimé, elle est aimée, il sont aimés, elles sont aimées* ("ele é amado", "ela é amada"; "eles são amados", "elas são amadas").

Assim, para resolver a dificuldade apresentada, digo que nestes modos de falar *j'ai aimé la chasse* ("eu gostei da caça"), *j'ai aimé les livres* ("amei os livros"), *j'ai aimé les sciences* ("amei as ciências") estão os empregos em que a palavra *aimé*, tendo o regime do verbo, é gerundivo e não tem gênero nem número.

Entretanto, nos seguintes modos de falar, *la chasse qu'il a aimée* ("a caça de que ele gostou"), *les ennemis qu'il a vaincus* ("os inimigos que ele venceu") ou *il a défait les ennemis, il les a vaincus* ("ele derrotou os inimigos, ele os venceu"), as palavras *aimée, vaincus* não são então consideradas como regendo qualquer coisa, mas elas mesmas sendo regidas pelo verbo *avoir*, como se dissesse: *quam habeo amatam, quos habeo victos* ("a qual tenho amada", "os quais tenho vencidos"); é por isso que, sendo então tomados como particípios passivos que têm gêneros e números, é preciso fazê-los concordar em gênero e número com os nomes substantivos ou com os pronomes, com os quais se relacionam.

O que confirma essa explicação é que, mesmo quando o relativo ou pronome, que rege o pretérito do verbo, o precede, se esse pretérito tiver ainda outra coisa depois de si, se torna novamente gerundivo e indeclinável. Em vez de dizer: *Cette ville que le commerce a enrichie* ("Esta cidade que o comércio enriqueceu"), é preciso dizer: *Cette ville que le commerce a rendu puissante* ("Esta cidade que o comércio tornou poderosa") e não *rendue puissante*, porque então *rendu* rege *puissante*, que aí é gerundivo. E quanto à exceção de que falamos acima – *la peine que m'a donné cette affaire* etc. – parece ser proveniente do fato de que, estando acostumados a considerar o particípio como gerundivo e indeclinável, quando ele rege qualquer coisa rege comumente os nomes que o seguem, considerou-se aqui *affaire* como se fosse o acusativo de *donné*, embora seja seu nominativo, porque está no lugar ordinariamente ocupado pelo acusativo em nossa língua, que aprecia sobretudo a clareza no discurso e a disposição natural das palavras em suas expressões. Isso será confirmado também pelo que diremos de algumas situações em que o verbo auxiliar *être* substitui *avoir*.

Duas situações em que o verbo auxiliar être *substitui o verbo* avoir

A primeira se encontra em todos os verbos ativos, com o recíproco *se*, indicando que a ação tem por sujeito e por objeto o mesmo agente: *se tuer* ("matar-se"), *se voir* ("ver-se"), *se connaître* ("conhecer-se"); porque então o pretérito e os outros tempos que dele dependem se formam não com o verbo *avoir*, mas com *être*: *il s'est tué* e não *il s'a tué*; e também *il s'est vu, il s'est connu*. É difícil adivinhar donde veio esse uso; os Alemães não o têm, empregando nesses casos o verbo *ter*, como é o comum, embora aparentemente seja deles que tenha vindo o uso dos verbos auxiliares para o pretérito ativo[6]. Contudo, pode-se dizer que, a ação e a paixão estando então no mesmo sujeito, se preferiu usar o verbo *ser*, que indica mais a paixão, e não *ter*, que só indicaria a ação; é como se dissesse: *Il est tué par soi-même* ("Ele foi morto por si mesmo").

É preciso, porém, notar que, quando o particípio como *tué, vu, connu*, não se relaciona senão com o recíproco *se*, mesmo como redobro, o precede e o segue, como quando

----

6. A influência germânica referida não foi comprovada no âmbito das línguas românicas.

se diz: *Caton s'est tué soi-même* ("Catão se matou a si mesmo"), então esse particípio concorda em gênero e número com as pessoas ou coisas de que se fala: *Caton s'est tué soi-même. Lucrèce s'est tuée soi-même. Les Sagontins se sont tués eux-mêmes.*

Se, porém, esse particípio rege qualquer coisa de diferente do recíproco, como quando digo: *Oedipe s'est crevé les yeux* ("Édipo se arrancou os olhos"); então o particípio, tendo esse regime, se torna gerundivo ativo e não tem mais gênero nem número, de modo que se deve dizer: *Cette femme s'est crevé les yeux* ("Esta mulher se arrancou os olhos"). *Elle s'est fait peindre* ("Ela se fez pintar"). *Elle s'est rendu la maîtresse* ("Ela se tornou a dona"). *Elle s'est rendu catholique* ("Ela se tornou católica").

Sei perfeitamente que esses dois últimos exemplos são contestados por M. de Vaugelas, ou antes por Malherbe, embora reconheça que não há consenso geral a respeito. Mas a explicação, que eles apresentam, me leva a pensar que se enganam e leva a resolver outros modos de falar em que há mais dificuldade.

Pretendem que é preciso distinguir quando os particípios são ativos e quando são passivos, o que é verdadeiro; e dizem que, quando são passivos, são declináveis e que, quando são ativos, indeclináveis, o que também é verdadeiro. Mas não vejo como nesses exemplos – *elle s'est rendu* ou *rendue la maîtresse, nous nous sommes rendu* ou *rendus maîtres* – se possa dizer que o particípio *rendu* seja passivo, sendo, ao contrário, visível que é ativo, e o que parece tê-los induzido ao erro é que é verdadeiro serem passivos esses particípios, quando estão junto ao verbo *ser*, como quando se diz: *Il a été rendu maître* ("Ele foi tornado dono"); mas isso somente quando o verbo *ser* é usado com seu valor próprio e não quando substitui *ter*, conforme mostramos que é usado com o pronome recíproco *se*.

Assim, a observação de Malherbe não se realiza a não ser em outros modos de falar, em que a significação do particípio, ainda que com o pronome recíproco *se*, parece completamente passivo, como quando se diz: *Elle s'est trouvé* ou *trouvée morte* ("Ela foi encontrada morta"); parece que então a razão desejaria que o particípio fosse declinável, sem se distrair com essa outra observação de Malherbe, de considerar se esse particípio é seguido de um nome ou de um outro particípio, pois Malherbe quer que seja indeclinável quando seguido de outro particípio e que assim se diga. *Elle s'est trouve morte*, e declinável quando seguido de um nome, em que não vejo nenhum fundamento.

O que se poderia observar, porém, é que parece ser ambíguo com freqüência esse modo de falar pelo recíproco, se o particípio é ativo ou passivo, como quando se diz: *Elle s'est trouvé* ou *trouvée malade. Elle s'est trouvé* ou *trouvée guérie* ("Ela se sentiu doente", "Ela se sentiu curada"). Pois isso pode ter dois sentidos: o primeiro, que ela se sentiu doente ou curada por outros; e o outro, que ela mesma se sentiu doente ou curada. No primeiro sentido, o particípio seria passivo e, por conseguinte, declinável; no segundo seria ativo e, por conseguinte, indeclinável; e não se pode duvidar dessa observação, pois, quando a frase determina bem o sentido, determina também a construção. Diz-se, por exemplo: *Quand le médecin est venu, cette femme s'est trouvée morte* ("Quando o médico chegou, esta mulher estava morta") e não *trouvé*, porque significa que ela foi encontrada morta pelo médico e por aqueles que estavam presentes, e não que ela mesma achou que estava morta. Se, pelo contrário, digo: *Madame s'est trouvé mal ce matin* ("A Senhora se sentiu mal nesta manhã"), é preciso dizer *trouvé* e não *trouvée*, porque é claro que se quer dizer que foi ela mesma que se achou e sentiu que estava mal e que portanto a frase é ativa no sentido – o que remete à regra geral que demos, de não tornar o particípio gerundivo e indeclinável quando ele é regente, e sempre declinável quando não for regente.

Sei muito bem que nada existe ainda em nossa língua que seja perfeitamente fixado em relação a esses últimos modos de falar; entretanto, nada vejo que seja mais útil, parece-me, para fixá-los do que se ater a essa consideração do regime, pelo menos em todos os casos em que o uso não está perfeitamente determinado e assegurado.

A outra situação em que o verbo *être* forma os pretéritos em vez de *avoir* se verifica com alguns verbos intransitivos, isto é, cuja ação não sai daquele que age, como *aller* ("ir"), *partir* ("partir"), *sortir* ("sair"), *monter* ("subir"), *descendre* ("descer"), *arriver* ("chegar"), *retourner* ("voltar"). Pois se diz *il est allé, il est parti, il est sorti, il est monté, il est descendu, il est arrivé* e não *il a allé, il a parti* etc. Daí vem também que o particípio concorda em número e gênero com o nominativo do verbo: *Cette femme est allée à Paris* ("Esta mulher foi a Paris"), *elles sont allées, ils sont allés* etc.

Quando, porém, alguns desses verbos se tornam transitivos e propriamente ativos, o que acontece quando se lhes acrescenta alguma palavra que eles devem reger, retomam o verbo *avoir*; e, sendo o particípio gerundivo, não mais muda de gênero e de número; assim se deve dizer: *Cette femme a monté la montagne* ("Esta mulher subiu montanha") e não *est monté* ou *est montée* ou *a montée*. Se às vezes se diz *il est sorti le royaume* – é por uma elipse, pois está por *hors le royaume* ("fora do reino").

CAPÍTULO XXIII

Das conjunções e interjeições

O segundo tipo de palavras que significam a forma de nossos pensamentos e não propriamente os objetos de nossos pensamentos são as conjunções, como *et, non, vel, si, ergo* (e, não, ou, se, portanto). Refletindo-se sobre elas, ver-se-á que essas partículas significam apenas a operação de nosso espírito, que agrupa e desagrupa as coisas, que as nega, que as considera de modo absoluto ou condicional. Por exemplo, não há nenhum objeto no mundo fora de nosso espírito que corresponde à partícula *não*; mas é claro que ela não indica outra coisa além do julgamento que fazemos de que uma coisa não é a outra.

Da mesma forma *ne*, que é em latim uma partícula de interrogação – *ais-ne?* ("dizes?") –, não tem objeto fora de nosso espírito e indica apenas o movimento de nossa alma, através do qual desejamos saber alguma coisa.

E isso faz com que eu não tenha falado do pronome interrogativo – *quis, quae, quid?* – porque não é nada mais que um pronome ao qual se juntou a significação de *ne*: isto é, que, além de substituir um nome como os outros pronomes, indica ainda o movimento de nossa alma que quer saber uma coisa e que pede para ser informada. Assim vemos que nos servimos de diversas coisas para indicar esse movimento. Por vezes isso só se conhece pela inflexão da voz e na grafia se indica por um pequeno sinal, que se chama ponto de interrogação e que se representa assim (?).

Em francês, significamos a mesma coisa pospondo às pessoas do verbo *je*, *vous*, *il*, *ce*, ao contrário dos modos comuns de falar em que eles vêm antes. Pois, se digo: *j'aime*, *vous aimez*, *il aime*, *c'est* – isso significa afirmação; mas, se digo: *aimé-je?*, *aimez-vous?*, *aime-t-il?*, *est-ce?* – isso significa interrogação; donde se deduz, para notá-lo de passagem, que se deve dizer: *sens-je?*, *lis-je?* ("sinto?", "leio?"), e não *senté-je?*, *lisé-je?*, porque é preciso tomar sempre a pessoa que se quer empregar, que aqui é a primeira, *je sens*, *je lis*, e deslocar seu pronome para se obter uma interrogação.

É preciso tomar cuidado, quando a primeira pessoa do verbo termina por um *e feminino*[1], como *j'aime*, *je pense*, então esse *e* feminino se torna masculino na interrogação por causa do *je* que o segue, cujo *e* também é feminino, já que nossa língua nunca permite dois *ee* femininos seguidos no fim das palavras. Assim é preciso dizer *aimé-je*, *pensé-je*, *manqué-je?* mas dizer, ao contrário, *aimes-tu*, *pense-t-il*, *manque-t-il?* e semelhantes.

Das interjeições

As interjeições são igualmente palavras que nada significam fora de nós; são apenas palavras mais naturais que artificiais, que indicam os movimentos de nossa alma, como *ah!*, *ó*, *heu!*, *hélas!* etc.

---

1. Convém lembrar que *e* "feminino" é o *e* mudo no final das palavras como uma espécie de apoio a consoantes. Os autores atribuem a mesma função ao *scheva* do hebraico.

CAPÍTULO XXIV

Da sintaxe ou construção das palavras em conjunto

Falta dizer uma palavra sobre a sintaxe, ou construção das palavras em conjunto, de que não será difícil dar noções gerais, segundo os princípios que estabelecemos.

A construção das palavras se distingue geralmente da de conveniência, em que as palavras devem convir entre si, e da do regime, quando um dos dois causa uma variação no outro.

A primeira, em sua maior parte, é a mesma em todas as línguas, porque se trata de uma seqüência natural daquilo que está em uso quase por toda parte, para melhor distinguir o discurso.

Assim a distinção dos dois números, singular e plural, obrigou a concordar o substantivo com o adjetivo em número, isto é, a colocar um no singular ou no plural, conforme estiver o outro; pois o substantivo, sendo o sujeito confusamente indicado, embora diretamente, pelo adjetivo, se o substantivo indica vários, há vários sujeitos da forma marcada pelo adjetivo e por isso ele deve estar no plural: *Homines docti* ("Homens doutos").

A distinção entre feminino e masculino igualmente obrigou a colocar o substantivo e o adjetivo no mesmo gênero ou um e outro às vezes no neutro, nas línguas que o têm, pois exatamente para isso que se inventaram os gêneros.

Também os verbos devem ter a concordância dos números e das pessoas com os nomes e os pronomes.

Se for encontrado algo contrário às regras citadas, isso se faz por figura, isto é, subentendendo-se alguma palavra ou levando-se em conta antes os pensamentos que as próprias palavras, como logo diremos.

A sintaxe de regime, ao contrário, é quase toda arbitrária e por isso se encontra muito diferenciada em todas as línguas: pois umas fazem o regime através de casos, outras, em vez de casos, empregam apenas pequenas partículas que os substituem, não indicando senão um pouco desses casos, como em francês e em espanhol só se dispõe de *de* e de *à*, que indicam o genitivo e o dativo; os Italianos acrescentam *da* para o ablativo. Os outros casos não têm partículas, mas o simples artigo, que também nem sempre está presente.

Pode-se ver a esse respeito o que dissemos acima da preposição e dos casos.

Contudo é bom assinalar alguns princípios gerais, que são de largo uso em todas as línguas.

O primeiro, que nunca existe um nominativo que não tenha relação com algum verbo expresso ou subentendido, porque não fala só para indicar o que se concebe, mas para expressar o que se pensa sobre aquilo que se concebe, o que se indica pelo verbo.

O segundo, que não há também verbo que não tenha seu nominativo expresso ou subentendido, porque, sendo próprio do verbo afirmar, é indispensável haver alguma coisa de que se afirme, que é o sujeito ou o nominativo do verbo, embora diante dos infinitivos esteja no acusativo: *Scio Petrum esse doctum* ("Sei que Pedro é douto").

O terceiro, que não pode haver adjetivo que não tenha relação com um substantivo, porque o adjetivo indica confusamente um substantivo, que é o sujeito da forma marcada distintamente por esse adjetivo: *doctus* ("douto") relaciona-se com qualquer um que seja sábio.

O quarto, que não há genitivo no discurso que não seja regido por um outro nome; pois esse caso, indicando sempre o que é conforme o possuidor, é preciso que seja regido pela coisa possuída. É por isso que nem em grego nem em latim existe algum verbo que reja propriamente o genitivo, como se mostrou em *Nouvelles méthodes* para essas línguas[1]. É mais difícil aplicar essa regra às línguas usuais, porque a partícula *de*, que é a marca do genitivo, é usada muitas vezes pela preposição *ex* ou *de*[2].

O quinto, que o regime dos verbos muitas vezes assume diversas espécies de relacionamento contidas nos casos, segundo o capricho do uso, o que não altera a relação específica de cada caso, mas demonstra que o uso escolheu este ou aquele a seu bel-prazer.

Assim se diz em latim: *juvare aliquem* e *opitulari alicui* ("ajudar a alguém"), embora sejam dois verbos que significam "ajudar" porque foi do agrado dos latinos considerar o regime do primeiro verbo como o termo para o qual sua ação passa e o do segundo como um caso de atribuição, com a qual a ação do verbo se relacionava[3].

Assim se diz em francês *servir quelqu'un* e *servir à quelque chose* ("servir alguém" e "servir para alguma coisa").

Assim também em espanhol, a maioria dos verbos ativos rege indiferentemente o dativo ou o acusativo.

Assim um mesmo verbo pode receber diversos regimes[4], sobretudo misturando-os com o das preposições, como *praestare alicui* ou *aliquem* ("sobrepujar alguém").

....

1. É incorreta essa afirmação. No latim há alguns, como por exemplo *memini* (*Memini dierum praeteritorum*. "Lembrar-se dos dias passados."). No grego há muitos: todos aqueles em que apareça a relação de separação, necessidade etc.

2. Essa observação vale para o latim, mas não para as línguas românicas, nas quais as preposições formaram uma rede de novas relações, algumas em substituição às flexões casuais.

3. Não se trata propriamente de capricho ou ausência de critérios; o que ocorre é que os dois verbos citados têm raízes diversas e por isso estabelecem relações diferentes, o que os autores reconhecem em seguida.

4. Não se trata de diversos regimes, mas de relações diferentes que se estabelecem, inclusive com modificações semânticas.

Assim se diz, por exemplo, *eripere morti aliquem* ou *mortem alicui* ou *aliquem a morte* ("arrebatar alguém da morte") e semelhantes.

Às vezes esses diversos regimes têm também a força de mudar o sentido da expressão, conforme for autorizado pelo uso da língua; em latim, por exemplo, *cavere alicui* é "zelar por sua conservação" e *cavere aliquem* é "precaver-se contra ele"[5]; nesse ponto é preciso consultar sempre o uso em todas as línguas.

Das figuras de construção

O que dissemos acima sobre a sintaxe é suficiente para compreender-lhe a ordem natural, quando todas as partes do discurso são expressas de modo simples e não há nenhuma palavra demais nem uma palavra de menos e está conforme à expressão natural de nossos pensamentos.

Como, porém, os homens muitas vezes seguem mais o sentido de seus pensamentos que as palavras das quais se servem para expressá-los, e que, para abreviar, muitas vezes suprimam alguma coisa do discurso, ou ainda que, tendo em vista a elegância, deixem aí alguma palavra que parece supérflua, ou que invertam a ordem natural, daí se originou que se introduziram quatro modos de falar, denominados *figurados*, que são como outras tantas irregularidades na Gramática, ainda que sejam por vezes aperfeiçoamentos e belezas nas línguas.

O que mais se afina com nossos pensamentos do que com as palavras do discurso se denomina *silepse* ou *concepção*, como quando digo: *Il est six heures* ("São seis horas"), pois, segundo as palavras, seria necessário dizer: *Elles sont*

---
5. Também aqui se trata de relações diferentes.

six heures, como até se dizia antigamente e como se diz ainda hoje: *Ils sont six, huit, dix, quinze hommes*. Como, porém, só se pretende indicar um tempo determinado e uma só dessas horas, a saber, a sexta, meu pensamento se projeta sobre aquela, sem olhar as palavras, e faz com que eu diga *il est six heures* preferentemente a *elles sont six heures*.

Essa figura produz às vezes irregularidades contra os gêneros, como *ubi est scelus qui me perdidit?* ("onde está o crime que me levou à perdição?"); contra os números, como *turba ruunt* ("a multidão prorrompem"); contra os dois ao mesmo tempo, como *pars mersi tenuere ratem* ("uma parte do submergido retiveram o barco") e semelhantes.

O que elimina qualquer coisa do discurso se chama *elipse* ou *falta*; pois às vezes se subentende o verbo, o que é muito comum em hebraico, em que o verbo substantivo está quase sempre subentendido; por vezes o nominativo[6], como *pluit*, por *Deus* ou *natura pluit* ("Deus" ou "a natureza chove"); outras vezes o substantivo, cujo adjetivo está expresso, como *paucis te volo* sub. *verbis alloqui* ("com poucas te quero, subent. palavras falar"); outras vezes ainda a palavra que rege uma outra, como *est Romae*, por *est in urbe Romae* ("está na cidade de Roma"); outras, ainda, aquela que é regida, como *facilius reperias* (sub. *homines*) *qui Romam proficiscantur quam qui Athenas* ("Encontrarás com mais facilidade (homens) que viajem para Roma do que quem para Atenas") (Cíc.).

O modo de falar que tem algumas palavras a mais se chama *pleonasmo* ou *abundância*, como *vivere vitam* ("viver a vida"), *magis major* ("mais maior") etc.

Aquele que inverte a ordem natural do discurso se chama *hipérbato* ou *inversão*.

....

6. Nominativo é o sujeito verbal, na medida em que ele é o assunto, é denominado, nomeado, identificado; daí, nominativo.

Pode-se ver exemplos de todas essas figuras nas gramáticas das línguas individuais e principalmente nas *Nouvelle Méthodes*, que foram escritas para o grego e o latim, em que delas se falou extensamente.

Acrescentarei apenas que não existe língua que menos use essas figuras que a nossa, porque ela aprecia particularmente a clareza e expressa as coisas, tanto quanto possível, na ordem mais natural e mais desembaraçada, embora ao mesmo tempo não se deixe superar por nenhuma outra em beleza ou elegância[7].

....

7. Percebe-se aí o orgulho de sua língua e cultura, encontrado em outros autores como João de Barros, Antônio Nebrija etc.

Advertência

Nesta Gramática não se falou das palavras derivadas nem das compostas, sobre as quais haveria ainda muitas coisas bem curiosas a dizer, porque isso está mais relacionado com a obra de um *Dicionário Geral* do que com a Gramática Geral. Mas, com satisfação, anunciamos que, depois da primeira impressão deste livro, apareceu uma obra intitulada *La logique ou l'art de penser* ("A lógica ou a arte de pensar"), que, fundada nos mesmos princípios, pode muito bem servir para esclarecer e provar muitas coisas que foram tratadas neste.

*OBSERVAÇÕES DE M. DUCLOS SOBRE A GRAMÁTICA GERAL*

PRIMEIRA PARTE

EM QUE SE FALA DAS LETRAS
E DOS CARACTERES DA ESCRITA

CAPÍTULO I

Das letras como sons e primeiramente das vogais

Os gramáticos reconhecem mais ou menos sons em uma língua, conforme têm ouvido mais ou menos sensível e apresentam maior ou menor capacidade de se libertar do preconceito.

Ramus já havia anotado dez vogais na língua francesa e MM. de P. R. não discordam dele nesse ponto, a não ser no fato de terem sentido que *au* não passava de outra coisa que um *o* escrito com dois caracteres, agudo e breve em *l'aul* ("o alho"), grave e longo em *hauteur* ("altura"). Esse mesmo som simples se escreve com três ou quatro caracteres, nenhum dos quais constitui a grafia característica dele; por exemplo, em *tombeau* ("túmulo"), em que os três caracteres da última sílaba fazem apenas um *o* agudo e breve, e em *tombeaux* ("túmulos"), cujos quatro últimos caracteres representam o som de um *o* grave e longo, que P. R. usou em substituição ao *au* de Ramus. Nossa ortografia está cheia dessas combinações falsas e inúteis. É bastante estranho que o abade de Dangeau, que refletira sobre os sons da língua com agudeza e que conhecia bem a Gramática de P. R., tenha desdenhado, como Ramus, o som *au*, enquanto Wallis, um estrangeiro, não o fez. É que Wallis só avaliava os sons de ouvido e só se deve avaliá-los desse modo, deixando de lado completamente como se escrevem.

Os Srs. de P. R. não assinalaram todas as vogais que facilmente poderiam reconhecer em nossa língua; nada disseram das nasais. Os Latinos tinham quatro delas finais, que finalizam as palavras *Romam, urbem, sitim, templum* e outros semelhantes. Consideravam-nas tão claramente como vogais que, nos versos, faziam elisão delas diante da vogal inicial da palavra seguinte. Podiam ter também o *o* nasal, como em *bombus* ("zumbido"), *pondus* ("peso") etc. mas ele nunca era final, ao passo que os outros quatro nasais eram iniciais, mediais e finais.

Eu disse que podiam ter o *o* nasal; pois, para estar seguro disso, seria necessário que houvesse palavras puramente latinas, terminadas em *-om* e *-on*, que fizessem elisão com a vogal inicial da palavra seguinte, e não conheço essa terminação senão na negação *non*, que não faz a elisão. Se por vezes se encontra *servom* por *servum*, *com* por *cum* etc., encontra-se porém também em algumas edições um *u* sobre o *o*, para mostrar que não são senão duas maneiras de escrever o mesmo som, o que não formaria uma nasal a mais. Não estamos em condições de julgar a pronúncia das línguas mortas. A letra *m* que segue uma vogal com a qual se une, é sempre a letra característica das nasais finais dos Latinos. A respeito das nasais iniciais e mediais, eles faziam o mesmo uso que nós das letras *m* e *n*.

Temos quatro nasais que se encontram em *ban* ("pregão"), *bien* ("bem"), *bon* ("bom"), *brun* ("moreno"). O *u* nasal se pronuncia sempre *eun*; é um *eu* nasal. É preciso observar que não consideramos aqui nossos nasais a não ser em relação ao som e não à ortografia, porque um mesmo som nasal se escreve muitas vezes de maneira muito diferente. Por exemplo, o *a* nasal se escreve diferentemente em *antre* ("antro") e em *embrasser* ("abraçar"). O *e* nasal se escreve de cinco maneiras diferentes: *pain* ("pão"), *bien*, *frein* ("freio"), *faim* ("fome"), *vin* ("vinho"). Nossa ortografia é tão viciosa, que é preciso não levá-la absolutamente em consideração quando se fala dos sons da língua; deve-se consultar apenas o ouvido.

Muitos gramáticos admitem um *i* nasal, ainda que restringindo-se à sílaba inicial e negativa que corresponde ao *a privativo* dos Gregos, como *ingrat* ("ingrato"), *injust* ("injusto"), *infidèle* ("infiel") etc.; trata-se, porém, de um som das províncias, que não está em uso nem na corte nem na cidade. É verdade que o *i* nasal se introduziu no teatro, mas não é menos vicioso, já que não é autorizado pelo bom uso, ao qual o teatro se deve conformar, como a cátedra e o fórum. Geralmente se pronuncia bastante bem no teatro, mas não deixa de haver aí algumas pronúncias viciosas, que certos atores conservam de sua província ou de uma má tradição. Quando seguido de uma vogal, o *i* nunca é nasal; então o *i* é puro e o *n* modifica a vogal seguinte. Exemplo: *i-nutile* ("inútil"), *i-nouie* ("inaudita"), *i-nattendu* ("inesperado") etc., é um *e* nasal para o ouvido, embora seja escrito com um *i*; assim, se deve pronunciar *ainconstant, aingrat.*

Se juntarmos nossas quatro nasais às dez vogais reconhecidas pelos Senhores de Port-Royal, já haverá quatorze; como, porém, distinguem três *e* e dois *o*, por que não admitem eles dois *a*, um grave e outro agudo, como em *pâte, massa farinacea* e *pate, pé* ("pata"); e dois *eu*, como em *jeûne, jejunium* ("jejum") e *jeune, juvenis* ("jovem")? O agudo e o grave diferem pelo som, independentemente de sua quantidade. É preciso fazer ainda, em relação ao *e* aberto, a mesma distinção do grave e do agudo, tal como estão em *tête* ("cabeça") e *tete* ("mama"). Assim temos pelo menos quatro *e* diferentes, *e* mudo na última sílaba do *tombe* ("cai"), *e* fechado em *bonté* ("bondade"), *e* aberto grave em *tête, caput,* aberto agudo em *tete, uber.* O *e* mudo não é senão a vogal *eu*, surda e enfraquecida. Poderia acrescentar uma quinta, média entre o *e* aberto breve. Tal é o segundo *e* de *préfère* e o primeiro de *succède*; não sendo, porém, tão perceptível como os outros, não seria geralmente aceito. Entretanto, ocorre com muita freqüência e se tornará certamente mais usado que o é.

Permitir-me-ei aqui uma reflexão a respeito da tendência que temos de tornar nossa língua mole, efeminada e monótona. Temos razão para evitar a rudeza na pronúncia, mas creio que caímos por demais no defeito oposto. Pronunciávamos antigamente muito mais ditongos que hoje; eram pronunciados nos tempos dos verbos, como *j'avois*, *j'aurois*, e em muitos nomes como *François*, *Anglois*, *Polonois*, enquanto hoje pronunciamos *j'avès*, *j'aurès*, *Français*, *Anglès*, *Polonès*. Entretanto, esses ditongos conferiam força e variedade na pronúncia e a livravam de uma espécie de monotonia que vem, em parte, da multidão de *e* mudos.

A mesma negligência na pronúncia faz com que muitos *e*, que originalmente eram acentuados, insensivelmente se tornassem mudos ou médios. Quanto mais se maneja uma palavra, tanto mais sua pronúncia se torna fraca. Dizia-se antigamente *roine* e não *reine* e em nossos dias *Charolois* se tornou *Charolès*, *harnois* fez *harnès*. Aquilo que entre nós se denomina *sociedade*, e que os antigos chamariam simplesmente *coterie* ("casta"), decide hoje sobre a língua e os costumes. A partir do momento em que uma palavra esteja em uso entre as multidões, a pronúncia se torna mole[1]. Se mantivéssemos relações de interesse, de guerra e de comércio com os Suecos e os Dinamarqueses como mantemos com os Ingleses, em breve pronunciaríamos *Danès* e *Suèdès* da mesma forma que dizemos *Anglès*. Antes que Henrique III se tornasse rei da Polônia, dizia-se

....
1. "Mole" tem aqui o sentido de "descuidada", "negligente".

Polonois; como, porém, esse nome foi muito repetido na conversação naquele tempo e também depois, por ocasião das eleições, a pronúncia se enfraqueceu. Essa indolência na pronúncia, que não é incompatível com a importância de se expressar, nos leva a alterar até mesmo a natureza das palavras, mutilando-as de tal modo que nem mesmo o sentido é ainda reconhecível. Diz-se, por exemplo, hoje proverbialmente, *en dépit de lui et ses dents* ("apesar dele e de seus dentes"), em vez de *ses aidants* ("seus ajudantes")[2]. Temos mais dessas palavras encurtadas ou modificadas pelo uso do que se crê.

Nossa língua se tornará insensivelmente mais adequada à conversação do que à tribuna, e a conversação dá o tom à cátedra, ao tribunal e ao teatro; enquanto entre os Gregos e os Romanos não se submetia a isso[3]. Uma pronúncia mantida e uma prosódia fixa e distinta devem se conservar de modo especial nos povos que estão obrigados a tratar publicamente matérias interessantes para todos os ouvintes, porque, como aliás em todas as outras situações, um orador, cuja pronúncia é firme e variada, deve ser compreendido de mais longe que um outro que não tivesse as mesmas qualidades na língua, ainda que falasse num tom igualmente elevado. Isso seria matéria de um exame bastante filosófico: observar o fato e mostrar por exemplo quanto o caráter, os costumes e os interesses de um povo têm influência sobre sua língua.

Voltando ao nosso assunto, temos portanto pelo menos dezessete vogais:

....

2. Exemplo típico da chamada "etimologia popular".

3. As circunstâncias da época certamente eram diferentes, mas a interação entre os diversos níveis lingüísticos era a mesma que se verifica em nossos dias; tal interação é um fato constante. Na Antiguidade, Aristófanes e Plauto são bons exemplos.

à	grave	*pâte*	*eû*	grave		*jeûne*
a	agudo	*pate*	*eu*	agudo		*jeune*
ê	aberto grave	*tête*				*sou*
è	aberto agudo	*tete*			NASAIS	
é	fechado	*bonté*	*an*			*ban lent*
e	mudo	*tombe*	*en*			*bien pain*
i		*ici*				*frein, faim,*
ô	grave	*côte*				*vin*
o	agudo	*cote*	*on*			*bon*
u		*vertu*	*eun*			*brun, à jeun*

Note-se que o *i*, o *ou* e o *e* fechados são suscetíveis de diferentes quantidades, como todas as outras vogais, não porém de modificações mais ou menos profundas; por isso poderiam ser chamadas de vogais pequenas, em oposição às grandes *a*, *è* abertos; *o*, *eu* que, independentemente da quantidade, podem ser agudas, graves e nasais. O *e* mudo é a quinta vogal pequena.

CAPÍTULO II

Das consoantes

1º Seria preciso juntar ao *c* o *k* e o *q* para corresponder exatamente ao som do *kapa* e do *caph*, porque o *c* é empregado pelo *s* diante do *e* e do *i*, enquanto o *k* conserva sempre o som que lhe é próprio. Seria mesmo de desejar que fosse empregado de preferência pelo *q*, ao qual se acrescenta um *u* quase sempre inútil e algumas vezes necessário, sem que nada indique o caso em que é necessário. Escreve-se, por exemplo, igualmente *quarante* e *quadrature*, sem que nada indique que a primeira sílaba na primeira palavra é a simples vogal *a*, e no segundo vocábulo, o ditongo *oua*. O *k* é a letra da qual fazemos menos uso e da qual deveríamos fazer mais, visto que nunca apresenta emprego vicioso.

Deve-se notar que o som do *q* é o mais ou menos forte em diferentes palavras. É mais forte em *banqueroute* ("falência") do que em *bouquet* ("ramalhete"), em *quenouille* ("roca") do que em *queue* ("cauda"). Os gramáticos poderiam convir em empregar o *k* pelo som forte do *q*, *kalendes*, *kenouille*, *bankeroute*; e o *q* pelo som enfraquecido: *queue*, *vainqueur*[1].

....

1. Na verdade, o autor propõe uma ortografia razoavelmente fonética; contudo, seus conhecimentos de fonética e de fonologia são incipientes e empíricos.

Então o *c*, que se tornaria inútil em nosso alfabeto e cujo emprego pelo som *s* seria abusivo, já que *s* tem seu próprio caráter, o *c*, afirmo, serviria para representar o som *ch*, que não dispõe de um caráter no alfabeto.

2º O *g* é também mais ou menos forte. É mais forte em *guenon* ("macaca") do que em *gueule* ("goela"), em *gomme* ("borracha") do que em *guide* ("guia").

Poder-se-ia empregar o *g*, pelo som do *g* forte, dando-lhe por denominação no alfabeto o som que tem na última sílaba de *bague* ("anel"). Poder-se-ia tomar emprestado ao grego o *gamma* Γ pelo *g* fraco e sua denominação no alfabeto seria o som que tem em *gué*, *vadum* ("vau"), ou na segunda sílaba de *baguette* ("ponteiro"). O caráter *j*, chamado *i* consoante, tomaria a denominação que comumente se dá ao *g*, de modo que se escreveria *gomme*, Γ*uide*, *anje* e assim os outros termos parecidos.

Não devo esconder que gramáticos excelentes, admitindo a sensível diferença dos diversos sons do *g* e do *q*, pensam que ela é devida às vogais às quais se juntam, no que não creio. Se, porém, o sentimento desses gramáticos fosse admitido, pelo menos não se poderia negar a necessidade de se fixar um caráter para o *ch*, de se dar no alfabeto ao *g* a denominação do *gue*, como é pronunciado em *figue* ("figo") e ao *i* consoante, a de *je*, *anje*, *sonje* etc.

3º Temos três sons molhados: dois fortes e um fraco. Os dois fortes são o *gn* em *règne*, o *ill* em *paille* ("palha"); o molhado fraco se encontra em *aïeul* ("antepassado"), *païen* ("pagão"), *faïence* ("louça") etc. Trata-se de uma verdadeira consoante nessas palavras, porque não se pronuncia sozinha e apenas modifica a vogal seguinte com molhado fraco.

É fácil observar que as crianças e aqueles cuja pronúncia é fraca e solta dizem *païe* por *paille*, *Versaïes* por *Versailles*; trata-se precisamente de uma substituição do molhado fraco por um molhado forte. Fazendo-se ouvir o *i* em *aïeul* e em *païen*, as palavras seriam então de três sílabas físicas; ouvir-se-ia *a-i-eul, pa-i-en*, ao passo que comumente se ouve *a-ïeul, pa-ïen*, pois não se deve esquecer que aqui tratamos dos sons, quaisquer que sejam os caracteres que os representem.

Para evitar qualquer equívoco, seria preciso introduzir em nosso alfabeto o *lambda* λ como sinal do molhado forte. Exemplos: *pa-λe, Versaλe, fîλe*. O molhado fraco seria indicado por *y*, que, por sua formação, não passa de um lambda invertido². Exemplos: *payen, ayoul, fuyence*. Nao se abusaria mais do *y*, usado às vezes por um *i*, outras por *ii*; assim se escreveria *on i va* e não *on y va*; *paiis*, ou melhor ainda, *pé-is* e não *pays*; *abéie* e não *abaye* ("abadia").

Conviria usar o *ñ* dos Espanhóis para o molhado de *règne* ("reino"), *vigne* ("vinha"), *agneau* ("cordeiro"), que se escreveriam *reñe, viñe, añeau*, como os Espanhóis escrevem *Iñes, España* e pronunciam *Ignes, Espagna*. Os que conhecem essas matérias sabem que é muito difícil fazer compreender por escrito o que se refere aos sons de uma língua: seria muito fácil à viva-voz, na medida em que se encontrassem um ouvido atilado e um espírito livre de preconceitos. De resto, aqui só se apresenta uma visão geral, pois apenas uma companhia literária poderia ter autoridade necessária para fixar os caracteres de uma língua, autoridade que por longo tempo seria contestada, mas que acabaria por fixar a lei.

Temos pois três consoantes além daquelas assinaladas nas Gramáticas, somando vinte e duas em vez de dezenove:

....

2. Não se percebe claramente a razão dessa proposta de introdução de novas letras; os símbolos sugeridos deixam entrever uma visão curiosa, antes de tudo plástica.

CONSOANTES

AS SETE FRACAS	AS SETE FORTES
b, de *bon*	*p*, de *pont*
d, de *don*	*t*, de *ton*
g, de *gueule*	*g*, de *guenon*
j, de *jamais*	*ch*, de *cheval*
c, q, de *cuiller, queue*	*k*, de *kalendes*
v, de *vin*	*f*, de *fin*
z, de *zèle*	*s*, de *seul*

DUAS NASAIS	DUAS LÍQUIDAS
m, de *mon*	*l*, de *lent*
n, de *non*	*r*, de *rond*

TRÊS MOLHADAS
DUAS FORTES
ill, de *paille*; *gn*, de *règne*
UMA FRACA
i tremado, de *païen, aïeul*
UMA ASPIRADA
h, de *héros*

As dezessete vogais e as vinte e duas consoantes perfazem trinta e nove sons simples em nossa língua e, se lhe juntarmos o de *x*, haverá quarenta sons; entretanto, é preciso observar que essa consoante dupla, *x*, não representa um som simples; é uma abreviação de *cs* em *axe* ("eixo"), de *gz* em *exil* ("exílio"), de dois *s* em *Auxerre* e empregado ainda impropriamente por *s* em *baux, maux* ("belos", "maus") etc. Representa um *s* forte em *six* ("seis"), um *z* em *sixième* ("sexto") e um *c* duro em *excellent* ("excelente"): o uso que dele se faz é tão vicioso e inconseqüente que seria necessário ou suprimir esse caráter ou fixar-lhe o emprego.

O *y* grego, em nossa ortografia atual, é um *i* simples quando constitui uma só palavra: *il y a* ("há"), por exemplo. Representa um simples índice etimológico em *système* ("sistema"). É *ii* em *pays*, como se ali estivesse *pai-is*; mas em *payer* ("pagar"), *royaume* ("reino"), *moyen* ("meio") etc., ele é vogal e consoante quanto ao som, isto é, um *i* que se junta ao *a* para lhe dar o som de um *é* e o segundo traço é um molhado fraco; é como se estivesse *pai-ier, moi-ïon*. É consoante pura em *ayeul, payeh, fayence*, para os que empregam o *y* no lugar do *ï* tremado, que é hoje o único em uso para esse tipo de palavras que se escrevem *aïeul, païen, faïence* etc. O *y* grego, usado por dois *i*, deveria ser ortograficamente marcado pelo trema, *ÿ*, o primeiro traço do qual é um *i* e o segundo um molhado fraco.

O *ï* tremado, que é um molhado fraco em *aïeul* e em outras palavras semelhantes, é uma vogal em *Sinaï*. Nem todos os gramáticos aceitarão sem dúvida esse terceiro som molhado, porque nunca o viram escrito com um caráter considerado consoante; mas todos os filósofos assentirão. O som é tal som por sua natureza, enquanto o caráter que o assinala é arbitrário.

Também se poderia não reconhecer todos os sons que proponho; mas duvido muito que alguém reclame e que haja atualmente em nossa língua outros sons além dos que assinalei. É possível que se encontrem ainda alguns sons mistos, perceptíveis por um ouvido agudo e exercitado, mas não serão bastante definidos nem bem determinados para serem contados. Por isso não faço subdivisões dos *e* mudos mais ou menos fortes, já que, caso se desse a um *e* mudo mais força do que ordinariamente tem, mudaria de natureza, tornando-se um *eu*, como é fácil observar nos finais do canto. A respeito do *e* mudo, que corresponde ao *scheva* dos Hebreus e que o ouvido necessariamente percebe, embora não se escreva quando houver várias consoantes em seguida que são pronunciadas, ele não difere dos outros senão pela rapidez com que é emitido. Não é como a diferença de um som para outro, trata-se de uma diferença de duração, tal como de uma colcheia para uma preta ou uma branca[3].

---

3. Terminologia musical: "preta" corresponde à nota denominada semínima (com valor de 1 tempo do compasso) e "branca", à mínima (2 tempos).

CAPÍTULO III

Das sílabas

Ainda que esta Gramática esteja repleta de excelentes reflexões, encontram-se nela muitas coisas que demonstram que a natureza dos sons da língua não era ainda perfeitamente conhecida e ainda hoje é uma matéria nova. Não conheço nenhuma Gramática, mesmo essa, que não esteja em falta em relação ao número e à natureza dos sons. Todo gramático, que não nasceu na Capital ou que não tenha sido nela educado desde a infância, deveria se abster de falar dos sons da língua. Quando li a Gramática do P. Buffier, eu ignorava que era Normando: percebi isso desde a primeira página até a acentuação. Aliás, sua obra é a de um homem culto. Falei disso um dia a M. du Marsais que, não tendo perdido totalmente o sotaque de sua província, ficou muito surpreso com minhas idéias, de empenhar-me em lhe dar a situação dos sons de nossa língua, tais como eu os havia observado. Eu o fiz segundo a matéria de minhas primeiras observações sobre esta Gramática. O livreiro, que me propôs dar-lhe uma nova edição, pediu-me essas observações e eu lhas entreguei com as diferentes notas, que havia feito sobre alguns capítulos da obra, sem pretender ter feito um exame completo: pois me limitara a observações marginais sobre aquilo que me parecera mais essencial. Nunca pensei em publicá-las e só cedi às solicitações do livreiro; fiz apenas poucas adições ao que havia escrito nas margens e nos espaços em branco das páginas impressas.

Inicialmente, é preciso distinguir a sílaba real e física da sílaba do uso, e o verdadeiro ditongo do falso. Por sílaba do uso entendo aquela que, em nossos versos, vale apenas por uma, embora o ouvido seja realmente atingido de modo físico por vários sons.

Sendo a sílaba um som completo, pode ser formado por uma só vogal ou por uma vogal precedida de uma consoante que a modifique. *Ami* ("amigo") é uma palavra de duas sílabas; o *a* sozinho forma a primeira e *mi*, a segunda.

Para distinguir a sílaba real ou física da sílaba de uso, é preciso observar que todas as vezes que várias consoantes em seqüência se fazem sentir em uma palavra, há tantas sílabas reais quantas forem as consoantes que se fazem ouvir, ainda que não haja vogal escrita depois de cada consoante: a pronúncia fornece um *e* mudo e a sílaba se torna real para o ouvido, enquanto as sílabas de uso se contam apenas pelo número de vogais, que se ouvem e se escrevem. Eis o que distingue a sílaba física ou real da sílaba de uso. Por exemplo, a palavra *armateur* ("armador") em verso seria de três sílabas de uso, embora seja de cinco sílabas reais, porque é preciso fornecer um *e* mudo para cada *r*; ouve-se necessariamente *aremateure*. *Bal* ("baile") é monossílabo, de uso, e dissílabo físico. *Amant* ("amante") é dissílabo real e de uso, *aimant* ("amando") o é também porque *ai* representa apenas *è* e se ouve só uma vogal.

É por isso que, em nossos versos, que não são redutíveis à medida do tempo como os dos Gregos e dos Latinos, temos os que, ao mesmo tempo, constam de doze sílabas de uso e de vinte e cinco a trinta sílabas físicas.

A respeito do ditongo, trata-se de uma sílaba de uso formada por duas vogais, das quais cada uma constitui uma sílaba real, como *Dieu* ("Deus"), *cieux* ("céus"), *foi* ("fé"), *oui* ("sim"), *lui* ("ele"). Para um ditongo é preciso que as duas vogais sejam ouvidas, sem o que aquilo que se chama ditongo não passa de um som simples, em que pese a pluralidade de letras. Assim, dos sete exemplos citados nesta Gramática, há dois que são falsos: a primeira sílaba dessa palavra, *ayant* ("tendo"), não é um ditongo, mas quanto ao som é um *a* na antiga pronúncia, que era *a-ïant*, ou um *è* no uso atual, que pronuncia *ai-ïant*. A última sílaba é a nasal *ant*, modificada pelo molhado fraco *ï*. A respeito das três vogais da palavra *beau* ("belo"), é o simples som *o* escrito com três caracteres. Não se trata de nenhum tritongo. Os gramáticos não distinguiram bem os verdadeiros ditongos dos falsos, ou auriculares dos que são apenas oculares.

Poderia chamar de *transitório* o primeiro som de nossos ditongos e de *repousante* o segundo, porque o primeiro se pronuncia sempre rapidamente e não se pode fazer uma parada senão no segundo. Sem dúvida é por isso que a primeira vogal é sempre uma das pequenas, *i* em *ciel* ("céu"), *u* em *nuit* ("noite") e *ou* em *oui* ("sim"); pois, embora se escreva *loi, foi, moi* com um *o*, ouve-se o som *ou*, como se se escrevesse *louè, fouè* etc., mas essa vogal auricular *ou*, escrita com duas letras, por falta de um caráter próprio, se pronuncia muito rapidamente.

Sem razão se afirma ainda nessa Gramática, quando se fala da união das consoantes e das vogais, *quer elas as sigam, quer as precedam*: isso só pode ser dito das sílabas de uso, pois na sílaba física a consoante sempre precede e nunca pode seguir a vogal que ela modifica; pois as letras *m* e *n*, características das nasais, não exercem a função de consoantes quando indicam a nasalidade; uma ou outra não passa então de um simples índice que supre a falta de um caráter que nos falta para cada nasal.

O último artigo do capítulo deve ser relacionado apenas com as sílabas de uso e não com as reais; assim, *stirps* é um monossílabo de uso, mas é de cinco sílabas físicas.

Já que fiz a distinção dos verdadeiros e dos falsos ditongos, cabe assinalar aqui todos os verdadeiros.

Depois de ter examinado e combinado com atenção, enumerei dezesseis deles, diferentes, alguns dos quais se encontram em bem poucas palavras.

DITONGOS

ia	*diacre* ("diácono"), *diable* ("diabo")
ian, ient	*viande* ("carne"), *patient* ("paciente")
iè, ié, iai	*cièl* ("céu"), *pié* ("pé"-arc.)
ien	*rien* ("nada")
ieu, ieux	*Dieu* ("Deus"), *cieux* ("céus")
io, iau	*pioche* ("picareta"), *piautre**
ion	*pion* ("peão")
iou	*alpiou* ("termo de jogo")
uè	*écuelle* ("tigela"), *équestre* ("eqüestre")
ui	*lui* ("ele", "lhe")
uin	*Alcuin* ("Alcuino"), *Quinquagésime* ("Quinquagésima")

Todos os nossos ditongos, cuja vogal de transição é um *o*, pronunciado como um *ou*, eu os integro na mesma classe.

oua	*couacre* ("rata")
ouen	*Écouan* (Castelo de)
oè, oi, ouai	*boète* ("comida") *loi* ("lei"), *mois* ("mês") *ouais!*
oin, ouin	*loin* ("longe"), *marsouin* ("espécie de cetáceo")
oui	*oui* ("sim")

....

* Vocábulo não registrado em dicionários. (N. dos T.)

CAPÍTULO IV

Das palavras como sons, onde se fala do acento

É surpreendente que, ao se tratar dos acentos, só se fale dos Gregos, dos Latinos e dos Hebreus, sem nada se dizer do emprego que eles têm ou possam ter em francês. Parece-me que ainda não se definiu muito bem o acento em geral como uma *elevação da voz sobre uma das sílabas da palavra.* Isso só se pode dizer do agudo, já que o grave é um abaixamento. Aliás, para eliminar qualquer equívoco, preferiria dizer do *tom* em vez da *voz.* Elevar ou abaixar a voz pode ser entendido do falar mais alto ou mais baixo em geral, sem distinção de sílabas em particular.

Não existe língua que não tenha sua prosódia, isto é, em que não se possa perceber os acentos, a aspiração, a quantidade e a pontuação, ou a pausa entre as diferentes partes do discurso, embora essa prosódia possa ser mais marcada em uma que em outra língua. Ela se faz sentir muito claramente em chinês, se é verdade que as diversas inflexões de uma mesma palavra servem para expressar idéias diferentes. Não era por falta de expressão que os Gregos tinham uma prosódia bem marcada: pois não vemos como a significação de uma palavra dependa de sua prosódia, embora isso pudesse ser observado nos homônimos. Os Gregos eram muito sensíveis em relação à harmonia das palavras. Aristóxenes fala do canto do discurso e Dionísio de Halicarnasso diz que a elevação do tom no acento agudo e o abaixamento no grave eram de um quinto; assim o acento prosódico era também musical, sobretudo o circunflexo, em que a voz, tendo subido um quinto, descia outro quinto sobre a mesma sílaba que, por conseqüência, se pronunciava duas vezes.

Hoje não se sabe mais qual era a proporção dos acentos dos Latinos, não se ignora que eram muito sensíveis em relação à prosódia: tinham os acentos, a aspiração, a quantidade e a pausa.

Nós também temos nossa prosódia; embora os intervalos de nossos acentos não sejam determinados por regras, só o uso nos torna tão sensíveis às leis da prosódia que o ouvido se sentiria ferido se um orador ou um ator pronunciasse um agudo por um grave, uma longa por uma breve, suprimisse ou acrescentasse uma aspiração; se dissesse enfim *tempéte* por *tempète*, *âxe* por *axe*, *l'Hollande* por *la Hollande*, *le homme* por *l'homme*, e se não observasse os intervalos entre as diferentes partes do discurso. Temos, como os Latinos, as *irracionais* em quantidade, isto é, longas mais ou menos longas e breves mais ou menos breves. Mas, se temos, como os antigos, a prosódia na língua falada, não fazemos de modo algum o mesmo uso dos acentos na escrita como eles. O agudo só serve para indicar o *é* fechado, como *bonté* ("bondade"); o grave indica o *è* aberto, *succès* ("êxito"); é colocado também sobre as partículas *à*, *là*, *cà* etc., em que é absolutamente inútil. Assim, nem o agudo nem o grave exercem absolutamente a função de acentos e designam apenas a natureza do *e*; o circunflexo não o faz melhor e não passa de um sinal de quantidade. Enquanto entre os Gregos era um acento duplo, que elevava e em seguida abaixava o tom de uma mesma vogal, nós o colocamos comumente sobre as vogais longas e graves, como nos exemplos *âge* ("idade"), *fête* ("festa"), *côte* ("costa"), *jeûne* ("jejum"); é posto também sobre as vogais que são longas sem ser graves; exemplos: *gîte* ("alojamento"), *flûte* ("flauta"), *voûte* ("abóbada"). Note-se que não temos sons graves que não sejam longos, o que, porém, não provém da natureza do grave, pois os Ingleses dispõem de graves breves. Para indicar as breves, pensou-se em dobrar a consoante que segue a vogal; mas o emprego dessa letra ociosa não é muito coerente: é suprimida muitas vezes em respeito à etimologia, como em *comète* ("cometa") e *prophète* ("profeta"); às vezes é dobrada apesar da etimologia, como em *personne* ("pessoa"), *honneur* ("honra") e *couronne* ("coroa"); outras vezes dobra-se a consoante depois de uma longa, *flamme* ("chama"), *manne* ("maná"), e se põe apenas uma depois de uma breve, *dame* ("dama"), *rame* ("remo"), *rime* ("rima"), *prune* ("ameixa") etc. A superstição da etimologia acarreta em seu pequeno domínio tantas inconseqüências quantas a superstição propriamente dita o faz em matéria mais grave. Nossa ortografia é um amontoado de esquisitices e de contradições.

O meio de indicar exatamente a prosódia estaria, inicialmente, em determinar-lhe os sinais e fixar-lhes o emprego, descartando sempre usos inúteis; não seria mesmo necessário imaginar novos sinais.

Quanto aos acentos, o grave e o agudo seriam suficientes, desde que fossem empregados sempre por seu valor próprio.

Em relação à quantidade, o circunflexo só se poria sobre as indubitavelmente longas, de modo que todas as vogais que não tivessem esse sinal seriam consideradas breves ou médias. Para simplificar, até se poderia limitar-se a assinalar com um circunflexo as longas que não são graves, já que, sendo longos todos os nossos sons graves, o acento grave seria suficiente para a dupla função de indicar ao mesmo tempo as qualidades grave e longa. Assim se escreveriam *àge, fête, côte, jeûne* e *gîte, flûte, voûte* etc.

O *é* fechado conservaria o acento agudo sempre que fosse longo; não seria até necessário substituir o circunflexo pelo agudo sobre o *é* fechado final no plural. Para não se enganar com a quantidade, basta fixar como regra geral que esse *é* fechado no plural sempre é longo; exemplos: *les bontes*, *les beautes* etc.

Os sons breves abertos (o que só ocorre com os *e*, como em *père* ("pai"), *mère* ("mãe"), *frère* ("irmão"), na primeira sílaba de *netteté* ("nitidez"), *fermeté* ("firmeza") etc.) poderiam ser assinalados com um acento perpendicular.

Só restaria suprimir a aspiração *H* sempre que a vogal não for aspirada, como o fizeram os Italianos. A ortografia deles é a mais racional de todas.

Contudo, ainda que se tomasse algum cuidado com as notações de nossa ortografia, além do desagrado de ver uma impressão eriçada de sinais, duvido muito que isso tivesse grande utilidade. Há coisas que só se aprendem pelo uso: são puramente orgânicas e favorecem tão pouco ao espírito que seria impossível captá-las apenas pela teoria, que também é falha nos autores que dela trataram expressamente. Sinto que até o que escrevo aqui é muito difícil de fazer compreender, mas que seria muito claro se eu me expressasse de viva-voz.

Se os gramáticos fossem de boa fé, conviriam que se deixassem levar mais pelo uso do que por suas regras, as quais conheço certamente tão bem quanto eles, e é indispensável que tenham presente no espírito tudo aquilo que escreveram sobre a Gramática; embora seja útil que essas regras, ou seja, as observações sobre o uso, sejam redigidas, escritas e consignadas nos métodos analógicos. Poucas regras, muita reflexão e ainda mais uso – eis a chave de todas as artes. Todos os sinais prosódicos dos antigos, mesmo supondo que o emprego deles fosse bem definido, ainda não superam o uso.

Não se deve confundir o acento de retórica com o acento prosódico[1]. O acento de retórica influi menos sobre cada

---

1. O acento oratório seria a entonação da frase, do discurso, enquanto o acento prosódico diria respeito ao acento tônico.

sílaba de uma palavra em relação às outras sílabas do que sobre a frase toda em relação ao sentido e ao sentimento: modifica a própria substância do discurso, sem alterar sensivelmente o acento prosódico. A prosódia especial das palavras de uma frase interrogativa não é diferente da prosódia de uma frase afirmativa, embora o acento de prosódia seja muito diferente em uma e em outra. Indicamos na escrita a interrogação e a admiração; mas quantos movimentos de alma nós temos e, por conseqüência, quantas inflexões oratórias que não têm sinais escritos e que somente a inteligência e o sentimento podem captar! Tais são as inflexões que denotam a cólera, o desprezo, a ironia etc. O acento oratório é o princípio e a base da declamação.

CAPÍTULO V

Das letras consideradas como caracteres

Os Senhores de Port-Royal, tendo exposto nesse capítulo os melhores princípios tipográficos, só não continuaram por escrúpulo em relação à etimologia; mas propuseram pelo menos uma correção, fazendo ver que os caracteres supérfluos devem ser ou suprimidos ou distinguidos. É verdade que logo foi acrescentado: *o que não seja dito senão como exemplo.* Parece não ser possível propor a verdade senão com timidez e reserva.

Causa espanto encontrar ao mesmo tempo tantas razões e tantos preconceitos. O das etimologias é muito forte, porque leva a considerar como uma vantagem o que é um verdadeiro defeito, pois afinal os caracteres não foram inventados senão para representar os sons. Era o uso que levava nossos antepassados a fazê-lo; quando o respeito por eles nos leva a crer que os imitamos, fazemos exatamente o contrário daquilo que eles faziam. Desenhavam seus sons: se uma palavra tivesse sido composta por outros sons de que não dispunham, teriam empregado outros caracteres. Não conservemos, portanto, os mesmos para sons que se tornaram diferentes. Se por vezes se empregam os mesmos sons na língua *falada* para expressar idéias diferentes, o sentido e seqüência das palavras são suficientes para eliminar o equívoco dos homônimos. Não fará a inteligência para a língua *escrita* o que faz para a língua falada? Por exemplo, se escrevia *champ* de *campus* como *chant* de *cantus*, haveria mais confusão em um escrito do que em um discurso? Nesses casos falharia o espírito? Não dispomos de homônimos, cuja ortografia é semelhante? Contudo, não se confunde o sentido deles. Tais são as palavras *son, sonus* ("som"), *son, furfur* ("farelo"), *son, suus* ("seu") e muitos outros.

O uso, se diz, é o mestre da língua; assim ele deve decidir igualmente a respeito da palavra como da escrita. Farei aqui uma distinção. Nas coisas puramente abstratas deve-se seguir o uso, que corresponde então à razão: assim o uso é o mestre da língua *falada*. Pode acontecer que aquilo que hoje se chama um livro, posteriormente se denomine uma árvore; que verde signifique um dia a cor vermelha e vermelho, a cor verde, porque nada existe na natureza ou na razão que determine ser um objeto designado preferentemente por um som do que por outro: o uso que determina essas variações não é vicioso, já que não é inconseqüente, embora seja de fato inconstante. O mesmo, porém, não ocorre com a escrita: enquanto uma convenção existe, ela deve ser observada. O uso deve ser conseqüente no emprego de um sinal, cujo estabelecimento foi arbitrário; é inconseqüente e contraditório, quando confere a caracteres assemelhados um valor diferente daquele que lhe foi conferido, conservando contudo a mesma denominação, a não ser que se trate de uma combinação necessária de caracteres, a fim de representar um, que se assinala. Por exemplo, junta-se um *e* a um *u* para transcrever o som *eu* em *feu* ("fogo"); um *o* a um *u* para representar o som *ou*, em *cou* ("pescoço"). Nessas vogais *eu* e *ou*, não tendo caracteres próprios, a combinação que se faz de duas letras forma então um só signo. Pode-se dizer, porém, que o uso é vicioso, sempre que se fazem combinações inúteis de letras que perdem seu som para expressar sons que têm caracteres próprios. Por exemplo, para expressar o som *è* empregam-se as combinações *ai, ei, oi, oient* nas palavras *vrai* ("verdadeiro"), *j'ai* ("eu tenho"), *connoître* ("conhecer"), *faisoient* ("faziam"). Nessa última palavra, *ai* representa apenas um *e* mudo, e as cinco letras *oient*, um *è* aberto grave. Contudo, com a ajuda dos acentos, temos todos os *e* que nos são necessários sem recorrer a falsas combinações. Pode-se, portanto, tentar corrigir o uso, gradualmente pelo menos, não atacando de frente, embora a razão tivesse esse direito; mas a própria razão renuncia ao exercício aberto demais desse direito, porque, em matéria de uso, só se chega ao êxito por meio de cautela. Precisa-se mais de cuidados que de menosprezo para com os preconceitos que se quer sanar.

Somente o corpo de uma nação tem direito sobre a língua *falada*, e os escritores têm direito sobre a língua *escrita*. "O povo – dizia Varrão – não é o dono da escrita como o é da palavra."

De fato, os escritores têm o direito, ou melhor, têm a obrigação de corrigir aquilo que estragaram. Uma verdadeira ostentação de erudição perturbou a ortografia: entendidos e não filósofos a alteraram; o povo não teve nenhuma participação nisso. A ortografia das mulheres, que os entendidos consideram tão ridícula, é, de vários pontos de vista, bem mais razoável que a deles. Há quem queira aprender a ortografia dos entendidos; seria bem melhor que os entendidos adotassem uma parte da das mulheres, corrigindo o que uma semi-educação tenha infiltrado de defeituoso, isto é, de erudito. Para conhecer quem deve decidir sobre um uso, é preciso ver quem é seu autor.

É o conjunto de um povo que faz uma língua, e isso pela convergência de uma infinidade de necessidade, de idéias e de causas físicas e morais, variadas e combinadas no decurso de séculos, sem que seja possível reconhecer a época das alterações, das mudanças ou dos progressos. Muitas vezes decide o capricho, outras vezes intervém a mais sutil metafísica, que escapa à reflexão e ao conhecimento até mesmo daqueles que são seus autores. Um povo é, portanto, o dono absoluto da língua *falada*, e é um poder que ele exerce sem perceber.

A escrita (refiro-me à dos sons) não nasceu, como a língua, através de uma progressão lenta e insensível: existiu muitos séculos antes de nascer; mas nasceu de repente, como a luz. Vejamos sumariamente a ordem de nossos conhecimentos nessa matéria.

Tendo os homens percebido a ocasião de comunicar entre si as idéias quando ausentes, não conseguiram imaginar nada melhor do que pintar os objetos. Aí está – como se diz – a origem da escrita figurativa. Mas, além de não ser provável que, nessa fase da infância do espírito, as artes estivessem suficientemente aperfeiçoadas para que se estivesse em condições de pintar os objetos a ponto de torná-los reconhecíveis, mesmo se se limitasse a pintar uma parte pelo todo, não se teria avançado muito. É impossível falar dos objetos mais materiais sem acrescentar idéias que não são suscetíveis de imagens e que só têm existência no espírito: ainda que fosse apenas a afirmação ou a negação daquilo que se queria afirmar ou negar de um sujeito. Foi preciso, portanto, inventar sinais que, por uma relação estabelecida, se ligassem a essas idéias. Assim era a escrita hieroglífica, que se ligou à escrita figurativa, embora essa não tenha podido existir senão em projeto, para dar origem à outra. Reconheceu-se logo que, se os hieroglifos eram necessários para as idéias intelectuais, era também mais fácil e mais simples empregar sinais convencionais para designar os objetos materiais: e, quando houvesse alguma relação de figura entre o sinal hieroglífico e o objeto que representa, não poderia ser considerado como figurativo. Por exemplo, não há um caráter astronômico que possa manifestar por si mesmo a idéia do objeto de que traz o nome, embora em alguns se tenha simulado um pouco de imitação. Trata-se de hieroglifos puros.

A escrita hieroglífica está estabelecida, mas com certeza muito limitada em seu uso e ao alcance de um número muito reduzido de pessoas. Cada dia, a necessidade de comunicar uma nova idéia ou uma nova relação de idéias exigia um novo sinal: situação que não tinha limites; foi preciso uma longa sucessão de séculos, antes que se estivesse em condições de comunicar as idéias mais comuns. Assim é hoje a escrita dos Chineses, que corresponde às idéias e não aos sons, assim são entre nós os sinais algébricos e os algarismos arábicos.

A escrita se encontrava nesse estágio e não tinha a menor relação com a escrita atual, quando um gênio feliz e profundo sentiu que o discurso, embora podendo ser algo variado e extenso quanto às idéias, se compõe de fato de um número bastante pequeno de sons e que se tratava apenas de lhes dar a cada um um caráter representativo.

Refletindo sobre isso, ver-se-á que essa arte, uma vez concebida, teve de ser constituída quase ao mesmo tempo; nisso avulta a glória do inventor. De fato, tendo tido a perspicácia de perceber que as palavras de uma língua podiam ser decompostas e que se podia distinguir todos os sons com os quais as palavras são formadas, foi possível logo enumerá-los. Era bem mais fácil contar todos os sons de uma língua do que descobrir que eles podiam ser contados. Um é um golpe de genialidade, o outro, um mero resultado da atenção. Talvez nunca tenha existido alfabeto mais completo que o do inventor da escrita. É verossímil que, se não houvesse então tantos caracteres quantos nos seriam hoje necessários, a língua do inventor não necessitava de outros mais. Portanto, a ortografia só foi perfeita no nascimento da escrita; começou a ser alterada quando, para novos sons ou notados posteriormente, foram feitas combinações entre os caracteres conhecidos em vez de se buscarem outros; nada, porém, era fixo, quando se fizeram combinações de caracteres comuns inúteis, empregos diferentes e, por conseqüência, viciosos para sons que dispunham de caracteres próprios. Essa é a fonte da corrupção da ortografia. Eis o que torna hoje a arte da leitura tão difícil que, caso não se aprendesse rotineiramente na infância, idade em que as inconseqüências do método comum ainda não se fazem sentir, haveria muita dificuldade em aprendê-la em idade mais avançada; a dificuldade seria tanto maior quanto mais aguçado se tivesse o espírito. Todo aquele que sabe ler, conhece a mais difícil das artes, caso a tenha aprendido pelo método comum.

Embora haja muito de real no breve quadro que acabei de traçar, considero-o contudo apenas uma conjetura filosófica. A arte da escrita dos sons, tanto mais admirável quanto sua prática é fácil, encontrou oposição entre os sábios do Egito, entre os sacerdotes pagãos. Os que devem sua consideração às trevas que envolvem sua nulidade, receiam apresentar seus mistérios em plena luz; preferem ser respeitados a entendidos, porque, se fossem compreendidos, provavelmente não seriam respeitados. Os homens de capacidade descobrem, inventam e publicam; fazem as descobertas e não têm segredos; os medíocres e interesseiros fazem mistérios. Contudo, o interesse geral fez prevalecer a escrita dos sons. Essa arte serve, da mesma forma, para confundir a mentira e manifestar a verdade; se foi por vezes perigosa, foi pelo menos também o arsenal das armas contra o erro, o arsenal da religião e das leis.

Determinados todos os sons de uma língua, o mais vantajoso seria que cada som tivesse seu caráter que não pudesse ser empregado senão para o som para o qual tivesse sido destinado e nunca de modo inútil. Talvez não exista nenhuma língua que tenha essa vantagem; as duas línguas, cujos livros são mais pesquisados, o francês e o inglês, são aquelas cuja ortografia é mais viciosa.

Talvez não fosse tão difícil como se imagina fazer o público adotar um alfabeto regular e completo; haveria muito pouca coisa a introduzir nos caracteres, quando lhes forem fixados o valor e o emprego. A objeção da pretensa dificuldade que haveria na leitura de livros antigos é uma ilusão: nós os lemos, embora haja tanta distância entre a ortografia deles e a nossa, como da nossa a uma outra que fosse mais racional. 1º Todos os livros de uso se reimprimem continuamente. 2º Não haveria inovação nos livros escritos nas línguas mortas. 3º Aqueles cuja profissão obriga a ler os livros antigos dentro de pouco tempo se sentiriam à vontade.

Objeta-se ainda que nem um imperador teve autoridade para introduzir um caráter novo (o *digamma* ou o *v* consoante). Isso prova apenas que cada um deve se restringir à sua especialidade.

Escritores como Cícero, Virgílio, Horácio, Tácito etc. teriam tido mais força nessa matéria do que um imperador. Aliás, o que era então impossível não o será hoje em dia. Antes da invenção da imprensa, como se poderia estabelecer uma lei no campo da ortografia? Não se podia ir obrigando a isso particularmente a todos os que escreviam.

Entretanto, Chilpéric[1] foi mais feliz ou mais hábil que Claude[2], pois introduziu quatro letras no alfabeto francês. É verdade que ele não deve ter tido muitas contradições a enfrentar numa nação totalmente guerreira, em que talvez apenas os ligados ao governo soubessem ler e escrever.

Tudo indica que, se a reforma do alfabeto, em vez de ser proposta por um particular, o fosse por um grupo de pessoas de letras, acabaria fazendo com que fosse adotada: a revolta dos preconceitos cederia insensivelmente à perseverança dos filósofos e à utilidade que o público logo reconheceria nela para a educação das crianças e instrução dos estrangeiros. Essa pequena parte da nação que se sente no

---

1. Chilpéric, rei franco, filho de Lothar I e Aregund, morto em 584. Cf. Gregório de Tours, *História dos Francos*, V, 44: "Ele também acrescentou certas letras ao nosso alfabeto, o *w* dos gregos, e o *ae*, *the* e *wi*, estes quatro devendo ser representados pelos caracteres ω, ψ, Z e Δ. Ele enviou instruções a todas as cidades do seu reino, dizendo que estas letras deviam ser ensinadas aos meninos na escola, e que em livros que usavam com antigos caracteres estes deviam ser apagados com pedra-pomes e substituídos pelos novos." (N. do E.)

2. Trata-se, provavelmente, do imperador Claudio I (10 a.C.-54 d.C.). (N. do E.)

direito e na posse de brincar com tudo o que é útil, serve às vezes para familiarizar o público com algo, sem influir sobre o julgamento que tem a respeito. Então a autoridade que orienta as escolas públicas poderia colaborar com a reforma, fixando um método de instrução.

Nessa matéria, os verdadeiros legisladores são as pessoas de letras. A autoridade propriamente dita não pode e não deve interferir. Por que afinal a razão não adere à moda como qualquer outra coisa? Será possível que uma nação, reconhecida como esclarecida e acusada de leviandade, nao seja constante senão em coisas despropositadas? Tal é a força da prevenção e do hábito que, quando a reforma cuja apresentação hoje se afigura ilusória for feita (porque ela será feita), não se acreditará que ela tenha podido enfrentar contradições.

Alguns zelosos partidários dos usos, que só têm como mérito a antiguidade, pretendem fazer crer que as alterações processadas na ortografia alteraram a prosódia; acontece exatamente o contrário. As mudanças verificadas na pronúncia cedo ou tarde levam a introduzi-las também na ortografia. Caso se tivesse escrito *j'avès, francès* etc. no tempo em que se pronunciava ainda *j'avois, françois* como um ditongo, se poderia crer que a ortografia tivesse ocasionado a mudança verificada na pronúncia; mas, visto que há mais de um século se pronuncia a final dessas palavras como um *è* aberto grave e que se continua a escrevê-la sempre como um ditongo, não se pode acusar disso a ortografia. Se a prosódia segue de longe a ortografia, a ortografia segue a prosódia de muito mais longe. Não nos tornamos ainda suficientemente racionais para que o preconceito se sinta no direito de nos recriminar[3].

....

3. Para que o leitor da tradução brasileira possa avaliar as modificações ortográficas do autor, optou-se pela transcrição do original. O próprio texto assinala as alterações ortográficas introduzidas.

Nesta oportunidade, creio dever prestar contas ao leitor da diferença que ele pôde notar entre a ortografia do tex-

....

Je crois devoir à cète ocasion rendre compte au lecteur de la diférence qu'il a pu remarquer entre l'ortografe du texte et cèle des remarques. J'ai suivi l'usage dans le texte, parce que je n'ai pas le droit d'y rien changer; mais dans les remarques j'ai un peu anticipé la reforme vers laquèle l'usage même tend de jour en jour. Je me suis borné au retranchement des lètres doubles qui ne se prononcent point. J'ai substitué des *f* et des *t* simples aus *ph* et aus *th*: l'usage le fera sans doute un jour par-tout, come il a déjà fait dans *fantaisie*, *fantôme*, *frénésie*, *trône*, *trésor* etc. et dans quantité d'autres mots.

Si je fais qualques autres légers changemens, c'est toujours pour raprocher les lètres de leur destination et de leur valeur.

Je n'ai pas cru devoir toucher aus fausses combinaisons de voyèles, tèles que les *ai*, *ei*, *oi* etc., pour ne pas trop éfaroucher les ieus. Je n'ai donc pas écrit *conêtre* au lieu de *conoître*, *francès* au lieu de *françois*, *jamès* au lieu *jamais*, *frèn* au lieu de *frein*, *pène* au lieu de *peine*, ce qui seroit pourtant plus naturel. La pluspart des auteurs écrivent aujourd'hui-*conaître*, *paraître*, *français*, etc.; il est vrai que c'est encore une fausse combinaison pour exprimer le son de la voyèle è, mais èle est du moins sans équivoque, puisque *ai* n'est jamais pris dans l'ortografe pour une diftongue, au lieu que *oi* est une diftongue dans *lois*, *rois*, *gaulois* etc. Ce premier pas fait d'après un illustre moderne, en amènera d'autres, tels que la supression des consones oiseuses, aussi souvent contraires que conformes à l'étimologie. Par exemple *donner*, *homme*, *honneur* avec double consone, quoique venus de *donare*, *homo*, *honor*, et quantité d'autres. C'est, dit-on, pour marquer les voyèles brèves. On a déjà vu dans les remarques sur le chapire IV, la valeur de cète raison. Les étimologistes prétendent encore qu'ils redoublent le *t*, après un *e*, pour marquer qu'il est ouvert, comme dans houle*tte*, trompe*tte* etc., ce qui ne les empèche pas d'écrire com*ète*, proph*ète* etc., sans réduplication du *t*, quoique dans ces quatre mots les e soient absolument de la même nature, ouverts et brefs. On ne finiroit pas sur les inconséquences. Qu'on parte, si l'on veut, des étimologies; mais quelque sistème d'ortografe qu'on adopte, du moins devroit-on être conséquent. Je n'ai rien changé à la manière d'écrire les nasales, quelque déraisonable que notre ortografe soit sur cet article. En efet, les nasales n'ayant point de caractères simples que en soient les signes, on a eu recours à la combinaison d'une voyèle avec *m* ou *n*; mais on auroit au moins dû employer pour chaque nasale la voyèle avec laquèle èle a le plus de raport; se servir, par exemple, de *l'an* pour l'*a* nasal. de *l'en* pour l'*e* nasal. Cète nasale se trouve trois fois dans *enten*dement, sans qu'il y en ait une seule écrite avez l'*a*, quoiqu'il fût plus simple d'écrire *antan*demant. L'*e* nasal est presque toujours écrit par *i*, *ai*, *ei*; *fin*, *pain*, *frein* etc., au lieu d'y employer un *e*, come dans l'*e* nasal de *bien*, *entretien*, *soutien* etc. Je ne manquerois pas de bones raisons

to e das observações*. No texto, segui o uso, pois não tenho o direito de mudar nada nele; mas nas observações antecipei um pouco a reforma para a qual tende o uso a cada dia. Limitei-me a eliminar as letras duplas que não se pronunciam. Substituí os *ph* e os *th* por *f* e *t* simples: certamente um dia o uso o fará em todos os casos, como já o fez em *fantasia, fantasma, frenesi, trono, tesouro* e em tantos outros.

Se faço algumas outras pequenas alterações, faço-o sempre para aproximar as letras de sua finalidade e de seu valor.

Julguei que não devia tocar nas falsas combinações de vogais, tais como *ai, ei, oi* etc., para não causar espanto demais aos olhos. Não escrevi, portanto, *conêtre* em vez de *conoître* ("conhecer"), *françès* por *françois*, *jamès* por *jamais* ("nunca"), *frèn* por *frein* ("freio"), *pène* por *peine* ("pena"), o que entretanto seria mais natural. A maioria dos autores hoje escreve *conaître, paraître, français* etc.; é verdade que se trata de uma falsa combinação para expressar o som da vogal *è*, que pelo menos não é equivocada, já que *ai* nunca é tomado como ditongo na escrita, ao passo que *oi* é um ditongo em *lois* ("leis"), *rois* ("reis"), *gaulois* ("gaulês"), e não passa de um *è* aberto grave em *conoître, paroître, François, peuple* etc. Esse primeiro passo, dado segundo um moderno ilustre, acarretará outros como a supressão das consoantes ociosas, muitas vezes tão contrárias quanto conformes à etimologia. Por exemplo, *donner, homme,*

....

pour autoriser les changemens que j'ai faits, et que je ferois encore; mais le préjugé n'admet pas la raison.

* A reforma ortográfica proposta e posta em prática por M. Duclos, não tendo ainda sido sancionada pelo uso, julgou-se não se dever adotar para suas observações outra ortografia senão aquela por ele seguida para o texto. Contudo, a própria natureza de suas observações, que perfazem seu objeto, parecendo exigir uma exceção, assinalou-se por aspas tudo quanto fosse essencial conservar com a ortografia do autor.

honneur, embora vindos de *donare* ("dar"), *homo* ("homem"), *honor* ("honra") e tantos outros. Diz-se que é para indicar as vogais breves. Nas observações sobre o Capítulo IV, já se considerou o peso desse argumento. Os etimologistas pretendem ainda redobrar o *t* depois de um *e* para indicar que é aberto, como em *houlette* ("cajado"), *trompette* ("trombeta") etc., o que não os impede de escrever *comète* ("cometa"), *prophète* ("profeta") etc., sem reduplicação do *t*, embora nessas quatro palavras os *e* sejam absolutamente da mesma natureza, abertos e breves. As incoerências são incontáveis. Que se parta, caso se queira, das etimologias; mas qualquer sistema ortográfico que se adote, ele deveria pelo menos ser coerente. Nada mudei na maneira de escrever as nasais, ainda que nossa ortografia continue a ser algo despropositada nesse ponto. Realmente, as nasais não dispõem de caracteres simples que as indiquem e por isso recorreu-se à combinação duma vogal com *m* ou *n*, mas se deveria pelo menos empregar para cada vogal a vogal com a qual está mais relacionada; usar, por exemplo, o *an* para o *a* nasal, o *en* para o *e* nasal. Contudo, usamos mais vezes o *e* do que o *a* para o *a* nasal. Essa nasal se encontra três vezes em *entendement* ("entendimento"), sem que haja uma só escrita com *a*, embora fosse mais simples escrever *antandemant*. O *e* nasal quase sempre é transcrito por *i*, *ai*, *ei*, *fin*, *pain*, *frein* etc., em vez de empregar aí um *e*, como no *e* nasal de *bien* ("bem"), *entretien* ("conversação"), *soutien* ("sustentáculo") etc. Não me faltariam argumentos para sustentar as mudanças que fiz e que ainda faria; mas o preconceito não admite o argumento.

Vários gramáticos já tentaram reformar a ortografia: embora não tenham sido seguidos em todos os pontos, a eles se devem as mudanças para melhor que foram feitas depois de certo tempo. Para fazer o mesmo, aproveitei a ocasião de uma Gramática muito apreciada, em que se observam os defeitos de nossa ortografia e em que se apontam os meios de remediá-los. Aliás, como o demonstrei, era indispensável que eu me permitisse tudo quanto a razão autorizasse; mas urge agir gradualmente: talvez venha a ter leitores que nem se apercebam daquilo que choque a outros. Contudo, na ortografia eu me permiti mais alterações do que pretendia inicialmente, mas foi apenas para indicar o objetivo para o qual se deveria tender. No presente, eu me limitaria à supressão das consoantes que não se fazem mais ouvir na pronúncia. Os partidários do uso antigo, que pretendem que a reduplicação das consoantes serve para indicar as vogais breves, se decepcionariam, lendo qualquer livro, se prestassem atenção a esse aspecto. Devo conhecer bem a ortografia do *Dicionário da Academia*, do qual fui, na qualidade de secretário, o principal editor, e não receio adiantar que ali se encontram pelo menos tantas breves sem duplicação de consoantes como com essa superfluidade. Caso se sustente esse pretenso princípio ortográfico, deve-se reconhecer que todos os dicionários o contradizem em cada página. Quem duvidar pode facilmente confirmar isso. M. du Marsais, em sua obra sobre os Tropos, suprimiu as consoantes com reduplicação ociosa e vários escritores tentaram mais ainda. Reconheço (pois nada se deve esconder) que a reformulação de nossa ortografia tem sido proposta apenas por filósofos; parece-me que esse fato não deveria de modo algum desacreditar o projeto. Poder-se-ia, quase ao mesmo tempo, limitar o caráter *x* a seu emprego de abreviação de *cs*, como em *Alexandre*, e de *gz*, como em *exil* ("exílio"), e se escreveria *heureus* ("feliz"), *fâcheus* ("deplorável"), uma vez que já se é obrigado a substituir a letra *s* nos femininos *heureuse, fâcheuse* etc.

Poder-se-ia achar estranho que eu escreva *il a u, habuit* ("ele teve"), com *u* apenas, sem *e*, mas não se escreve *il a, habet* ("ele tem") com um *a* apenas? Seria mais a propósito suprimir o *e*, como já se fez em *il a pu* ("ele pôde"), *il a vu* ("ele viu"), *il a su* ("ele soube"), tanto mais que ouvi pessoas, aliás bem instruídas, pronunciarem *il a éu*. Ademais, não pretendo transformar meu sentimento em regra; mas é preciso fazer distinção entre uma alteração sofrida pela ortografia que atrapalhava os leitores e uma reforma racional, percebida apenas pelos literatos sem que fossem atrapalhados em suas leituras.

CAPÍTULO VI

De uma nova maneira de aprender a ler facilmente em todos os tipos de língua

Este capítulo todo é excelente, não admitindo exceção ou réplica. Espanta que a autoridade de Port-Royal, sobretudo naquela época, e posteriormente confirmada pela experiência, não tenha ainda feito triunfar a razão sobre os absurdos do método corrente. Foi segundo as reflexões de Port-Royal que o *Bureau Typographique* deu às letras sua denominação mais natural: *fe, he, ke, le, me, ne, re, se, ze, ve, je* e a abreviação *cse, gze*, e não *èfe, ache, ka, èle, ème, ène, ère, esse, zède, i* e *u* consoante, *icse*. Esse método, já admitido na última edição do *Dicionário da Academia* e posto em prática nas melhores escolas, cedo ou tarde suplantará o antigo, dadas as vantagens que todos lhe reconhecerão; mas será preciso tempo, pois é racional.

SEGUNDA PARTE

ONDE SE FALA DOS PRINCÍPIOS E DAS RAZÕES SOBRE AS QUAIS SE APÓIAM AS DIVERSAS FORMAS DE SIGNIFICAÇÃO DAS PALAVRAS

CAPÍTULO I

Que o conhecimento daquilo que se passa em nosso espírito é necessário para compreender os fundamentos da Gramática; e que é disso que depende a diversidade das palavras que compõem o discurso

Os Senhores de Port-Royal, neste capítulo, estabelecem os verdadeiros fundamentos sobre os quais firmam a metafísica das línguas. Todos os gramáticos, que deles se afastaram ou que os ignoraram, incidiram no erro ou na obscuridade. M. du Marsais, tendo adotado o princípio de Port-Royal, acertou em retificar a aplicação em relação aos pontos de vista do espírito. Realmente, os Senhores de Port-Royal, depois de terem distinguido tão bem as palavras que significam *os objetos dos pensamentos* daquelas que indicam *o modo de nossos pensamentos*, não deveriam ter colocado na primeira classe o *artigo*, a *preposição* nem mesmo o *advérbio*. O artigo e a preposição pertencem à segunda; e o advérbio, contendo uma preposição e um nome, sob diferentes aspectos poderia se reportar a uma ou outra classe.

CAPÍTULO V

Dos gêneros

O estabelecimento ou a distinção dos gêneros é algo puramente arbitrário, que não se fundamenta de forma alguma na razão, não parece oferecer a menor vantagem e apresenta muitas desvantagens.

Os Gregos e os Latinos tinham três; nós temos só dois e os Ingleses não o têm nos nomes, o que perfaz uma facilidade vantajosa no aprendizado da língua; mas têm três no pronome da terceira pessoa: *he* para o masculino ("ele"), *she* para o feminino ("ela") e *it*, neutro, para todos os seres inanimados. Os gêneros são úteis, se diz, para distinguir o sexo de quem se fala; por isso se deveria limitá-los ao homem e aos animais; nesse caso, uma partícula distintiva seria suficiente; não se deveria, porém, aplicá-la de modo geral a todos os seres. Existe nisso um desatino, contra o qual apenas o hábito impede que nos revoltemos.

Com isso perdemos um tipo de variedade, que se encontraria na terminação dos adjetivos, ao passo que, passando-os para o feminino, aumentamos ainda mais o número dos *e* mudos. Mas um inconveniente ainda maior dos gêneros está em tornar uma língua muito difícil de ser aprendida. É uma ocasião contínua de erros para os estrangeiros e para muitos autóctones. Só pela memória é possível guiar-se no emprego dos gêneros, não servindo aí o raciocínio para nada. Vemos também muitos estrangeiros inteligentes e bons conhecedores de nossa sintaxe que, sem os erros de gênero, falariam de modo perfeitamente correto. É isso que os torna por vezes ridículos perante os tolos, incapazes de distinguir o que é racional daquilo que não passa de um uso arbitrário e enganoso. As pessoas cultas são as que têm mais memória nas coisas que estão na linha do raciocínio e freqüentemente menos nas demais.

Essa é uma observação meramente especulativa, porque não se trata de um abuso que se possa corrigir; parece-me, porém, que se deve fazê-la numa Gramática filosófica.

CAPÍTULO VI

Dos casos e das preposições, na medida em que é necessário delas falar para compreender alguns casos

Os casos não foram imaginados senão para indicar os diversos pontos de vista do espírito ou as diferentes relações dos objetos entre si: para que uma língua estivesse em condições de expressá-los todos através dos casos, seria preciso que as palavras tivessem tantas terminações diferentes quantas relações existem. Ora, sem dúvida nunca existiu uma língua que tivesse o número necessário dessas terminações. Aliás, seria apenas uma sobrecarga para a memória, não apresentando nenhuma vantagem que não pudesse ser conseguida de modo mais simples. A denominação desses casos foi tirada de algum de seus empregos. Temos poucos casos em francês: nomeamos o objeto de nossos pensamentos, e as relações são indicadas por preposições ou pela posição da palavra.

Vários gramáticos usaram a palavra "casos" com impropriedade. Como as primeiras Gramáticas foram feitas para o latim e o grego, nossas Gramáticas francesas foram por demais influenciadas pela sintaxe grega ou latina. Diz-se, por exemplo, que o *de* indica o genitivo, embora essa preposição expresse as relações que somente o uso lhe atribuiu, muitas vezes bem diferentes umas das outras, sem que se possa dizer que correspondem às dos casos latinos, já que há muitas circunstâncias em que os Latinos, para traduzir o sentido de nosso *de*, usavam *nominativos, acusativos, abla-*

tivos ou *adjetivos*. Exemplos: *La ville de Rome – Urbs Roma* ("A cidade de Roma"); *l'amour de Dieu*, falando daquele que nós lhe devemos; *amor erga Deum* ("amor para com Deus"); *un temple de marbre – templum de marmore* ("um templo de mármore"); *un vase d'or – vas aureum* ("um vaso de ouro").

Os casos são necessários nas línguas *transpositivas*, em que as inversões são muito freqüentes, como a grega e a latina. Nessas inversões é absolutamente necessário que os nomes, que expressam as mesmas idéias, como λόγος, λόγου, λόγῳ, λόγον, λόγε, *sermo, sermonis, sermoni, sermonem, sermone* ("discurso"), tenham terminações diferentes para dar a conhecer ao leitor e ao ouvinte as diversas relações sob as quais o objeto é encarado. O francês e as línguas que, em sua construção, seguem a ordem analítica, não necessitam de casos; não são, porém, tão favoráveis à harmonia mecânica do discurso como o latim e o grego, que podiam transpor as palavras, variar-lhe a disposição escolhendo a mais agradável ao ouvido e, por vezes, a mais conveniente à paixão. Entretanto, falta muito para que alguma língua tenha todos os casos próprios para assinalar todas as relações, o que seria quase infinito; suprem, porém, essa deficiência por preposições.

Em francês só temos casos para os pronomes pessoais: *je, me, moi, tu, te, toil, il, elle, nous, vous, eux* e os relativos *qui, que*; todos esses casos têm ainda suas colocações fixas, de modo que um não pode ser usado pelo outro. Temos também poucas inversões e tão simples que a mente capta facilmente as relações e muitas vezes encontra nisso mais elegância.

Rhode, *des Ottomans* ce redoutable écueil,
De tous ses défenseurs devenu le cercueil.
À l'injuste Athalie ils se sont tous vendus.
D'un pas majestueux, à côté de sa mère,

Le jeune Eliacin s'avance.
Comment *en un plomb vil* l'or pur s'est-il changé!
Quel sera l'ordre affreux qu'*apporte* un tel ministre.
("Rodes, dos Otomanos esse temível escolho,
De todos os seus defensores tornado o esquife
À injusta Atalie eles todos se venderam.
Com um andar majestoso, ao lado de sua mãe,
O jovem Eliacim avança.
Como em chumbo vil o ouro puro se mudou!
Qual será a ordem terrível que traz um tal ministro.")

Tudo aquilo que está grifado é transposto. Essas inversões são muito freqüentes em verso e às vezes são encontradas na prosa, mas certamente não atrapalham a mente.

Vários especialistas pretendem que as inversões latinas ou gregas prejudicavam a clareza ou, pelo menos, exigiam dos ouvintes uma penosa atenção, porque – dizem eles – o verbo regente, sendo quase sempre a última palavra da frase, dificultava a compreensão antes que ela fosse ouvida por inteiro. Mas isso é comum a todas as línguas, àquelas mesmo iguais à nossa, cuja construção segue a ordem analítica. Para que uma proposição seja compreendida, é absolutamente necessário que a memória reúna e apresente ao espírito todos os termos de uma vez. Que se tente parar na metade ou em três quartos de alguma frase qualquer de nossa língua e se verá que o sentido não será apreendido senão no momento em que o espírito apreende todos os termos. Testemunha disso são, sem multiplicar os exemplos, as últimas frases que se acabou de ler e todas quantas se quiser observar.

CAPÍTULO VII

Dos artigos

Os primeiros gramáticos nem sequer supuseram que houvesse a menor dificuldade sobre a natureza do artigo; acreditaram simplesmente que ele só servia para assinalar o gênero. Uma segunda classe de gramáticos mais esclarecidos, à frente dos quais coloco os Senhores de Port-Royal, cronologicamente pelo menos, querendo esclarecer a questão, apenas assinalaram a dificuldade sem resolvê-la. Não julguei que a matéria tenha sido aprofundada por M. du Marsais. (Veja-se a palavra *Artigo* na Enciclopédia.) O que ele disse, porém, é um excerto da filosofia que poderia não estar sendo usado por todos os leitores e talvez não tenha toda a precisão nem toda a clareza possível.

Restringindo-me aos limites mais proporcionais à extensão desta Gramática do que à da matéria, observei inicialmente que essas divisões de artigos – definidos, indefinidos, indeterminados – só se prestaram a lançar confusão sobre a natureza do artigo.

Não pretendo dizer que uma palavra não possa ser tomada num sentido indefinido, isto é, em sua significação vaga e geral; mas, já que estamos longe de ter um artigo para marcá-la, então é melhor suprimi-lo. Diz-se, por exemplo, que um homem foi tratado com honra. Como não se trata de especificar a honra particular que lhe foi atribuída, não se coloca artigo, *honra* é tomado de modo indefinido. *Com honra* quer dizer apenas *honoravelmente*; *honra* é o complemento de *tratado*. O mesmo acontece com todos os advérbios que modificam um verbo.

Só há uma espécie de artigo, que é *le* ("o") para o masculino, de que se faz *la* ("a") para o feminino e *les* ("os" ou "as") para os dois gêneros. *Le bien* ("O bem"), *la vertu* ("a virtude"), *l'injustice* ("a injustiça"); *les biens, les vertus, les injustices*. O artigo retira do nome uma significação vaga para lhe conferir uma precisa e determinada, singular ou plural.

Poder-se-ia denominar o artigo de *prenome* porque, não significando nada por si mesmo, é colocado diante de todos os nomes tomados substantivamente, a menos que haja um outro prepositivo que determine o sujeito de que se fala e exerça a função de artigo; tais são *todo, cada, algum, certo, este, teu, seu, um, dois, três* e todos os outros números cardinais. Todos esses adjetivos metafísicos determinam os nomes comuns, que podem ser considerados universal, particular, singular, coletiva ou distributivamente. *Todo homem* assinala distributivamente a universalidade dos homens; é como tomar cada um em particular. *Os homens* assinala a universalidade coletiva: o que se diz dos homens em geral considera-se como dito de cada indivíduo; é sempre uma proposição universal. *Alguns homens* assinala indivíduos particulares; é o sujeito de uma proposição particular. *O Rei* constitui o sujeito de uma oração singular. *O povo, o exército, a nação* são coleções como outros tantos indivíduos particulares.

A função do artigo é, portanto, a de determinar e individualizar o nome comum ou apelativo, do qual é prepositivo, além de substantivar os adjetivos, como *o verdadeiro, o justo, o belo* etc., que se tornam substantivos por meio do artigo. Do mesmo modo, suprime-se o artigo dos substantivos que se quer empregar como adjetivos. Exemplo: *O gramático* deve ser filósofo, sem o que ele não é *gramático*.

Como sujeito da proposição, *gramático* é substantivo; mas, como atributo, se torna adjetivo, do mesmo modo que filósofo, que, sendo substantivo por natureza, aqui é tomado como adjetivo.

Não se coloca artigo diante de nome próprio, pelo menos em francês, porque o nome próprio já marca por si mesmo um indivíduo: Sócrates, Luís, Carlos etc.

A respeito daquilo que os gramáticos dizem dos artigos indefinidos, indeterminados, partitivos, médios, com facilidade se vê que ou simplesmente não são artigos ou se trata do artigo tal como acabamos de assinalar.

Um homem me disse. Um assinala a unidade numérica, *quidam, um certo,* já que o mesmo modo de expressão era empregado pelos Latinos que não dispunham de artigo: *Forte unam aspicio adolescentulam* (Ter.) ("Por acaso vejo uma meninazinha"). *Unam* está por *quam dam. Un* em francês é apenas o que era em latim, onde se dizia *uni* e *unae* ("uns", "umas"), como em francês *les uns* ("uns").

Des não é o artigo plural indefinido de *un*; é a preposição *de* unida por contração com o artigo *les*, para significar um sentido partitivo individual. Assim *des savants m'ont dit* ("Doutos me disseram"), *des* é a mesma coisa que *certains, quelques, quelques-uns de les* ou *d'entre les savants m'ont dit. Des* não é, portanto, o nominativo plural de *un*, como afirmaram os Senhores de Port-Royal, o verdadeiro nominativo está subentendido.

Quando se diz *la justice de Dieu* ("a justiça de Deus"), *de* não é absolutamente um artigo; é uma preposição que serve para assinalar a relação de *posse* e que aqui corresponde ao genitivo dos Latinos: *justitia Dei; de* é pois uma preposição como todas as outras, que indicam diferentes relações.

Un palais de Roi ("Um palácio de Rei"): *de* aqui também não é um artigo; é uma *preposição extrativa*, que com o complemento *Rei* equivale a um adjetivo. *De Rei* quer dizer *real*: *palatium regium*. Um templo de *mármore*; de mármore equivale a um adjetivo: *templum marmoreum* ou *de marmore*. *De* nunca pode ser artigo; é sempre uma preposição que serve para marcar uma relação qualquer.

É preciso distinguir o qualificativo adjetivo de espécie ou de tipo do qualificativo individual. Exemplo: Um salão de mármore, *de mármore* é um qualificativo específico adjetivo; mas, se se disser "um salão do mármore que se mandou vir do Egito", *do mármore* é um qualificativo individual; por isso se acrescenta o artigo com a preposição.

Pelas aplicações que acabamos de fazer, vê-se que há apenas um artigo propriamente dito e que as outras partículas, que se qualificam de artigos, são de natureza totalmente diferente; há, contudo, várias palavras que exercem a função de artigos, como os números cardinais, os adjetivos possessivos, tudo enfim que determine suficientemente um objeto.

Alguns gramáticos se precaveram, advertindo que usavam o termo *artigo* para seguir a linguagem comum dos gramáticos. Quando, porém, se trata se discutir questões já sutis por si mesmas, deve-se evitar sobretudo os termos equívocos: é preciso empregar termos precisos, ainda que se deva criá-los. Os homens são exageradamente *nominais*[1]; quando o ouvido deles capta uma palavra que conhecem, crêem compreender, embora muitas vezes não compreendam nada.

Para esclarecer ainda mais a questão dos artigos, examinemos sua origem, sigamos seu uso e, por fim, comparemos-lhes as vantagens com os inconvenientes. O artigo se origina do pronome *ille* ("aquele"), que os Latinos muitas vezes empregavam para realçar o discurso: *Illa rerum do-*

---

1. Curiosa essa qualificação de "nominais" para as pessoas que captam o significante, mas não vão ao significado: ouvem mas não entendem ou julgam entender.

mina fortuna, Catonem illum sapientem (Cíc.); *Ille ego* (Virg.) ("Aquela (famosa) senhora fortuna das coisas", "aquele (célebre) sábio Catão"; "aquele (conhecido) eu").

Embora esse pronome demonstrativo e metafísico hoje corresponda mais ao nosso *ce* do que ao *le*, nosso primeiro artigo *ly* ou *li*, encontrado tão freqüentemente por *le* em Ville-Hardonin, era demonstrativo em sua origem; mas, de tanto ser usado, tornou-se apenas um pronome expletivo. *Ly*, e depois *le*, tornou-se insensivelmente o pronome inseparável de todos os substantivos, de modo que, ligando-se a um adjetivo, faz com que seja tomado substantivamente, como acabamos de ver. Os Italianos usam o artigo mesmo com nomes próprios, como o faziam também os Gregos.

Portanto não se trata mais de examinar se podemos usar ou suprimir o artigo no discurso, já que foi fixado pelo uso e, em matéria de linguagem, o uso é a lei; mas de saber, filosoficamente falando, se o artigo é necessário, ou apenas útil? Em que oportunidades ele o é? Se há ocasiões em que é absolutamente inútil para a significação e se apresenta inconvenientes?

Responderei a essas diferentes perguntas começando pela última e retrocedendo, porque a solução da primeira depende do esclarecimento das outras.

O artigo é tantas vezes repetido no discurso que deve torná-lo naturalmente um tanto tedioso; é um inconveniente, caso o artigo seja inútil: mas, por pouco que contribua para a clareza, deve sacrificar os agrados materiais de uma língua ao sentido e à precisão.

É preciso reconhecer que há muitas ocasiões em que o artigo poderia ser suprimido, sem que a clareza fosse afetada; só a força do hábito faria com que se achassem estranhas e selvagens certas frases das quais seria tirado, já que não nos impressionamos com essa supressão nos casos em que o uso a efetuou, e o discurso se afigura mais vivo e não menos claro. Tal é o poder do hábito que nos pareceria fastidiosa esta frase: *La pauvreté n'est pas un vice* ("A pobreza não é um vício") – em comparação com o torneio proverbial – *Pauvreté n'est pas vice* ("Pobreza não é vício"). Caso estivéssemos familiarizados com uma infinidade de outras frases sem artigos, nem sequer perceberíamos sua supressão. Precisamente pela ausência de artigos nos nomes e pela supressão dos pronomes pessoais junto aos verbos, quando não na função de regime, o latim dispunha de torneios tão vivos: *Vincere scis, Annibal, victoria uti nescis.* Essa frase latina sem artigo e sem preposição é mais viva que sua tradução: "*Tu* sabes vencer, Aníbal; *tu* não sabes usar *a* vitória".

Aliás, há muitas esquisitices no uso do artigo. Suprime-se diante de quase todos os nomes de cidades e usa-se diantes dos de reinos e províncias, ainda que não em todos os casos. Diz-se *l'Angle terre* com artigo, e *Je viens d'Angleterre* ("Venho da Inglaterra") sem artigo.

Se a arbitrariedade decide a respeito do emprego do artigo em muitas circunstâncias, é preciso convir que há algumas em que ela determina o sentido com uma precisão que desapareceria caso o artigo fosse suprimido. Limitar-me-ei a poucos exemplos, mas os escolherei bem diferenciados e perceptíveis, para que a aplicação que deles farei leve a demonstrar a natureza do artigo.

Exemplos: *Charles est fils de Louis* ("Carlos é filho de Luís").
Charles est un fils de Louis ("Carlos é um filho de Luís").
Charles est le fils de Louis ("Carlos é o filho de Luís").

Na primeira frase apreende-se qual é a qualidade de Carlos, mas não se vê se ele a divide com outros indivíduos.

Na segunda vejo que Carlos tem um ou vários irmãos.

E na terceira fico sabendo que Carlos é filho único.

No primeiro exemplo, *filho* é um adjetivo que pode ser comum a vários indivíduos[2]: pois tudo o que qualifica um sujeito é adjetivo.

No segundo, *um* é um adjetivo numérico que supõe pluralidade, em que a palavra *filho* determina a espécie.

No terceiro, o *filho* designa um indivíduo singular. No segundo exemplo há *unidade*, que marca um número qualquer; e no terceiro, *unicidade* que exclui a pluralidade.

Exemplos: *Êtes-vous reine?* ("Sois rainha?")
Êtes-vous une reine? ("Sois uma rainha?")
Êtes-vous la reine? ("Sois a rainha?")

Nas duas primeiras interrogações, *rainha* é adjetivo; a única diferença é que a primeira faz supor pluralidade de indivíduos, o que a segunda expressamente enuncia. Na terceira, *rainha* é um substantivo individual, que exclui qualquer outro indivíduo específico rainha no lugar em que se fala.

Exemplos: *Le riche Luculle* ("O rico Lúculo").
Luculle le riche ("Lúculo, o rico").

No primeiro exemplo, entendo que Lúculo é qualificado de rico. O nome próprio substantivo *Lúculo* e o adjetivo *rico* não marcam, pela relação de identidade, senão um só e mesmo indivíduo.

No segundo, o adjetivo *rico*, não tendo artigo como prepositivo, torna-se um substantivo individual e o nome próprio *Lúculo* deixa de sê-lo; torna-se um nome apelativo específico, que indica haver mais de um *Lúculo*. *Lúculo, o rico*, é como o rico entre os *Lúculos*.

As palavras que Satanás dirigiu a Jesus Cristo: *Si filius es Dei*, podem ser traduzidas em francês (e em português), de modo igualmente correto, pelas seguintes: *Se tu és filho*

---

2. Não se afirma que "filho" seja adjetivo; estando em função predicativa, que é própria do adjetivo, levou o autor a afirmar que "filho" é adjetivo, no caso.

de Deus ou *Se tu és o filho de Deus*, porque, não tendo o latim qualquer artigo, a frase pode aqui apresentar os dois sentidos. Isso não aconteceria numa tradução feita a partir do grego, que tem o artigo, do qual fazia o mesmo uso que nós*. Conseqüentemente, os versículos 3 e 6 do Capítulo IV de S. Mateus e o versículo 3 do Capítulo IV de S. Lucas deveriam ser traduzidos: *Se tu és filho de Deus*; mas o versículo 9 de S. Lucas deve ser traduzido: *Se tu és o filho de Deus*, visto que nesse versículo o artigo precede o nome, ὁ υἱόσ, o filho, que corresponde ao *Unigenitus* na pergunta de Satanás.

Certo é que, nas frases que acabamos de considerar, o artigo é necessário e confere precisão ao discurso. Não se deve, contudo, imaginar que os Latinos sentissem grande dificuldade em transmitir essas idéias com clareza e sem artigo. Nesses casos, talvez sua frase tivesse sido um pouco mais longa que a nossa; mas em grande número de outras quanta concisão não têm eles mais que nós sem ter menos clareza!

Diz-se que os Latinos se viram obrigados a enunciar por uma frase geral as três seguintes: *Donnez-moi le pain*; *donnezmoi un pain*; *donnez-moi du pain*. Entretanto, não poderiam ter dito: *Da mihi istum panem, unum panem, de pane?* ("Dá-me este pão, um pão, do pão"). Quando diziam apenas *Da mihi panem*, as circunstâncias determinavam convenientemente o sentido, como apenas o lugar ou tal outra circunstância determina Luís XV, quando dizemos *o Rei*.

Não que eu considere nossa língua inferior a qualquer outra, morta ou viva. Caso se queira que o latim seja mais adequado à eloqüência pela vivacidade das elipses e pela variedade das inversões, o francês seria mais adequado à filosofia pela ordem e simplicidade de sua sintaxe. Os tor-

....

* V. o *Mét. de P.-Royal* e *Le traité de la conformité du langage français avec le grec*, de Henri Etienne.

neios poderiam por vezes ser eloqüentes à custa de uma certa precisão. O *mais-ou-menos* seria suficiente na eloqüência e na poesia, desde que aí houvesse calor e imagens, já que se trata mais de tocar, emocionar e persuadir do que de demonstrar e convencer; mas a filosofia requer precisão.

Contudo, as línguas dos povos policiados pelas letras, pelas ciências e pelas artes têm suas respectivas vantagens em todos os campos. Se é verdade que não existe tradução exata que iguale o original, é porque não existem línguas *paralelas*, mesmo entre as modernas. Permitam-me seguir com a figura. Trata-se de alinhar, numa tradução, uma língua moderna com uma antiga; a cada passo o tradutor encontra ângulos que não têm correspondência. Conclui-se que a língua mais adequada é aquela em que se pensa e se sente melhor. A excelência de uma língua poderia muito bem estar na superioridade daqueles que sabem empregá-la. A vantagem mais real provém da riqueza, da abundância de termos, enfim, do número dos signos de idéias: desse modo, esta questão seria apenas uma questão de cálculo.

De tudo isso que se disse do artigo, pode-se concluir que ele muito freqüentemente contribui para a precisão, embora haja casos em que não passa de uma necessidade de uso; sem dúvida, foi esse aspecto que levou Jules Scalinger a dizer, um pouco levianamente, ao falar do artigo: *otiosum loquacissimae gentis instrumentum* ("instrumento inútil de pessoas muito loquazes").

Terminarei essa parte referente ao artigo com o exame duma questão sobre a qual a Academia tem sido muitas vezes consultada; trata-se do *pronome substituto le e la*, que distingo bem do artigo[3]. Pergunta-se a uma mulher:

---

3. "Pronome substituto" é sem dúvida uma expressão redundante, criada para ser aplicada no caso específico em que o pronome oblíquo deve apresentar variações de concordâncias, conforme gênero e número do termo que substitui. Em última análise, trata-se de um problema semântico.

Êtes-vous mariée? ("A senhora é casada?"). Ela deve responder: *Je le sui* ("Eu o sou") e não *Je la suis* ("Eu a sou"). Se a pergunta é feita a várias, a resposta ainda é: *Nous le sommes* ("Nós o somos") e não *Nous les sommes* ("Nós os somos"). Se, porém, a pergunta for dirigida a uma mulher entre várias outras, inquirindo-a: *Êtes-vous la mariée? la nouveller mariée?* ("A senhora é a casada? a recém-casada?") – a resposta seria *Je la suis* ("Eu a sou"); *Êtes-vous nouvellement mariée?* ("A senhora é recém-casada?"). *Je le suis* ("Eu o sou"). O pronome substituto *le* corresponde a toda frase semelhante por mais extensa que seja. Exemplo: Durante muito tempo se acreditou que a subida da água nas bombas provinha da aversão ao vazio: *on ne le croit plus* ("não se acredita mais nisso"). O *le* substitui toda a proposição, sendo por isso denominado pronome *substituto*.

Tal é a regra fixa; que eu saiba, ninguém ainda a fundamentou num princípio: ei-lo. Sempre que se tratar de um adjetivo, seja masculino, seja feminino, singular ou plural, ou duma proposição resumida por elipse, *le* é um pronome de qualquer gênero e qualquer número. Caso se trate de substantivos, responde-se por *le, la, les*, segundo o gênero e o número. Exemplo: *Vous avez vu le prince, je le verrai aussi* ("Vistes o príncipe, eu também o verei"), *je verrai lui* ("verei a ele"); *la princesse, je la verrai, je verrai elle* ("a princesa, eu a verei, eu verei ela"); *les ministres, je les verrai, je verrai eux* ("os ministros, eu os verei, eu verei a eles"). Empregam-se aqui os artigos, que exercem então a função de pronome e realmente se tornam então pronomes pela supressão dos substantivos; caso, porém, se repitam os substantivos, *le, la, les* voltarão a ser artigos. Portanto, tudo está nessa regra sobre esses pronomes para distinguir os substantivos, os adjetivos e as elipses.

Perguntam gramáticos por que, na seguinte frase *Je n'ai point vu la pièce nouvelle, mais je la verrai* ("Não vi a nova peça, mas a verei"), os dois *la* não seriam da mesma natureza? Responderei que não podem ser. O primeiro *la* é o artigo e o segundo é um pronome, embora tenham a mesma origem. Na verdade são dois homônimos, como *mur, murus* ("muro") e *mûr, maturus* ("maduro"), um dos quais é substantivo e o outro, adjetivo. O material de uma palavra não determina sua natureza e, apesar da igualdade de som e de ortografia, os dois *la* não se assemelham mais do que um homem maduro e uma muralha. Em relação à origem, também não resolve nada. *Maturitas* ("maturidade"), mesmo provindo de *maturus*, não deixa de ser diferente. Talvez se diga aqui que se trata de uma simples disputa de palavras: concordo, mas em fatos de gramática e de filosofia um problema de palavras é um problema de coisas.

CAPÍTULO VIII

Dos pronomes

Os gramáticos ainda não distinguiram suficientemente bem a natureza dos pronomes, que foram inventados para substituir os nomes, evocar-lhes a idéia e evitar sua repetição freqüente demais. *Mon, ton, son* ("meu", "teu", "seu") não são pronomes, pois não são colocados no lugar de nomes, mas junto com os próprios nomes. São adjetivos que se pode chamar de *possessivos* quanto à significação, e pronominais quanto à origem. *Le mien, le tien, le sien* ("o meu", "o teu", "o seu") parecem ser verdadeiros pronomes. Exemplo: *Je défends son ami, qu'il défende le mien* ("Eu defendo seu amigo, que ele defenda o meu"); *amigo* está subentendido quando se fala *o meu*. Se o substantivo estivesse expresso, *mien* se tornaria então adjetivo possessivo, segundo o linguajar antigo, *un mien ami*; quando, porém, o substantivo *amigo* é suprimido, *mien*, precedido pelo artigo, é tomado substantivamente e pode ser considerado pronome. Admitindo-se esse princípio, *notre* e *votre* ("nosso" e "vosso") serão adjetivos ou pronomes conforme seu emprego. Como adjetivos, são colocados sempre com e diante do nome, são dos dois gêneros quanto à coisa possuída, assinalam pluralidade em relação aos possuidores e a primeira sílaba é breve. *Notre bien, notre patrie; votre pays, votre nation* ("Nosso bem, nossa pátria; vosso país, vossa nação"), falando a vários. Suprimindo-se o substantivo, *notre* e *votre* assumem o artigo que indica o gênero, tornam-se pronomes e a primeira sílaba é longa. Exemplo: *Voici notre emploi et le votre; notre place et la votre* ("Aqui está nosso emprego e o vosso; nosso lugar e o vosso"). Como adjetivos, têm no plural as formas *nos* e *vos*, que são dos dois gêneros; *nos biens, vos richesses* ("nossos bens", "vossas riquezas"). Como pronomes, *notre* e *votre* no plural são precedidos pelo artigo *les*, dos dois gêneros. Exemplo: *Voici nos droits, voilà les votres; voici nos raisons, voyons les votres* ("Aqui estão nossos direitos e lá os vossos; eis nossas razões, vejamos as vossas"). Caso se enunciassem os substantivos nos últimos membros das duas frases, os pronomes voltariam a ser adjetivos, segundo o uso antigo, *les droits notres*.

Leur ("deles") pode ser considerado sob três aspectos. Como pronome pessoal do plural de *lui* ("dele"), significa *à eux, à elles* ("a eles", "a elas"), e não se escreve nem se pronuncia *leus* com *s*. Exemplo: *Ils ou elles m'ont écrit, je leur ai répondu* ("Eles ou elas me escreveram, eu lhes respondi").

Como adjetivo possessivo, *leur* se emprega no singular e no plural: *leur bien, leurs biens*.

Como pronome possessivo, *leur* se emprega no singular e no plural: *leur bien, leurs biens*.

Como pronome possessivo, é precedido pelo artigo e susceptível de gênero e de número: *le leur, la leur, les leurs*.

Somente o uso pode determinar o emprego das palavras, mas os gramáticos estão obrigados a uma maior precisão. Deve-se definir e qualificar as palavras de acordo com seu valor e não segundo seu som material. Se é preciso evitar as divisões inúteis, que sobrecarregam a memória sem esclarecer a mente, pelo menos não se deve confundir tipos diferentes. Entre as palavras de uma língua, é importante distinguir as que indicam substâncias reais ou abstratas, os verdadeiros pronomes, os qualificativos, os adjetivos físicos ou metafísicos; as palavras que, sem fornecer alguma noção precisa de substância ou de modo, não passam de uma designação, uma indicação, e despertam apenas uma idéia de existência, tais como *celui, celle, ceci, cela* etc. ("este", "esta", "isso", "aquilo"), que somente as circunstâncias determinam e são apenas termos metafísicos, próprios para assinalar simples conceitos e as diferentes perspectivas do espírito.

Podem os gramáticos dispor de diferentes sistemas sobre a natureza e o número dos pronomes. Filosoficamente falando, talvez não haja pronomes verdadeiros senão o da terceira pessoa, *il, elle, eux, elles*; pois o da primeira pessoa assinala unicamente a que fala e o da segunda aquela a quem se fala; indicação bastante supérflua, já que é impossível não se aperceber disso. O latim e o grego raramente os usavam e nem por isso eram menos compreendidos, ao passo que o pronome da terceira pessoa é absolutamente necessário em todas as línguas, sem o qual haveria necessidade de uma repetição insuportável do nome. Mas hoje não se trata mais de mudar a nomenclatura: empreitada inútil, talvez impossível e cujo êxito não traria nenhuma vantagem para a arte de escrever.

CAPÍTULO X

Exame de uma regra da língua francesa que é: não se deve colocar o relativo depois de um nome sem artigo

Vaugelas, tendo feito a observação de que se trata aqui, teria encontrado a razão dela, caso a tivesse procurado. Os Senhores de Port-Royal, ao quererem dá-la, não o fizeram com bastante precisão: a falha provém do fato de que a palavra *determinar* não foi definida. Sentiram que não queriam dizer *restringir*, já que o artigo se emprega igualmente com um nome comum, tomado universal, particular ou singularmente: o homem, os homens; entretanto, servem-se do termo *extensão*, que supõe *restrição*.

Determinar, falando-se do artigo em relação ao nome apelativo, geral ou comum, significa fazer tomar esse nome substantiva e individualizadamente. Ora, tendo o uso aposto o artigo a todos esses substantivos individualizados, para que um substantivo seja considerado adjetivamente em uma proposição, só resta suprimir o artigo, sem nada pôr para substituí-lo.

Exemplos: *O homem é animal.*
O homem é racional.

Animal, substantivamente por si mesmo, por não ter artigo, é tomado também adjetivamente na primeira proposição, da mesma forma que racional na segunda.

Pelo mesmo motivo, um adjetivo é tornado substantivo caso se lhe aponha um artigo. Por exemplo: *O pobre em sua choupana*; *pobre*, por meio do artigo, é tomado substantivamente nesse verso.

O relativo deve sempre lembrar a idéia de uma pessoa ou de uma coisa, de um ou vários indivíduos, *o homem que, os homens que* e não a idéia de um modo, de um atributo, que não tem existência própria. Ora, todos os substantivos reais ou metafísicos devem ter, para serem tomados substantivamente, um artigo ou algum outro prepositivo, como *todo, cada, algum, este, meu, teu, seu, um, dois, três* etc., que não se apõem senão a substantivos. Portanto, o relativo nunca pode ser colocado senão depois de um nome que tenha artigo ou algum outro prepositivo. Eis aí todo o segredo da regra de Vaugelas.

CAPÍTULO XI

Das preposições

Uma preposição não indica somente relações diferentes, o que já denota uma falha numa língua, mas marca relações opostas, o que parece um vício mas é também uma vantagem. Se cada relação de uma idéia com uma outra tivesse sua preposição, o número delas seria infinito, sem que daí resultasse precisão maior. O que importa se a clareza provenha apenas da preposição ou de sua união com os outros termos da proposição? O que importa é que o espírito reúna, ao mesmo tempo, todos os termos de uma proposição para concebê-la. Só a preposição não é suficiente para determinar as relações; ela serve então para unir os dois termos: e a relação entre eles é assinalada pela inteligência, pelo sentido total da frase.

Nas duas frases seguintes, por exemplo, nas quais o sentido é oposto – *Louis a donné à Charles*; *Louis a ôté à Charles* ("Luís deu a Carlos; Luís tirou de Carlos"), a preposição *à* liga os dois termos da proposição; a verdadeira relação, porém, quanto à compreensão da frase, não é assinalada pelo *à* e sim pelo sentido total.

Sobre as relações que são diferentes sem serem opostas, quantas delas têm a preposição *de*!

1º Serve para formar qualificativos adjetivos: *une étoffe d'écarlate* ("um tecido de escarlate"). 2º *De* é partícula extrativa: *du pain, pars aliqua panis* ("do pão", "alguma parte do pão"). 3º *De* indica relação de posse: *le livre de Charles* ("o livro de Carlos"). 4º *De* se usa por *durante*: de dia, de noite. 5º Por *a respeito de*, sobre: falemos desse caso. 6º Por *à cause: Je suis charmé de sa fortune* ("Fiquei encantado com sua fortuna"). 7º *De* serve para formar advérbios: *de dessein prémédité* ("premeditadamente").

Inútil estender-se mais sobre o uso das preposições, que o leitor pode facilmente aplicar.

CAPÍTULO XII

Dos advérbios

Não se deve dizer *a maior parte dessas partículas*: os advérbios não são partículas, embora haja partículas que são advérbios, e *a maior parte* não diz o bastante. Toda palavra que pode ser enunciada por uma preposição e um nome é um advérbio e todo advérbio pode ser enunciado desse modo: constantemente – com constância; vai-se lá – vai-se àquele lugar.

Partícula é um termo vago, empregado de modo bastante abusivo nas Gramáticas. Afirma-se que é o que há de mais difícil nas línguas. Sim, sem dúvida, para os que não querem ou não podem definir as palavras por sua natureza e se contentam com encerrar coisas de natureza muito diferente em uma mesma denominação. *Partícula* significa apenas parte pequena, um monossílabo, e não há parte da oração à qual não se possa aplicá-la alguma vez. Os Senhores de Port-Royal mais que ninguém estavam em condições de fazer todas as distinções possíveis, mas em algumas ocasiões se sujeitaram à fraqueza dos gramáticos de seu tempo, e até no nosso ainda há alguns que precisam ter cautela semelhante.

CAPÍTULO XVI

Dos diversos modos ou maneiras do verbo

Já que se multiplicaram os tempos e os modos dos verbos para obter mais precisão no discurso, eu me permitirei uma observação, que não se encontra em nenhuma Gramática, sobre a distinção que se deveria fazer e que poucos escritores fazem entre o tempo contínuo e o tempo passageiro, sempre que uma ação depende de outra. Há casos em que o tempo presente seria preferível ao imperfeito que comumente se emprega. Vou fazer com que me entendam por exemplos. *On m'a dit que le roi était parti pour Fontainebleau* ("Disseram-se que o rei havia partido para Fontainebleau"). A frase é correta, visto que *partir* expressa uma ação passageira. Creio, porém, que falando de uma verdade não seria expressar-se com bastante justeza, se se dissesse: *J'ai fait voir que Dieu était bon; que les trois angles d'un triangle étaient égaux à deux droits* ("Demonstrei que Deus *era* bom"; "que os três ângulos de um triângulo *eram* iguais a dois retos"); seria necessário dizer "que Deus é" etc., que "os três ângulos são" etc., porque essas proposições são verdades perenes e independentes do tempo.

Emprega-se também o mais-que-perfeito, embora o imperfeito fosse mais conveniente por vezes depois da conjunção *se*. Exemplo: *Je vous aurais salué si je vous avais vu* ("Eu vos teria saudado se vos tivesse visto"). A frase está correta, porque se trata de uma ação passageira; mas quem mantivesse os olhos bastante baixos de modo a não reconhecer os transeuntes, diria naturalmente *si je voyais* e não *si j'avais vu*, visto que seu estado habitual é de não ver. Assim, não se deveria dizer: *Il n'aurait pas souffert cet affront, s'il avait été sensible* ("Ele não teria sofrido essa afronta, se tivesse sido sensível"); é preciso dizer *s'il était*, uma vez que a sensibilidade é uma qualidade permanente.

CAPÍTULO XVII

Do infinitivo

Os que escreveram Gramáticas latinas criaram gratuitamente muitas dificuldades em relação ao *que suprimido*[1]; bastaria distinguir os idiotismos, a diferença entre um latinismo e um galicismo.

Os Latinos não conheciam a regra do *que suprimido*; mas como empregavam um nominativo como elemento dos modos finitos, serviam-se do acusativo como elemento do modo indefinido: quando colocavam um nominativo, faziam-no à imitação dos Gregos, que usavam indiferentemente os dois casos.

Além da propriedade que o infinitivo tem de ligar uma proposição à outra, observe-se que o sentido expresso por um acusativo e um infinitivo pode ser o sujeito ou o termo da ação de uma proposição principal. Nesta frase: *magna ars non apparere artem* – o infinitivo e o acusativo são o sujeito e a proposição. *Impedir a arte de aparecer é uma grande arte.*

Nesta outra frase, o termo da ação de um verbo ativo é expresso pelo sentido total de um acusativo e de um infini-

....

1. O latim não dispunha de conjunções integrantes, por isso não conhecia esse "que suprimido". Na construção sintática denominada "acusativo com infinitivo" não entravam conjunções; as subordinadas infinitivas românticas são herança desse tipo de construção, só não encontrada no romeno.

tivo: *Credo tuos ad te scripsisse.* Literalmente, *eu creio os teus te terem escrito*; e no torneio francês: *Je crois que vos amis vous ont écrit* ("Eu creio que vossos amigos vos escreveram").

O infinitivo no lugar do *que* não é raro em francês e por vezes muito elegante. Diz-se de preferência *Il prétend réussir dans son entreprise* ("Ele espera ter êxito em seu empreendimento") a *il prétend qu'il réussira* etc.

CAPÍTULO XXI

Dos gerundivos e dos supinos

Tendo o gerundivo francês a forma e a terminação semelhante à do particípio ativo, vários gramáticos estão divididos, de modo que uns admitem particípios onde outros reconhecem apenas gerundivos. Contudo, por semelhantes que sejam quanto à forma, são de natureza diferente, já que têm um sentido diferente, embora possam às vezes ser empregados um pelo outro.

O particípio ativo, em *-ant*, na verdade é indeclinável no uso atual, fato que leva a confundi-lo com o gerundivo; antigamente, porém, era suscetível de gênero e número, como se pode comprová-lo facilmente em algumas fórmulas de estilo. Exemplo: *Les genes tenants notre cour de parlement* ("As pessoas ocupantes nossa casa de parlamento"); *la rendante compte* ("a prestante contas") etc.

Para distinguir o gerundivo do particípio, é preciso observar que o gerundivo indica sempre uma ação passageira, o modo, o meio, o tempo de uma ação subordinada a uma outra.

Exemplo: *En riant on dit la vérité* ("Rindo se diz a verdade"). *Rindo* é a ação passageira e o meio da ação principal de dizer a verdade. *Je l'ai vu en passant* ("Passando, eu o vi"). *Passando* é uma circunstância de tempo, isto é, *quando eu passava.*

O particípio marca a causa da ação ou o estado da coisa. Exemplo: *Les courtisans, préférant leur avantage parti-*

culier au bien général, ne donnent que des conseils intéressés ("Os cortesãos, preferindo suas vantagens particulares ao bem comum, dão somente conselhos interesseiros"). *Preferindo* indica a causa da ação e o estado habitual da coisa de que se fala.

Há muitos casos em que o gerundivo e o particípio podem ser tomados indiferentemente um pelo outro. Exemplo: *Les hommes, jugeant sur l'apparence, sont sujts à se tromper* ("Os homens, julgando pelas aparências, estão sujeitos a se enganar"). É indiferente entender-se, nessa proposição, os homens *en jugeant* ou *qui jugent* ("que julgam") pelas aparências, se não se tiver o desígnio ou a necessidade de distinguir uma precipitação passageira de julgamento de uma leviandade habitual da parte dos homens que julgam pelas aparências. Há, porém, casos em que se deve usar a preposição *en* ou o pronome *qui*, caso se pretenda evitar a ambigüidade. Exemplo: *Je l'ai rencontré allant à la campagne* ("Eu o encontrei indo para o campo"). *Allant* não indica com suficiente clareza se é quem encontrou ou quem foi encontrado que ia para o campo. Em relação ao primeiro, *allant* é gerundivo e é particípio em relação ao segundo.

Os gerundivos, exceto *ayant* e *étant* ("tendo" e "sendo"), podem sempre receber a preposição *en*. O particípio se desdobra com o pronome *qui*.

Em francês, devemos distinguir *o gerundivo, o particípio* e *o adjetivo verbal*. A diferença entre o adjetivo verbal de um lado e o gerundivo e o particípio de outro provêm do fato de que esses assinalam uma ação ao passo que o adjetivo verbal só qualifica.

Exemplos: *Par ses attentions, et obligeant dans toutes les occasions qu'il peut trouver, il doit se faire des amis* ("Por suas atenções, e obsequiando em todas as ocasiões que pode encontrar, ele deve fazer amigos"). *Généreuse, et obligeant tous ceux qui sont dans le besoin, elle mérite les plus grands éloges* ("Generosa, e obsequiando todos quantos se encontram em necessidade, ela merece os maiores elogios"). *C'est un homme obligeant* ("É um homem obsequioso").

No primeiro exemplo, trata-se de um gerundivo, no segundo, de um particípio e no terceiro, de um adjetivo verbal.

A respeito do supino, caso queiramos reconhecê-lo em francês, creio que é o particípio passivo indeclinável, junto ao auxiliar *avoir*. Assim, em francês o supino é o que é em latim, um substantivo formado do verbo, do qual conserva a propriedade de reger. Exemplos: *J'ai examiné vos raisons, et j'ai répondu à vos objections* ("Examinei vossos argumentos e respondi a vossas objeções"). Nessa frase, *répondu* e *examiné* são supinos regentes. *Voyez les choses que j'ai répondues* ("Vede as coisas a que tenho respondido"). Nessa, *répondues* é um particípio, regido como adjetivo e regente, como formante com o auxiliar um tempo do verbo *répondre* ("responder"). Poderia ainda fazer uma observação sobre a qualificação de *substantivo passivo*, que os Senhores de Port-Royal dão ao supino. É verdade que ele provém do particípio passivo; contudo, unido ao auxiliar *avoir*, tem sentido ativo. Eu não me estenderei mais a respeito desse assunto, já demasiado para os que se ocupam com essas matérias. Falarei dos particípios declináveis no capítulo seguinte.

CAPÍTULO XXII

Dos verbos auxiliares das línguas usuais

Não existe uma regra de sintaxe a respeito da qual os gramáticos se embaracem mais e mais se dividam do que em relação aos particípios declináveis: concordam pelo menos em cometer o mesmo erro e ele deixará de ser um erro, tornando-se um uso e, por conseguinte, uma regra. Já que não há um uso constante a respeito, sentimo-nos ainda no direito de consultar a razão, isto é, a analogia. Quanto mais as regras forem conseqüentes, mais facilmente são compreendidas; quanto mais claros os princípios, mais diminuem as regras e as exceções.

Talvez fosse desejável que o particípio fosse sempre indeclinável, quer siga, quer preceda o regime; mas não se estaria menos exposto a cair em contradições no emprego dos particípios.

Já que todos os escritores estão de acordo em torná-los declináveis em certos casos, é preciso procurar um princípio que determine as circunstâncias em que o particípio deve ser declinado. Vou expor minha opinião.

O particípio é declinável quando for precedido de um pronome no acusativo, regido pelo verbo auxiliar junto ao particípio.

Embora não haja casos em francês, sirvo-me da palavra acusativo para evitar uma perífrase na aplicação dos exemplos. O acusativo é o regime simples, que assinala o termo ou o objeto da ação que o verbo significa; é chamado regime simples em oposição ao regime composto, no qual se emprega uma preposição. Exemplo: "Eu dei um livro a Pedro." *Livro* é o regime simples, *a Pedro* é o regime composto, que corresponde ao dativo.

Digo também que o pronome é regido pelo verbo auxiliar junto ao particípio, porque juntos formam um tempo de verbo ativo e o particípio sozinho, enquanto declinável, é considerado um adjetivo do pronome; é isso que o torna declinável.

Passemos aos exemplos que desenvolvem e confirmam o princípio. Exemplos: *Les lettres que j'ai reçues* ("As cartas que tenho recebido"). *Les entreprises qui se sont faites* ("Os empreendimentos que foram feitos"). *La justice que vos juges vous ont rendue* ("A justiça que vossos juízes vos têm atribuído"): deve-se dizer também pela sintaxe *que vous rendue vos juges* – quer o nominativo preceda, quer suceda o verbo. Caso o ouvido se sinta ferido, nada mais fácil do que conservar o primeiro torneio da frase, que é mais natural. Se, porém, for preciso ou se quiser que o nominativo termine a frase, nem por isso o particípio é menos declinável.

As pretensas exceções que gramáticos, aliás, hábeis, quiseram fazer em relação ao particípio seguido de um verbo, não passam de meras utopias. Se tivessem um princípio claro e definido, não teriam julgado ver exceções onde não existem; teriam visto que elas não têm nada de contrário ao princípio que proponho.

Exemplos: *Imitez les vertus que vous avez entendu louer* ("Imitai as virtudes que ouvistes louvar"): não se deve dizer *entendues* ("ouvidas"), porque o pronome não é regido pelo verbo *ouvir* mas pelo verbo *louvar*.

Terminez vos affaires que vous avez prévu que vous auriez ("Terminai os negócios que previstes que teríeis"): não se deve dizer *prévues* ("previstas"), porque o pronome não é regido pelo verbo *prever*, mas por *teríeis*.

Elle s'est fait peindre ("Ela se fez pintar") e não *faite*, porque o pronome é regido por *peindre*, isto é, *elle a fait peindre elle* ("Ela fez pintar ela").

Elle s'est crevé les yeux ("Ela se arrancou os olhos") e não *crevée*, porque *os olhos* é que são o regime simples de *arrancar* e não o pronome, que é o regime composto no dativo e não no acusativo; isto é, ela se arrancou os olhos a ela mesma.

Elle s'est tuée ("Ela se matou") e não *tué*, porque o pronome é regido por *tuer*.

Elle s'est laissée mourir ("Ela se deixou morrer") e não *laissé*, porque o pronome é o regime de *laisser* e não de *mourir*, que é um neutro sem regime.

Elle s'est laissé séduire ("Ela se deixou seduzir") e não *laissée*, porque o pronome não é o regime de *laisser*, mas de *séduire*, que é ativo; isto é, *elle a laissé séduire elle*; seria necessário dizer *s'est laissée aller* ("deixou-se ir"), porque então o pronome é o regime de *laisser* e não de *aller*, verbo neutro.

Les académies se sont fait des objections, et elles se sont répondu sur les difficultés qu'elles s'étaient faites ("As academias se fizeram objeções e se responderam sobre as dificuldades que haviam feito a si mesmas"). Inicialmente digo *fait* e não *faites*, *répondu* e não *répondues*, porque o pronome está no dativo e não é o regime simples nem de *faire* nem de *répondre*; digo, porém, *faites* no último membro da frase, porque o pronome relativo é o regime simples e o pronome pessoal está no dativo.

Deve-se dizer também *Elle s'est rendue la maîtresse* ("Ela se tornou a dona"), *elle s'est trouvée guérie* ("ela se julgou curada"), *elle s'est rendue catholique* ("ela se tornou católica").

O substantivo não muda nada na regra, porque é tomado adjetivamente e aqui é atributo de um outro substantivo, isto é, do pronome. Nos outros dois exemplos, o particípio declinável não passa dum primeiro adjetivo com o qual o outro deve concordar, como o próprio particípio concorda, pela relação de identidade, com o pronome que é o substantivo dele. É aqui que eu poderia fazer a aplicação da geometria à gramática, dizendo que dois termos têm entre si relação de identidade, quando eles têm relação de identidade com um terceiro.

Assim, dos quatro exemplos dos Senhores de Port-Royal, os dois primeiros são corretos, mas a explicação que lhe dão não o é; e os outros dois exemplos não são regulares.

A respeito da partícula *en*, pronominal e relativa, supõe sempre a preposição *de*; por isso, não sendo um regime simples, mas composto, ela não deve influenciar o particípio, segundo o que dissemos.

Exemplos: *De deux filles qu'elle avait, elle en a fait une religieuse* ("Das duas filhas que ela tinha, tornou religiosa uma delas") e não *faite*. O regime simples, ou o acusativo, é *une*. Ela fez *uma delas*, enquanto se deve dizer: *Elle n'avait que deux filles, elle les a faites religieuses* ("Ela tinha apenas duas filhas, ela as fez religiosas"), porque o pronome *les* é o regime do verbo *faire*.

Alguns crêem que há um uso que às vezes se afasta da regra e admitem exceções: mas a palavra *de uso* é tão equivocada quanto a *de público*.

Estabelecemos um princípio, cujas aplicações são seguras e é mais fácil segui-lo que procurar vagas exceções. A dificuldade que se apresenta a esse respeito provém do fato de que se consideram, como semelhantes, casos muito diferentes e como diferentes, casos absolutamente parecidos.

Por exemplo, eis dois casos semelhantes. *Les hommes que Dieu a créés* ("Os homens que Deus criou"). *Les hommes que Dieu a créés innocents* ("Os homens que Deus criou inocentes"). Esses dois casos são absolutamente idênticos e *créés* convém a um e outro, pela relação de identidade de *créés* e de *innocents* com *hommes*.

Os seguintes são casos diferentes que se crêem semelhantes; e, para tornar a coisa mais sensível, usarei o mesmo verbo nos exemplos opostos: *La maison que j'ai faite* ("A casa que eu fiz"). *La maison que j'ai fait faire* ("A casa que eu fiz fazer").

No primeiro exemplo, o auxiliar e o particípio regem o pronome *que*, e esse pronome precede o particípio. No segundo exemplo, é o infinitivo *faire* que rege o pronome. Ora, eu havia estabelecido que seria necessário o pronome preceder o particípio e fosse regido pelo auxiliar junto ao particípio, para que esse particípio fosse declinável.

No primeiro exemplo, digo *j'ai faite*, porque o particípio é transitivo. *J'ai fait elle* ("Eu fiz ela") e, por conseqüência, *que j'ai faite*, já que o pronome precede. No segundo, digo *fait faire*, porque *fait* é intransitivo; ativo transitivo é o verbo *faire*. A dificuldade, portanto, provém de não se distinguirem os casos em que o verbo é transitivo daqueles em que ele não o é.

Acrescentamos alguns exemplos. *Avez-vous entendu chanter la nouvelle actrice? Je l'ai entendue chanter* ("Ouvistes a nova atriz cantar? Eu a ouvi cantar"), isto é, *eu ouvi ela*, cantar ou que cantava.

Avez-vous entendu chanter la nouvelle ariette? Je l'ai entendu chanter ("Ouvistes cantar a nova ária? Eu a ouvi cantar"), isto é, eu ouvi cantar a ária. No primeiro exemplo, *entendu* é transitivo; no segundo é *chanter*.

Exemplo: *Une personne s'est présentée à la porte, je l'ai laissée passer* ("Uma pessoa se apresentou à porta, e eu a deixei passar"), isto é, eu deixei ela passar; mas deve-se dizer *je l'ai fait passer*, e não *faite*, isto é, *fiz passar ela*.

Exemplo: *Avec des soins on aurait sauvé cette personne, on l'a laissée mourir* ("Com cuidados ter-se-ia salvo essa pessoa, deixou-se que ela morresse"), isto é, deixou-se ela morrer; mas se deve dizer *le remède l'a fait mourir*, isto é, *a fait mourir elle*.

Há uma grande quantidade de casos, nos quais *fait* é intransitivo, toda vez que formar uma só palavra com o infinitivo que o segue: tais casos são facilmente distinguíveis com justeza e precisão.

Creio ter discutido bastante esta questão, estabelecido e desenvolvido suficientemente o princípio; contudo, caso se estabeleça um uso contrário pela maioria dos escritores conhecidos, consideraria então como uma regra o uso contrário à minha opinião.

Expus meu princípio à Academia e a alguns que estariam em condições de a ela pertencer; foram-me feitas todas as objeções que poderiam pô-lo à prova; e sinto-me no direito de pensar que respondi a todas, pois todos acabaram por ratificá-lo.

Se houvesse algum escrúpulo a respeito de autoridades, deve-se lembrar que Malherbe, Vaugelas, Regnier etc. não estão de acordo entre si e apresentam mais dúvidas que soluções, porque não se empenhavam em buscar um princípio preciso. Da mesma forma, qualquer leitor afeito à análise encontrará muita obscuridade nos tópicos em que os Senhores de Port-Royal tratam dos particípios e dos gerundivos. Vê-se que as melhores inteligências não têm um caminho seguro nem firme, quando procuram a luz em vez de carregá-la. Tomam o particípio ora por aquilo que ele realmente é, ora gerundivo, o que ele nunca é; e daí nada resulta de claro. Reconhecemos, porém, o quanto devemos a homens que abriram caminhos em todos os campos. Nunca esqueçamos, contudo, que, por mais respeitável que seja uma autoridade em matéria de ciência e de arte, sempre é possível submetê-la a exame. Nunca se teria feito um passo em direção à verdade, se a autoridade prevalecesse sempre sobre a razão.

CAPÍTULO XXIV

Da sintaxe ou construção conjunta das palavras

A Gramática, de qualquer língua que seja, tem dois fundamentos: o vocabulário e a sintaxe.

Todas as palavras de uma língua são outros tantos sinais de idéias e compõem o vocabulário ou o dicionário; mas como não é suficiente que as idéias tenham seus signos, uma vez que não se consideram as palavras isoladas e cada uma em particular é que é indispensável relacioná-las umas com as outras para formar com isso os raciocínios, imaginaram-se meios de assinalar-lhes as diferentes relações; é isso que fazem a sintaxe e as regras de construção mútua das palavras. Todas as leis da sintaxe, todas as relações das palavras, podem se reduzir a duas: a relação de identidade e a relação de determinação.

Todo adjetivo, sendo apenas a qualidade de um substantivo, e todo verbo, expressando apenas uma maneira de ser, tanto um como o outro têm uma relação de identidade com o substantivo.

O adjetivo deve concordar com seu substantivo em gênero, número e caso (nas línguas que o têm), e o verbo deve concordar com ele em número e pessoa, já que o verbo e o adjetivo não passam de modificações desse substantivo.

Exemplo: *Une belle maison* ("Uma bela casa"), *de beaux jardins* ("belos jardins"); diz-se *bela* porque *casa* é um substantivo feminino singular; e diz-se *belos* porque *jardins* é um masculino plural.

Um bom rei ama seu povo. Um, bom, rei, ama representam apenas um objeto; entre essas quatro palavras há relação de identidade.

Assim, por mais separado que um adjetivo esteja de seu substantivo, por mais afastado que o verbo esteja, enfim qualquer inversão que uma língua, como a grega ou a latina, permita no torneio da frase, o espírito logo reúne, para o sentido, todas as palavras que têm uma relação de identidade.

Na frase citada, *povo* não tem relação de identidade com *um bom rei ama*, mas apresenta relação de determinação com *ama*; determina e dá a conhecer o que se diz que um bom rei ama.

Observe-se que a relação de identidade se junta à de determinação, quando se diz *bom rei*. *Bom* é idêntico a *rei*, havendo a mais uma relação de determinação no fato de que determina *rei*; mas *povo* tem apenas a relação de determinação com *rei* e não a de identidade.

A relação de identidade é o fundamento da concordância de gênero, de número etc. A relação de determinação é o fundamento do regime, ou seja, ela exige esta ou aquela terminação, segundo a finalidade dos casos nas línguas que os têm, ou fixa o lugar da palavra nas que não dispõem de casos, como o francês. Assim, para o significado, seria indiferente dizer em latim *rex amat populum* ou *populum amat rex* ("o rei ama o povo"); em francês, porém, é absolutamente indispensável dizer *le roi aime le peuple*; pois, caso se coloque *roi* no lugar de *peuple* e *peuple* no lugar de *roi*, o sentido seria diferente, porque em francês o lugar das palavras determina suas relações.

Portanto, toda a sintaxe se reduz às duas relações que acabamos de assinalar e todas as figuras de construção a elas se relacionam.

Os Senhores de Port-Royal, ao exporem as quatro principais, não dão exemplos em francês a não ser da *silepse*; é oportuno acrescentar um exemplo de cada uma das outras.

A *elipse* é bastante freqüente em nossa língua. Não existe afirmação ou negação por *sim* ou *não* que não seja por elipse, pois se subentende sempre a proposição à qual se responde, tanto afirmando como negando: *Vistes a Itália? Sim* – isto é, *eu vi a Itália*. O mesmo acontece com a negação. Mas independentemente dessa elipse tão comum, encontramos muitas em nossa língua.

O *pleonasmo* é o oposto da *elipse*; trata-se de palavras supérfluas e dispensáveis ao sentido de uma proposição, e por isso um vício. Pode-se questionar se existem pleonasmos desse tipo que mereçam o nome de figuras de construção ou de gramática – o que não creio, pois, se a repetição é inútil, é um vício; e, se der força e energia à idéia, é uma figura de oratória e não de gramática. Não se deve, portanto, considerar como pleonasmo uma palavra que na verdade repete uma idéia já expressa, mas que a modifica, restringe, estende, dando-lhe mais força, enfim acrescentando-lhe alguma outra idéia acessória. Por exemplo, *Luís XII, o bom rei Luís XII*, assinala de modo ainda mais acentuado a bondade desse príncipe do que se se dissesse simplesmente *o bom rei Luís XII*, sem repetir o nome próprio ao acrescentar o epíteto de *bom*, que fixa a atenção sobre a bondade. *Eu o vi com meus próprios olhos* é uma afirmação mais forte e por vezes é preferível a dizer simplesmente *eu o vi*.

A repetição do regime e do pronome neste verso de Racine, *Eh! que m'a fait à moi, cette Troie où je cours?* ("Eh! o que me fez a mim, essa Tróia para a qual estou correndo?") indica que Aquiles não apenas não tinha nenhum interesse pessoal na guerra, como o distingue de Agamêmnon, cujo interesse direto se faz sentir. Esses tipos de pleonasmo, longe de serem incorreções, têm seus méritos, desde que sejam devidamente empregados.

Por exemplo, a repetição que tem seu valor no verso de Racine é uma incorreção nesta de Boileau:

C'est à vous, mon esprit, à qui je veux parler.
("É a ti, meu espírito, a quem quero falar.") A exatidão exigiria *c'est à vous que* ou *c'est vous à qui*.

É preciso distinguir ainda o pleonasmo da difusão, que é a repetição da mesma idéia em termos diferentes, ou uma acumulação de idéias comuns e inúteis para a compreensão daquela que se quer enunciar, o que constitui uma *batologia*.

O *hipérbato* é um torneio especial que se dá a um período e que consiste principalmente em fazer preceder uma proposição que, na seqüência comum, deveria seguir uma outra. Por exemplo, há *hipérbato* e *elipse* nos seguintes versos de Racine:

Que, malgré la pitié dont je me sens saisir,
Dans le sang d'un enfant je me baigne à loisir;
Non, Seigneur...

("Que, apesar da piedade que sinto me invadir, com satisfação tomo banho no sangue de uma criança; não, Senhor..."). Os dois versos, que precedem *não, Senhor...*, formam o hipérbato; e há também elipse, já que depois de *não, Senhor* se subentende *n'espérez pas, ne prétendez pas* ("não espereis, não pretendais"). Há ainda *hipérbato* ou *inversão* no segundo verso, cuja construção normal, e na verdade menos elegante, seria *je me baigne à loisir dans le sang d'un enfant*.

Como todas as Gramáticas particulares estão subordinadas à Gramática geral, eu poderia ter multiplicado ou ampliado as observações muito além do que fiz; como se tratasse aqui apenas de princípios gerais, restringi-me às aplicações indispensáveis ao desenvolvimento desses princípios que, aliás, foram feitos para leitores capazes de complementá-los. Realmente, uma Gramática geral e mesmo as Gramáticas particulares não podem servir senão a entendidos que já conhecem as línguas. Em relação aos aprendizes, finalizando, lembrarei o que disse em uma de minhas observações: Poucas regras e muito exercício é a chave das línguas e das artes. Talvez se chegue a isso, quando a razão tiver banido as velhas rotinas, que se consideram complacentemente como métodos de ensino.

Índice remissivo

Ablativo: relações significadas, 47-48 (*v.* preposição); no plural, forma igual à do dativo, 48
Abundância = pleonasmo
Ação (verbal): real e intencional, 100; no hábito e no ato, 108
Acento: definição, 18, 153; agudo, 18, 153, 154; grave, 18, 154; circunflexo, 18, 154, 155; no hebraico, 18; de retórica, 19, 156, 157; prosódico e musical, 153, 155; no latim, 154; natural ou de gramática, 19
Acidente: definição, 32 (*v.* atributo); a maneira das coisas, 32
Acusativo: descrição, 46-47, 208; nas línguas usuais, 47; posição na frase, 47; função, 208
Adjetivos: razão do nome, 32-33; significação, 33, 187; plural, 38; adjetivação, 183; locução adjetiva, 33, 184; qualificativo: de espécie, 184, individual, 184; verbal, 205

Advérbio: origem e função, 80; locuções, 80, 199; relação com o substantivo, 80; função, 80, 175; não são partículas, 199
Afirmação: maneira do pensamento, 81, 161; emprego principal do verbo, 81, 112; no substantivo e no verbo, 81
Afixo: o é em hebraico, 77
Alfabeto: origem do grego, 14; origem das aspiradas no grego, 14
Ambigüidade: com oposições no genitivo, 45; com o gerundivo e o particípio, 204
Analogia = à razão, 207; das línguas, 22; entre o grego e o latim, 48
Aoristo: passado indefinido, 113
Aposição: no latim, 62; encerra um relativo, 62
Artigos: função, 49, 52, 71, 175, 181, 182, 195; definido e indefinido, 49, 181; em contração, 49; *un* e *des* no

francês, 51, 183; emprego em francês, 52; com nomes próprios, 52-53, 71, 183; emprego com *lui*, 58; com o relativo *qui*, 70-71; emprego antes de *espécie, tipo, gênero*, 73; com a partícula *en* ou *de, des, un*, 73; omissão (antiga), 74, 181; indeterminado, 181, 183; espécie única, 182; partitivos, médios, 183; outras palavras com função de artigo, 184; origem, 185; formas arcaicas do francês, 185; necessidade ou utilidade, 185-186, 188; com nomes de cidades, reinos e províncias, 186; contribuição para a clareza, 189; posição de Scaliger, 189; substantivo adjetivado, 195

Aspiração: consoantes aspiradas, 12 (n. 2); nas línguas usuais, 13, 146 (*v.* H)

Atributo: parte da proposição, 30, 60, 81; simples ou complexo, 61; colocação nas afirmações, 72; atributos e verbos "adjetivos", 100; o que pode ser, 100; no particípio, 107

Autoridade: contestável em ciência, 212

Batologia: *v.* pleonasmo

C: valor fonético antes de *a, o* e *u*, 13 (n. 6), 143
Cacofonia: má pronúncia, 51; com pronomes, 56

Caso: definição, 42, 178; função, 42; número ideal, 178; etimologia do nome, 42; nos pronomes franceses, 55, 179; depende da relação de determinação, 214

Colocação: importância semântica, 47 (*v.* acusativo); dos pronomes em francês, 179; depende da relação de determinação, 214; dos pronomes com imperativo, 56

Composição: ausência nesta Gramática, 131

Concepção: *v.* silepse

Conjunção: relativos como conjunção, 63-64; *quod* (disputa) 65-68; ὅτι, 68; significa forma e não objeto do pensamento, 123; que suprimido, 202-203

Conotação: do adjetivo, 34; na formação dos abstratos, 34, 103; significação atribuída, 34

Consoantes: tabela e números, 12, 146; consoante e sílaba, 16; em posição final, 17; características de *c, k, q*, 143; *g* e Γ, 144; introdução do λ, 144-145; valores do *y*, 145, 147; *ñ* por *gn*, 145 tabela de Duclos, 146; valores de *x*, 146; *ï* e *ÿ*, 147

Construção: definição, 42, 213; estrutura, 62, 125; depende do sentido, 120-121; das palavras, 124; de conveniência, 125; ordem natural, 128, 214; figuras, 214

Contração: de *de* e *à*, 49; formas resultantes, 49-50

Costumes: influência sobre a língua, 140

Dativo: descrição, 46; funções, 46; nas línguas usuais, 46 (*v.* regime)

Derivação: processo, 33-34, 58; imprópria, 34; não abordada, 131

Dicionário: componentes, 213

Digamma: origem e valor fonético, 13

Ditongo: definição, 16, 150; *au* no francês e no italiano, 24, 137; no antigo francês, 140; dá força à pronúncia, 140; ditongo e letra, 150; falsos, 16, 150, 151, 159, 167; formantes: transitório e repousante, 151; tabela e número, 152

Dual: no grego e no hebraico, 37

E: feminino ou mudo, 10, 124, 147; relação com o *scheva*, 10, 147; feminino passa a masculino na interrogação, 124; grafias do nasal francês, 138; os quatro *e* do francês, 140, 147; origem dos *e* mudos, 140; *e = eu*, 147

Elipse: de preposição, 122; definição, 129, 215, 216; vivacidade no francês, 185; em proposição resumida, 186; freqüência no francês, 215; oposto do pleonasmo, 215; exemplos, 216

Elisão: das nasais latinas, 138

Escrita: origem, 161; figurativa, 161; hieroglífica pura, 161; baseada nos sons, 162; oposições, 163; objeções a reformas, 164

Espírito: *v.* aspiração

Etimologia: referência ortográfica, 155; preconceitos, 155; consoantes duplas etimológicas, 168

Falta: *v.* elipse

Figuras de construção: definição, 128-129; silepse ou concepção, 128, 215; elipse ou falta, 129, 215; pleonasmo ou abundância, 129, 215; hipérbato ou inversão, 129; freqüência em francês, 130

G: som antes de *a, o, u*, 13 (n. 7); forte ou fraco, 144

Gênero: origem, 39, 176; masculino e feminino, 39; critério de distribuição, 39; duvidoso, 40; epiceno, 40; neutro, 41; nos verbos das línguas orientais, 90; no grego, latim, francês e inglês, 176; desnecessário, 176; dificulta a aprendizagem, 176

Genitivo: relação que expressa, 44; tipos de relação, 44-45, 178-179; no hebraico, 45; nas línguas usuais, 46, 179; do artigo, 51; regido por outro nome, 126, 127

Gerundivo: nome substantivo declinado, 109; características, 109, 117, 118, 204; diferente do infinitivo e do particípio, 110; ativo, 110; com *en*, 117;

semelhante ao particípio ativo francês, 204; indica ação passageira, 204; coincide com particípio, 205
Gn: valor fonético, 13 (n. 9); grafia em *vigne-viñe* etc., 145
Gramática: definição, 3; origem do termo, 3; fundamentos, 213; a quem se destina, 216

H: aspirado, 13; não aspirado, 13; supressão do não aspirado, 156 (*v.* aspiração; espírito)
Harmonia: das palavras no grego, 153; mecânica do discurso, 179
Hieroglifo: ligado à escrita pictórica, 161; relação que estabelece, 161; puro, 161
Hipérbato: ou inversão, 129; definição, 216
Homônimos: distinção pelo contexto, 158; exemplos, 159

Idiotismo: latinismo e galicismo, 202
Indicativo: indica afirmação, 85, 86
Infinitivo: pode ser nome, 85; nome substantivo, 85, 97; significado, 85, 104; forma, 66; sem número e pessoa, 97; conserva "afirmação", 97; função semelhante ao relativo, 97; sintaxe, 98; emprego no latim e no grego, 98- 99; verbo impessoal, 105
Inflexão: altera significação do verbo, 82; própria do tempo verbal, 91, 94; na passiva, 101; na interrogação, 123; oratória, 157; dos modos, 95
Interjeição: natureza, 124; significação, 124
Interrogação: natureza, 123; forma em francês, 124; prosódia especial, 156
Inversão: ou hipérbato, 129; dos termos nas línguas clássicas, e usuais, 180; e clareza, 180 (*v.* hipérbato; figuras de construção)
Iod: hebraico = j consoante, 13

J: correspondente ao *iod* hebraico, 13

K: pronúncia, 13 (n. 6), 143

Letras: relação com os sons, 9, 20; utilidade das maiúsculas e minúsculas, 21; tipos, 22; diversidade entre a escrita e a pronúncia, 22: novas letras, 22; supressão, 23; consideradas como caracteres, 158-159; uma letra para cada som, 162; denominação, 171
Língua: falada e escrita, 158, 159; direitos sobre a falada, 160; sobre a escrita, 160; quem a faz, 160; povo, dono da falada, 160; metafísica da língua, 175; dificuldades do aprendizado, 175; transpositiva, 179; chave das línguas, 217
Ll: som "molhado", 13; grafia nas línguas "usuais", 13 (n. 8);

molhado forte, 144-145; equivalente a *y*, 145

Metafísica: da língua, 175
Método: para ensinar a ler, 24-25
Modo: altera significação do verbo, 82; indicativo, 82; origem, 94; indica afirmações simples ou modificadas, 94; *potentialis e concessivus*, 95; imperativo nas línguas orientais, 96; formação do imperativo, 96
Molhado (som): grafias: *ill*, 13, 144; *gn*, 13, 145; *ñ*, 145.

N: líquido: valor fonético, 13 (n. 9)
Nomes: próprios, 36; gerais ou apelativos, 36; comuns, 37, 48; plural dos próprios, 37; plural dos comuns, 38; próprio sem artigo, 52; casos especiais, 53; com nomes de cidades, províncias etc., 53; determinado e indeterminado, 70; comum, 70; tipos de terminação, 71; particípios e infinitivos são nomes, 85-86; adjetivos e substantivos, 38; não se declinam no hebraico, 45
Negação: propriedade, 72; partículas negativas, 87
Nomenclatura: inútil mudar, 194
Nominativo: não é caso, 43; função, 43; sinônimo de sujeito, 126
Número: singular e plural, 37-38; dual, 37, 90; nas formas verbais, 86

Operações: as três do espírito, 29
Orador: qualidades, 141
Ortografia: e etimologia, 155; e fala, 155; erudição a perturba, 160; das mulheres, 160; causas da sua corrupção, 162; viciosa do francês e do inglês, 163; reforma: dificuldades, 163-164; e prosódia, 165; texto-exemplo de reforma (Duclos), 166; da Academia, 169

Palavra: definição, 18, 29; monossilábicas e polissilábicas, 18; parte material e espiritual, 29; classificação, 31, 32, 175; uso e pronúncia, 140, 141
Particípio: é nome adjetivo, 84, 107, 108, 116; significados, 84, 107; tempos, 85; não significa "afirmação", 85; retém o atributo e o tempo do verbo, 121; ativos e passivos, 122, 116, 117; regime, 108, 116; invariáveis nas formas compostas, 115; concordância com o objeto anteposto, 115, 118; declinável ou indeclinável, 118, 204, 207; coincide com o gerundivo, 205; deve-se desdobrar com *qui*, 205; relação com pronome relativo, 62
Partícula: partitiva, 38; sinônimo de preposição, 49; termo vago, 199; uso abusivo, 199; *en* supõe *de*, 210; significado de *en*, *y*, *où* e *dont*, 78; *en* com gerundivo, 117

Pessoa: origem da diversidade, 83, 86, 88; *vox cum tempore et persona* 83, 84; impessoais (verbos), 82; indicação por terminação, 88; relações no discurso, 88; atribuição das três pessoas, 89; desinências das línguas usuais, 89; aspectos filosóficos da terceira pessoa, 194

Pleonasmo: ou abundância, 129; oposto à elipse, 215; vício, 215; meritório se bem empregado, 215; e difusão, 216; batologia, 216; com verbos, 102

Prenome: igual a artigo, 182

Prepositivo: definição, 182; quais são, 182, 197; com substantivos reais ou metafísicos, 196

Preposição: função ablativa, 47; relações com os casos, 75, 178-179; relações que estabelecem, 75-76, 175, 197; situação ideal e real, 77; sintaxe de *en, à, dans* etc., 75-76; polivalência de *dedans, desus* etc., 77-78; significado de *y* e *en*, 79; extrativa, 183; de posse, 183; número ideal, 197; polivalência de *de*, 197; *en* com gerundivos, 117, 205

Pronomes: função e origens, 54, 194; recíproco, 54, 119, 120; demonstrativo, 54, 63, 64, 194; número, gênero e casos, 55; colocação, 56; com preposição, 56; demonstrativo no hebraico, 64; interrogativo, 190; emprego, 190; substantivo e adjetivo, 213

Pessoais: uso nas línguas clássicas e usuais, 89; significado da terceira pessoa, 89; declinação no francês, 179; aspectos filosóficos dos pronomes da terceira pessoa, 194

Possessivos: francês *son, sa* substituem genitivo, 57, 192; emprego, 57-58; função, 58; formas do francês, 59, 192; não são pronomes, 192; substantivos e adjetivos, 192-193; aspectos de *leur*, 193; aspectos filosóficos dos pronomes da terceira pessoa, 194

Relativos: características, 60; funções, 60, 61, 63-64, 196; sujeito ou atributo, 62; funções dos casos oblíquos; 63, 179; colocação na proposição, 63; substitui conjunção e demonstrativo, 63; uso depois de nome sem artigo, 69, 196; declinação, 179; e conjunção, 66; construções relativas em latim, 66-67

Pronúncia: negligente, 140-141; influência estrangeira, 140; das crianças, 144; no ensino das línguas, 24

Proposição: definição, 30; partes 30; incidente, 61, 62; complexa, 62; principal, 62; relativa, 62, 66; afirmativas:

sujeito atrai atributo, 72;
ordem e compreensão, 179;
universal e particular, 182;
infinitiva, 202
Prosódia: definição, 153; relação
com o significado no chinês e
no grego, 153; no francês,
154, 155; sinais prosódicos
dos antigos, 154; da
interrogação, 157; inflexões
várias, 157
Prosopopéia: definição, 57;
admite pronomes pessoais, 57
Povo: dono absoluto da língua
falada, 160

Quantidade vocálica: existência,
9; o longo ou breve, 137, 154;
do *i, ou, e*, 139, 168; das
irracionais, 154; no francês,
154; e acentos gráficos no
francês, 154, 167

Regime: o dos verbos pode
variar, 127; dos verbos
franceses, 127; mudam o
sentido, 128; dos particípios,
108, 117; simples, 207;
composto, 208, 210; do verbo
auxiliar, 208; repetição do
regime, 215
Relação: de identidade, 213,
214, 215; de determinação,
214; do adjetivo e do verbo
com o substantivo, 214; de
identidade: fundamento da
concordância nominal, 214;
de determinação: fundamenta
o regime, 214

Repousante: 2º elemento de
ditongo, 151

Significação: definição, 3;
distinta e confusa, 33; dos
adjetivos, 34; *in recto* e *in
obliquo*, 35; fixa ou por
extensão, 70; depende da
prosódia, 153; relação entre
som e significado, 159
Signos: orais, 3; escritos, 3;
necessidade, 31; sons o são,
18; relação com a coisa
significada, 20; relação ideal
com o som, 20-21
Sílaba: definição, 16; possíveis
componentes, 16; real ou
física e de uso, 150, 151;
métrica, 150; estrutura, 150
Silepse: ou *concepção*, 128, 214
Sintaxe: ou construção, 125;
natureza, 125, 213; ordem
natural, 128; erros de gênero
dos estrangeiros, 176;
influência grega e latina na
sintaxe francesa, 178; dos
artigos, 186-188; simples no
francês, 188; das preposições,
78-79; dos tempos verbais,
200; dos tempos dos
particípios, 207; fundamento
da gramática, 212; reduz-se a
dois princípios, 213
Sons: órgão formador, 9;
finalidade, 20; relação com o
significado, 20-21; nasais: no
latim, 138; no francês, 138-
139, 151-152, 167;
"molhados", 145; mistos, 147;

natureza: matéria nova, 147; número, 146, 147; do *x*, 169
Substância: definição, 32; objeto dos pensamentos, 32; base de "sujeito", 32
Substantivos: razão do nome, 32; abstratos ou separados, 34; *res permanens*, 84; substantivação, 182; indica substância, 193; reais ou metafísicos, 196; peculiaridades, 34
Sujeito: parte da proposição, 30, 61, 81, 102; simples ou complexo, 61; relação com substância: nome substantivo, 32; relação com pronomes pessoais, 89; termo da ação verbal, 47; com verbos impessoais, 104; infinitivo como sujeito, 202, 203
Superstição: da etimologia, 155
Supino: nome substantivo, 109, 206; características, 109; passivo, 111, 206; indeclinável, 206; definição, 206

Tempo: diversidade nos verbos, 83, 200; *vox cum tempore*, 83, 85, 86; os três tempos, 92, 200; tipos de pretérito, 92; tipos de futuro, 93; compostos "no sentido", 92-93; contínuo e passageiro, 200-201; do gerundivo, 204; *paulopost-futuro*, 93
Tom: melhor que "voz", 153; valor de sua elevação, 153
Transitório: 1º elemento do ditongo, 151

Transpositivas: línguas: definição, 179; relação com os casos, 179
Tritongos: existência, 16; falsos, 151

V: consoante, 12; grafado pelo digamma, 12 (n. 4); tentativa de introdução no alfabeto, 164
Vocabulário: fundamento da gramática, 213
Vocativo: descrição, 43; relação própria, 43; expressão nas línguas usuais, 44
Verbo: infinitivo, 66; indica "maneira de pensamento", 81; liga os dois termos da proposição, 82; substantivo (ser), 82; indica afirmação, 82; definições de Aristóteles e Buxtorf, 83; indica o que passa, 84; pode significar o que acontece (sem pessoa), 84; definição de Port-Royal, 86; "adjetivo", 100; defectivo, 104; tipos, 104; impessoal passivo, 105; dos fenômenos naturais, 106; auxiliares nas línguas usuais, 112; emprego dos auxiliares, 112-119; *ser* pode substituir *ter*, 119; neutros, 101
Vogais: razão do nome, 9; diferença das consoantes, 9; quantidade, 9; timbre, 9; relação entre quantidade e timbre, 10; número em francês, 11, 138, 139, 142; nasais no francês e no latim,

138; pequenas e grandes, 142; pequenas no ditongo, 151; auricular, 151; relação com a sílaba, pág. 151

Voz: ativa, 100; formas passivas, 101; passiva nas línguas usuais, 101; neutros, 101-102; tipos de neutros, 101; conversão dos neutros em ativos, 102, 119; particípio ativo, 204; particípio passivo, 206

Impressão e acabamento
Cromosete
GRÁFICA E EDITORA LTDA
Rua Uhland, 307 - Vila Ema
Cep: 03283-000 - São Paulo - SP
Tel/Fax: 011 6104-1176